Maxim Gorki

Mein Weggenosse

und andere Erzählungen

Übersetzt von Alexander Eliasberg

Maxim Gorki: Mein Weggenosse und andere Erzählungen

Übersetzt von Alexander Eliasberg.

Übersetzt von Alexander Eliasberg, Wegweiser-Verlag, Berlin 1920.

Neuausgabe
Herausgegeben von Karl-Maria Guth
Berlin 2016

Umschlaggestaltung von Thomas Schultz-Overhage unter Verwendung
des Bildes: Ivan Shishkin, Auf der Krim, um 1880

Gesetzt aus der Minion Pro, 11 pt

Verlag: Henricus - Edition Deutsche Klassik GmbH
Mörchinger Str. 33, 14169 Berlin, info@henricus-verlag.de
Druck: Libri Plureos GmbH, Friedensallee 273, 22763 Hamburg

ISBN 978-3-8619-9649-1

Bibliografische Information der Deutschen Nationalbibliothek

Die Deutsche Nationalbibliothek verzeichnet diese Publikation in der
Deutschen Nationalbibliografie; detaillierte bibliografische Daten sind im
Internet über www.dnb.de abrufbar.

Inhalt

Mein Weggenosse

1.

Ich traf ihn im Hafen von Odessa. Seine kräftige, stämmige Figur und sein von einem hübschen Bärtchen umrahmtes Gesicht von kaukasischem Typus zogen schon seit drei Tagen meine Aufmerksamkeit auf sich. Er tauchte immer wieder vor mir auf: ich sah, wie er stundenlang auf dem Granit der Mole stand, den Griff seines Stockes im Munde haltend und mit seinen schwarzen, mandelförmigen Augen traurig das trübe Wasser des Hafens betrachtend; zehnmal am Tage kam er im Schritt eines Flaneurs an mir vorbei. Wer mag er wohl sein? Ich begann ihn zu beobachten. Wie um mich zu necken, kam er mir immer öfter vor die Augen, und schließlich gewöhnte ich mich daran, seinen modernen karierten hellen Anzug, seinen schwarzen Künstlerhut, seinen trägen Gang und selbst seinen stumpfen, gelangweilten Blick schon aus der Ferne zu erkennen. Er war absolut unverständlich hier im Hafen, beim Pfeifen der Dampfschiffe und Lokomotiven, beim Rasseln der Ketten, bei den Schreien der Arbeiter, in diesem tollen und nervösen Getriebe des Hafens, das den Menschen von allen Seiten erfaßt und seinen Verstand und seine Nerven abstumpft. Alle Menschen im Hafen waren von den riesenhaften Mechanismen geknechtet, die von ihnen die wachsamste Aufmerksamkeit und unermüdliche Arbeit erforderten; alle machten sich an den Dampfern und Eisenbahnwagen zu schaffen und waren mit dem Ausladen und Einladen beschäftigt … Alle waren erregt und ermüdet, alle liefen hin und her, schrien und fluchten im Staube und Schweiß, und mitten in diesem Arbeitsgetriebe spazierte langsam die seltsame Gestalt mit dem zu Tode gelangweilten Gesicht, gleichgültig gegen alles …

Endlich, am vierten Tage, als ich um die Mittagstunde auf ihn stieß, entschloß ich mich, um jeden Preis zu erfahren, wer er sei. Ich setzte mich nicht weit von ihm mit einer Wassermelone und einem Brot hin, verzehrte mein Mittagessen, betrachtete ihn und überlegte mir, wie ich auf eine möglichst diskrete Weise ein Gespräch mit ihm beginnen könnte.

Er stand an einen Berg von Teekisten gelehnt, blickte ziellos um sich und trommelte mit den Fingern auf seinen Stock, als betätigte er die Klappen einer Flöte.

Es fiel mir, der ich als Barfüßler gekleidet war, den Gurt des Verladers am Buckel trug und mit Kohlenstaub beschmutzt war, schwer, ihn, den eleganten Herrn, in ein Gespräch zu ziehen. Aber zu meinem Erstaunen sah ich, daß er die Augen nicht von mir wandte und daß in ihnen ein unangenehmes, gieriges, tierisches Feuer brannte. Ich begriff, daß das Objekt meiner Beobachtung Hunger hatte, und fragte ihn leise: »Wollen Sie essen?«

Er fuhr zusammen, fletschte gierig wohl an die hundert kräftige gesunde Zahne und blickte sich gleichfalls ängstlich um.

Niemand beobachtete uns. Nun schob ich ihm eine halbe Melone und ein Stück Weizenbrot hin. Er packte beides und verschwand, indem er sich hinter einem Berg von Waren hinhockte. Ab und zu blickte von dort sein Kopf mit dem in den Nacken geschobenen Hut, der die dunkle, schweißbedeckte Stirne freiließ, hervor. Sein Gesicht erstrahlte in einem breiten Lächeln, und er blinzelte mir aus irgendeinem Grunde fortwährend zu, ohne auch nur für eine Sekunde mit dem Kauen aufzuhören. Ich winkte ihm zu, daß er auf mich warten solle, lief fort, kaufte Fleisch, gab es ihm und stellte mich neben den Kisten so hin, daß ich den armen Gecken vollständig vor fremden Blicken schützte. Bis dahin hatte er während des Essens immer gierig um sich geschaut, als fürchtete er, daß man ihm das Stück wieder wegnehmen würde; nun fing er an, ruhiger zu essen, aber noch immer hastig und gierig, so daß es mir weh tat, einen so ausgehungerten Menschen zu sehen, und ich ihm den Rücken kehrte.

»Ich danke! Ich danke sehr!« sagte er mit kaukasischem Akzent und schüttelte meine Schulter. Dann packte er meine Hand, drückte sie und fing an, sie ganz erbarmungslos zu schütteln.

Nach fünf Minuten erzählte er mir schon, wer er sei.

Er war Georgier, Fürst Schakro Ptadse, der einzige Sohn seines Vaters, eines reichen Gutsbesitzers aus Kutaïß; er war als Kontorist an einer der Stationen der transkaukasischen Eisenbahn angestellt gewesen und hatte dort mit einem Kollegen zusammengewohnt. Dieser Kollege war plötzlich verschwunden und hatte das Geld und alle Wertsachen des Fürsten Schakro mitgenommen; der Fürst war nun aufgebrochen, ihn zu verfolgen. Zufällig hatte er erfahren, daß sein Kollege eine Fahrkarte nach Batum gelöst hatte, und er begab sich dorthin. In Batum erfuhr er aber, daß sein

Kollege nach Odessa gefahren sei. Nun nahm Schakro von seinem Freunde, einem gewissen Wano Swanidse, einem Friseur, der mit ihm im gleichen Alter stand, aber ein ganz anderes Signalement hatte, dessen Paß und begab sich nach Odessa. Hier meldete er der Polizei den Diebstahl, und man versprach ihm, den Dieb zu finden; er wartete zwei Wochen, verzehrte sein ganzes Geld und hatte nun seit drei Tagen nichts im Munde gehabt.

Ich hörte seinen Bericht, der aufrichtig klang und mit Flüchen vermischt war, sah ihn an, glaubte ihm, und der Junge tat mir leid. Er war fast noch ein Knabe, kaum zwanzigjährig; seiner Naivität nach könnte man ihn sogar für noch jünger halten. Er sprach oft und mit tiefer Empörung von der großen Freundschaft, die ihn mit seinem diebischen Kollegen verband; dieser hatte ihm ja so wertvolle Sachen gestohlen, daß der strenge Vater Schakros seinen Sohn ganz gewiß »mit einem Dolch erstechen« würde, wenn er das Gestohlene nicht wiederfände. Ich dachte mir, daß, wenn ich diesem Burschen nicht hülfe, die gierige Stadt ihn ganz gewiß verschlingen würde. Ich wußte, wie Menschen oft durch die unbedeutendsten Zufälle in die Klasse der Barfüßler geraten; Fürst Schakro hatte aber alle Chancen, in diese ehrenwerte, doch wenig geachtete Gemeinschaft zu kommen. Ich wollte ihm gerne helfen. Mein Verdienst reichte aber für ein Billett nach Batum nicht aus; darum ging ich in die Dampfschiffbüros, um eine Freikarte für Schakro zu erbetteln. Ich wies den Leuten mit zwingenden Gründen die Notwendigkeit der Hilfe nach, sie aber schlugen mir die Hilfe mit ebenso zwingenden Gründen ab. Ich machte Schakro den Vorschlag, zum Polizeimeister zu gehen und sich von ihm eine Fahrkarte geben zu lassen; er aber wurde verlegen und erklärte, daß er nicht hingehen würde. Warum? Es stellte sich heraus, daß er dem Besitzer der Herberge, in der er wohnte, Geld schuldete und, als man von ihm die Bezahlung forderte, jemand geschlagen hatte; dann hatte er sich aus dem Staube gemacht und war nun mit Recht der Ansicht, daß die Polizei ihm für die Nichtbezahlung der Schuld und für den Schlag keinen Dank sagen würde; übrigens wußte er nicht mehr genau, ob er nur einen Schlag, oder zwei, drei oder vier Schläge verabreicht hatte. Die Lage wurde kompliziert. Ich entschloß mich, so lange zu arbeiten, bis ich genügend Geld für eine Fahrkarte bis Batum verdient haben würde; doch leider zeigte es sich, daß dies nicht so bald eintreten würde, denn der ausgehungerte Schakro aß für drei und sogar noch mehr. Um jene Zeit standen infolge des Andranges von Leuten aus den von der Hungersnot betroffenen Gouvernements die Tageslöhne im Hafen sehr niedrig, und von den achtzig Kopeken, die ich am Tage verdiente, verzehrten wir beide sechzig. Außerdem hatte ich noch vor der Begegnung mit dem Fürsten beschlossen, in die Krim zu gehen, und wollte nicht lange in Odessa bleiben. Nun machte ich dem Fürsten Schakro den Vorschlag, mit mir zu Fuß mitzukommen, und zwar unter folgenden Bedingungen: wenn ich ihm keinen Weggenossen bis Tiflis finde, so werde ich ihn selbst dorthin bringen; wenn ich einen finde, so werden wir uns trennen.

Der Fürst blickte auf seine eleganten Schuhe, auf seinen Hut und auf seine Hose, strich über seinen Rock, sann eine Weile nach, seufzte einigemal und erklärte sich schließlich einverstanden. Und so brachen wir beide zu Fuß aus Odessa nach Tiflis auf.

2.

Als wir nach Chersson kamen, kannte ich meinen Weggenossen schon als einen naiven und wilden, äußerst ungebildeten Burschen, lustig, wenn er satt, und traurig, wenn er hungrig war, ganz wie ein starkes und gutmütiges Tier.

Unterwegs erzählte er mir vom Kaukasus, vom Leben der georgischen Gutsbesitzer, von ihren Belustigungen und von ihrem Verhältnis zu den Bauern. Seine Berichte waren interessant und von einer eigentümlichen Schönheit, zeigten mir aber den Erzähler selbst in einem für ihn äußerst ungünstigen Lichte. So erzählte er mir unter anderem folgende Geschichte: Zu einem reichen Fürsten waren die Nachbarn zu einem Schmause zusammengefahren; sie tranken Wein, aßen Tschurek, Schaschlyk, Lawasch, Pilaf und sonstige Nationalgerichte, und dann führte der Fürst seine Gäste in den Pferdestall. Man sattelte die Pferde. Der Fürst nahm sich das beste und sprengte damit über das Feld. Das war ein feuriges Pferd! Die Gäste lobten seine Statur und seine Schnelligkeit, der Fürst sprengte noch einmal dahin, plötzlich aber erschien auf dem Felde ein Bauer auf einem weißen Pferde, er überholte den Fürsten und lachte stolz. Der Fürst schämte sich vor seinen Gästen! … Er runzelte streng die Brauen, winkte den Bauern zu sich heran, und als jener herangeritten kam, schlug er ihm mit einem einzigen Säbelhiebe den Kopf ab, tötete das Pferd durch einen Revolverschuß ins Ohr und meldete dann seine Tat den Behörden. Und er wurde zu Zwangsarbeit in Sibirien verurteilt …

Schakro erzählte mir das im Tone des Mitleides mit dem Fürsten. Ich versuchte ihm zu beweisen, daß der Fürst kein Mitleid verdiente, er aber antwortete mir belehrend: »Es gibt wenig Fürsten und viel Bauern. Wegen eines Bauern darf man einen Fürsten nicht verurteilen. Was ist der Bauer? Da!« und er zeigte mir einen Klumpen Erde. »Ein Fürst ist aber wie ein Stern!«

Wir streiten, und er ärgert sich. Wenn er sich ärgert, fletscht er die Zähne wie ein Wolf, und seine Gesichtszüge werden spitz.

»Schweig, Maxim! Du kennst das kaukasische Leben nicht!« schreit er mir zu.

Alle meine Gründe sind machtlos gegen seine Ursprünglichkeit, und was mir klar ist, erscheint ihm lächerlich. Meine Logik berührte sein Gehirn nicht, und wenn ich ihn nach langer Mühe durch den Beweis der Richtigkeit und der Vortrefflichkeit meiner Anschauungen entwaffnete, dachte er nicht lange nach, sondern sagte mir: »Geh nach dem Kaukasus und wohne dort. Du wirst sehen, daß ich die Wahrheit spreche. Alle machen es so, also muß es so sein. Warum soll ich dir glauben, wenn du allein sagst, es sei nicht so, und tausend andere sagen, es sei so?« Nun verstummte ich, denn ich sah ein, daß man einem Menschen, der daran glaubt, daß das Leben, so wie es ist, vollkommen gesetzmäßig und gerecht sei, nicht mit Worten, sondern mit Tatsachen beikommen müsse. Ich schwieg, und er triumphierte, da er an seine Weltkenntnis unerschütterlich glaubte und sie für wahr, gerecht und unwankbar hielt. Mein Schweigen gab ihm aber das Recht, in seinen Erzählungen vom kaukasischen Leben, voller wilder Schönheit, Feuer und Eigenart, einen immer höheren Ton anzuschlagen. Diese Erzählungen interessierten und fesselten mich, empörten mich aber zugleich und machten mich rasend durch ihre Roheit, durch den Respekt vor Reichtum und Macht und durch den vollständigen Mangel dessen, was man die für alle Menschen verbindliche Moral nennt. Einmal fragte ich ihn zufällig, ob er die Lehre Christi kenne.

»Gewiß!« antwortete er achselzuckend.

Als ich ihn aber ausfragte, zeigte es sich, daß er nur so viel wußte: es war einmal ein Christus, der sich gegen die jüdischen Gesetze empört hatte und dafür von den Juden gekreuzigt worden war. Er war aber ein Gott und starb darum nicht am Kreuze, sondern fuhr in den Himmel und gab den Menschen ein neues Lebensgesetz …

»Was für eins?« fragte ich ihn. Er sah mich spöttisch und erstaunt an und fragte: »Bist du ein Christ? Nun! Auch ich bin Christ. Auf der Erde sind fast alle Menschen Christen. Nun, was fragst du dann? Du siehst, wie alle leben ... Das ist das Gesetz Christi.«

Ich war aufgeregt und fing an, ihm vom Leben Christi zu erzählen. Er hörte mir erst mit Interesse zu, dieses wurde aber allmählich schwächer und brach schließlich mit einem Gähnen ab.

Als ich merkte, daß sein Herz mir nicht zuhörte, wandte ich mich an seinen Verstand und erzählte ihm von den Vorteilen der gegenseitigen Hilfe, von den Vorteilen des Wissens, von den Vorteilen der Gesetzmäßigkeit, von Vorteilen, nur von Vorteilen ...

»Wer stark ist, der ist sich selbst Gesetz! Er braucht nicht zu lernen; selbst wenn er blind ist, findet er seinen Weg«, antwortete mir Fürst Schakro träge.

Er verstand es, sich selbst treu zu sein. Das weckte in mir einen Respekt vor ihm; aber er war wild und grausam, und ich fühlte, wie in mir zuweilen ein Funken von Haß gegen den Fürsten Schakro aufflammte. Aber ich gab noch nicht die Hoffnung auf, einen Berührungspunkt zwischen uns und einen Boden zu finden, auf dem wir uns näherkommen und einander verstehen könnten.

Ich begann mit dem Fürsten einfacher zu sprechen, um mich ihm auf diese Weise zu nähern. Er sah meine Versuche, faßte sie aber als Eingeständnis seiner Überlegenheit über mich auf und nahm daher im Gespräche mit mir einen herablassenden und gönnerhaften Ton an. Ich litt, als ich sah, wie alle meine Gründe an der steinernen Mauer seiner Weltanschauung zu Staub zerschellten ... Wir passierten die Landenge von Perekop und näherten uns den Bergen der Krim. Schon seit zwei Tagen sahen wir sie am Horizonte. Sie waren hellblau und glichen leichten Wolkenreihen. Ich bewunderte sie aus der Ferne und träumte vom Südufer der Krim. Der Fürst aber brummte seine georgischen Weisen vor sich hin und war finster. Unser ganzes Geld war aufgebraucht, und es gab nirgends Gelegenheit, etwas zu verdienen. Wir strebten Feodossia zu, wo gerade die Arbeiten am Hafenbau begonnen hatten.

Der Fürst sagte mir, daß auch er arbeiten wolle und daß wir, wenn wir Geld verdient hätten, mit dem Schiff nach Batum fahren würden. In Batum habe er viele Bekannte, und er würde mir dort sofort die Stelle – eines Hausknechtes oder Wächters verschaffen. Er klopfte mir auf die Schulter und sagte gönnerhaft, süß mit der Zunge schnalzend: »Ich werde dir dort so ein Leben verschaffen! Zze, zze! Wirst Wein trinken, soviel du willst, wirst Hammelfleisch essen, soviel du willst! Wirst eine Georgierin heiraten, eine dicke Georgierin, zze, zze, zze! … Die wird dir Lawasch backen, Kinder gebären, viel Kinder, zze, zze!« Dieses »Zze, zze!« wunderte mich anfangs, fing mich dann zu reizen an und brachte mich schließlich in stille Wut. In Rußland lockt man mit diesen Lauten die Schweine, auf dem Kaukasus aber drückt es Entzücken, Bedauern, Vergnügen und Kummer aus.

Schakro hatte seinen modernen Anzug stark abgetragen, und seine Schuhe waren an verschiedenen Stellen geplatzt. Den Hut und den Spazierstock hatten wir in Chersson verkauft. Statt des Hutes hatte er sich eine alte Eisenbahnermütze angeschafft.

Als er sie zum erstenmal aufsetzte, und zwar ganz schief, fragte er mich: »Steht sie mir? Ist es schön?«

3.

Nun waren wir in der Krim. Wir passierten Ssimferopol und näherten uns Jalta.

Ich ging in stummem Entzücken vor der Naturschönheit dieses herrlichen, von allen Seiten vom Meere umschmeichelten Stückes Erde. Der Fürst seufzte, jammerte, warf traurige Blicke um sich und versuchte, seinen leeren Magen mit allerlei sonderbaren Beeren zu füllen. Die Versuche, ihren Nährwert kennenzulernen, liefen nicht immer gut für ihn ab, und er sagte mir oft mit boshaftem Humor:

»Wenn sich mein Magen ganz nach außen umdreht, wie soll ich dann weitergehen? Wie? Sag doch!«

Uns bot sich gar keine Möglichkeit, etwas zu verdienen, und wir nährten uns, da wir keinen Groschen in der Tasche hatten, von Obst und Hoffnungen auf die Zukunft. Fürst Schakro machte mir aber Vorwürfe wegen meines Mangels an Unternehmungslust, Faulheit und »Gafferei«, wie er sich ausdrückte. Überhaupt war er recht unangenehm geworden; am meisten erdrückte er mich aber mit seinen Erzählungen von seinem fabelhaften Appetit. Es stellte sich heraus, daß er, nachdem er um zwölf Uhr »ein kleines Schäfchen« nebst drei Flaschen Wein als Frühstück zu sich genommen hatte, schon um zwei Uhr imstande war, ohne besondere Mühe drei Teller von einer gewissen »Tschachachbili« oder »Tschichirtma«, eine ganze Schüssel Pilaf, einen ganzen Bratspieß mit Schaschlyk und »soviel du willst« Tolma und noch eine Menge anderer kaukasischer

Gerichte zu verzehren und dazu Wein »soviel er wollte« zu trinken. Tagelang erzählte er mir von seinen gastronomischen Neigungen und Kenntnissen, erzählte es schmatzend, mit brennenden Augen, fletschte dabei die Zähne, knirschte mit ihnen und schlürfte laut den Speichel, der ihm vor Hunger reichlich aus seinem beredten Munde floß. In solchen Augenblicken flößte er mir Ekel ein, den ich nur mit Mühe vor ihm verbergen konnte.

Einmal, in der Gegend von Jalta, übernahm ich es, einen Garten von den abgeschnittenen Ästen zu säubern, ließ mir den ganzen Tageslohn vorauszahlen und kaufte mir für die ganzen fünfzig Kopeken Brot und Fleisch. Als ich mit den Einkäufen zurückkam, rief mich der Gärtner; ich übergab meine Einkäufe Schakro, der sich unter dem Verwände von Kopfweh geweigert hatte, mitzuarbeiten, und folgte dem Rufe. Als ich nach einer Stunde zurückkam, überzeugte ich mich, daß Schakro, als er von seinem Appetit erzählte, die Grenzen der Wahrheit nicht überschritten hatte: von allem, was ich gekauft hatte, war nicht ein Krümchen übriggeblieben. Das war kein kameradschaftliches Benehmen, aber ich schwieg; wie es sich später zeigte, zu meinem Unglück.

Schakro merkte mein Schweigen und nutzte es auf seine Art aus. Von dieser Zeit an begann etwas furchtbar Dummes. Ich arbeitete, er aber drückte sich unter allen möglichen Vorwänden um die Arbeit herum, aß, schlief und trieb mich zu größerem Fleiß an. Ich bin kein Tolstojaner. Es war mir traurig und lächerlich, diesen kräftigen Burschen anzusehen, der mich gierig anblickte, wenn ich nach meiner Arbeit müde zu ihm zurückkehrte, während er mich in irgendeinem schattigen Winkel erwartete; aber noch trauriger und kränkender war es für mich zu sehen, daß er mich auslachte, weil ich arbeitete. Er lachte, weil er das Betteln gelernt hatte und weil ich in seinen Augen eine Art leblose Vogelscheuche war. Wenn er zu betteln anfing, genierte er sich anfangs vor mir; als wir uns aber einem Tatarendörfchen näherten, fing er vor meinen Augen an, sich zum Betteln vorzubereiten. Zu diesem Zwecke stützte er sich auf einen Stock und schleppte beim Gehen das eine Bein nach, als ob es ihn schmerzte, denn er wußte, daß die geizigen Tataren einem gesunden Burschen nichts geben würden. Ich stritt mit ihm und suchte ihm die Schändlichkeit einer solchen Beschäftigung zu beweisen ... Er lachte nur.

»Ich verstehe nicht zu arbeiten!« entgegnete er mir kurz. Er bekam nur spärlich Almosen. Um jene Zeit fing ich zu kränkeln an. Der Weg wurde von Tag zu Tag beschwerlicher und mein Verhältnis zu Schakro unangenehmer. Jetzt forderte er schon hartnäckig, daß ich ihn ernähre. »Du führst mich? Also führe mich! Kann ich denn so weit zu Fuß gehen? Wie? Ich bin es nicht gewohnt. Ich kann davon sterben! Warum quälst du mich, warum mordest du mich? Wenn ich sterbe, wie wird es dann? Die Mutter wird weinen, der Vater wird weinen, die Freunde werden weinen! Wieviel Tränen sind das?«

Ich hörte solche Reden an, ärgerte mich aber über sie nicht. Damals keimte in mir ein seltsamer Gedanke, der mich bewog, alles zu ertragen. Manchmal saß ich, wenn er schlief, neben ihm, betrachtete sein ruhiges, unbewegliches Gesicht und wiederholte vor mich hin, als ginge mir ein neuer Gedanke auf: »Mein Weggenosse … Mein Weggenosse …«

In meinem Bewußtsein dämmerte zuweilen der Gedanke, daß Schakro nur von seinem Rechte Gebrauch machte, wenn er von mir so selbstbe- wußt und dreist Hilfe und Fürsorge verlangte. In diesem Fordern war eine Kraft, ein Charakter. Er knechtete mich, ich ergab mich ihm und studierte ihn; ich beobachtete jedes Zucken in seinem Gesicht und ver- suchte zu ergründen, wo und bei welchem Punkt er in diesem Prozeß der Vergewaltigung einer fremden Persönlichkeit stehenbleiben würde. Er aber fühlte sich sehr wohl, sang, schlief und lachte über mich, wenn es ihm gerade paßte. Manchmal gingen wir für zwei, drei Tage nach verschiedenen Richtungen auseinander; ich gab ihm Brot und Geld, wenn ich welches hatte, mit und sagte ihm, wo er mich erwarten solle. Wenn wir uns dann wieder trafen, empfing er, der sich von mir so argwöhnisch, traurig und ärgerlich getrennt hatte, mich freudig und triumphierend und sagte jedesmal lachend: »Ich dachte schon, du seiest mir weggelaufen, hättest mich verlassen. Ha, ha, ha …!«

Ich gab ihm zu essen und erzählte ihm von den schönen Gegenden, die ich gesehen; als ich einmal von Bachtschissarai sprach, erzählte ich ihm von Puschkin und zitierte seine Verse. Dies alles machte auf ihn nicht den geringsten Eindruck.

»Ach, Verse! Das sind Lieder und keine Verse! Ich kannte einen Mann, einen Georgier, namens Mato Leschaw, der verstand Lieder zu singen! Das waren Lieder …! Wenn der zu singen anfing – ai, ai, ai! … Laut … sehr laut sang er! Als ob man ihm in der Kehle einen Dolch umdrehte! Er hat einen Schenkwirt erstochen und kam dafür nach Sibirien …«

Nach jeder Rückkehr sank ich immer tiefer in seiner Meinung, und er verstand es nicht vor mir zu verbergen. Unsere Geschäfte gingen schon längst nicht gut. Ich fand nur mit Mühe Gelegenheit, einen bis anderthalb

Rubel in der Woche zu verdienen, und das war für uns beide selbstverständlich weniger als wenig. Was Schakro zusammenbettelte, hatte nicht die geringste Wirkung auf unsere Ernährung. Sein Magen war ein kleiner Abgrund, der alles wahllos verschlang: Trauben, Melonen, gesalzene Fische, Brot, Dörrobst – und dieser Abgrund nahm mit der Zeit an Umfang zu und forderte immer mehr Opfer.

Schakro fing an mich zu drängen, die Krim zu verlassen, indem er recht vernünftig erklärte, daß der Herbst nicht mehr fern sei, wir aber noch weit zu gehen hätten. Ich mußte ihm zustimmen. Außerdem hatte ich diesen Teil der Krim schon gesehen, und wir gingen nach Feodossia, in der Hoffnung, »ein paar Groschen« zu verdienen, die uns immerhin fehlten. Wieder mußten wir uns von Obst und Hoffnungen auf die Zukunft nähren …

Die arme Zukunft! Unter der Last der Hoffnungen, die auf sie gesetzt werden, verliert sie sofort ihren ganzen Reiz, sobald sie zur Gegenwart wird!

Nachdem wir etwa zwanzig Werst von Aluschta aus zurückgelegt hatten, machten wir halt, um zu übernachten. Ich hatte Schakro überredet, am Ufer entlangzugehen, obwohl dieser Weg der längere war, aber ich wollte Seeluft atmen. Wir machten uns ein Feuer an und lagerten uns daneben. Der Abend war herrlich. Das dunkelgrüne Meer brandete gegen die Felsen unter uns; über uns schwieg majestätisch der blaue Himmel, und rings um uns her rauschten die duftenden Büsche und Bäume. Der Mond ging auf. Das durchbrochene Laub der Ahorne warf Schatten, und diese huschten auf den Steinen. Irgendein Vogel sang laut und herausfordernd. Die silbernen Triller schmolzen in der Luft, die vom leisen und freundlichen Rauschen der Wellen erfüllt war, und wenn sie verstummten, hörte man das nervöse Zirpen irgendeines Insekts. Das Feuer flackerte lustig, und seine Flamme glich einem großen lodernden Strauß roter und gelber Blumen. Auch das Feuer erzeugte Schatten, und diese Schatten sprangen lustig um uns herum, als prahlten sie mit ihrer Lebendigkeit vor den trägen Schatten des Mondes. Ab und zu erklangen in der Luft sonderbare Töne. – Der weite Horizont des Meeres war leer, der Himmel über ihm wolkenlos, und ich fühlte mich, als läge ich am Rande der Erde und schaute in die grenzenlosen Räume, dieses Rätsel, das die Seele bezaubert … Berauscht von der feierlichen Schönheit der Nacht, versank ich gleichsam in der herrlichen Harmonie der Farben, Töne und Düfte, das scheue Gefühl der Nähe von etwas Großem erfüllte meine Seele, und mein Herz bebte und erstarb vor der Freude am Leben ...

Schakro lachte plötzlich laut auf: »Ha - ha - ha ... Was hast du für eine dumme Fratze? Ganz wie ein Hammel! Ha - ha - ha ...!«

Ich erschrak, als ob über mir plötzlich ein Donnerschlag erdröhnte. Es war aber noch schlimmer. Es war komisch, aber zugleich so kränkend ...! Schakro weinte vor Lachen; auch ich war bereit, zu weinen, doch aus einem anderen Grunde. Mir war es, als steckte mir in der Kehle ein Stein, ich konnte nicht sprechen und sah ihn mit wilden Augen an, womit ich ihn noch mehr zum Lachen reizte. Er kugelte sich auf der Erde und hielt sich den Bauch; ich aber konnte mich nach der mir zugefügten Beleidigung noch immer nicht erholen, denn es war mir eine schwere Beleidigung zugefügt worden, und die wenigen, die es hoffentlich verstehen werden – weil sie vielleicht selbst etwas Ähnliches erfahren haben –, werden diese Schwere in ihren Seelen nachempfinden.

»Hör auf!« schrie ich wütend.

Er erschrak, fuhr zusammen, konnte sich aber noch immer nicht beherrschen; die Lachkrämpfe ergriffen ihn immer von neuem, er blähte die Backen, glotzte mit den Augen und brach dann wieder in Lachen aus. Nun stand ich auf und ging von ihm weg. Ich ging lange, ohne zu denken, fast besinnungslos, vom brennenden Gift der Vereinsamung und Kränkung erfüllt. Ich umarmte die ganze Natur und gestand ihr stumm, mit ganzer Seele meine Liebe, die glühende Liebe eines Menschen, der ein wenig Dichter ist ... sie aber hatte mich in der Person Schakros wegen meiner Verzückung ausgelacht! Wenn ich eine Anklageschrift gegen die Natur, gegen Schakro und alle Lebensordnung abfassen wollte, wäre ich noch weit gekommen, aber hinter mir ertönten schnelle Schritte.

»Sei nicht böse!« sagte Schakro verlegen, indem er leise meine Schultern berührte. »Hast du gebetet? Ich selbst bete nie ...«

Er sprach im scheuen Tone eines Kindes, das etwas Dummes angestellt hat, und ich konnte trotz meiner Aufregung nicht umhin, sein unglückliches Gesicht zu sehen, das sich vor Verlegenheit und Angst komisch verzerrte. »Ich rühre dich nicht mehr an. Wahrhaftig! Niemals ...!« Er schüttelte verneinend den Kopf.

»Ich sehe, du bist ein stiller Mensch. Du arbeitest. Du zwingst mich nicht dazu. Ich frage mich: warum?«

Damit wollte er mich trösten! Damit wollte er sich vor mir entschuldigen! Natürlich, nach solchen Tröstungen und Entschuldigungen blieb mir nichts anderes übrig, als ihm zu verzeihen, und zwar nicht nur das Vergangene, sondern auch die Zukunft.

Eine halbe Stunde später schlief er schon fest, und ich saß an seiner Seite und sah ihn an. Selbst ein starker Mensch erscheint im Schlafe hilflos und schutzlos, Schakro aber sah einfach elend aus. Seine dicken Lippen waren halb geöffnet und verliehen seinem Gesicht zusammen mit den hochgezogenen Augenbrauen den kindlichen Ausdruck eines scheuen Erstaunens. Er atmete gleichmäßig und ruhig, bewegte sich aber zuweilen und sprach im Schlafe flehend und hastig ganze Sätze auf georgisch. Um uns herum herrschte jene gespannte Stille, von der man immer etwas erwartet und die, wenn sie lange dauerte, den Menschen durch ihre gänzliche Ruhe und den Mangel jedes Tones, dieses grellen Schattens einer Bewegung, verrückt machen könnte. Das leise Rauschen der Wellen erreichte uns nicht; wir lagen in einer Grube, die von zähem Gesträuch bewachsen war und wie der zottige Rachen eines versteinerten Tieres aussah. Ich sah Schakro an und dachte mir: Das ist mein Weggenosse … Ich kann ihn wohl hier verlassen, aber ich kann ihm doch nicht entrinnen, denn sein Name ist Legion … Das ist der Weggenosse meines ganzen Lebens … er wird mich bis zum Grabe begleiten …

4.

Feodossia hatte unsere Erwartungen getäuscht. Als wir hinkamen, befanden sich dort schon an die vierhundert Mann, die wie wir auf Arbeit warteten und gleich uns gezwungen waren, sich mit der Rolle von Zuschauern beim Bau der Mole zu begnügen. Hier arbeiteten Türken, Griechen, Georgier, Bauern aus Smolensk und Poltawa und Barfüßler. Überall in der Stadt und in der Umgegend irrten scharenweise die grauen bekümmerten Gestalten der Hungernden und trieben sich wie die Wölfe Barfüßler aus Azow und Taurien herum.

Sie hielten uns anfangs auch für »Hungernde« und versuchten, sich an uns zu bereichern: im Gedränge stahl jemand Schakro den Mantel von den Schultern, den ich ihm gekauft hatte, und jemand anders schnitt mir meinen Quersack ab; aber nach einigem Wortwechsel gab man uns die Sachen wieder zurück, da man eine geistige und soziale Verwandtschaft zwischen sich und uns erkannte; die Barfüßler sind aber ein edles Volk, wenn auch geriebene Bestien …

Als wir sahen, daß wir hier nichts zu tun hatten und daß man die Mole ohne uns bauen wollte, fühlten wir uns gekränkt und gingen nach Kertsch.

Mein Weggenosse hielt Wort und ließ mich in Ruhe; aber er war furchtbar hungrig und so düster wie die Schlucht von Darjal. Er klapperte ganz wie ein Wolf mit den Zähnen, wenn er jemand essen sah, und machte mir Angst durch die Beschreibung der Menge verschiedener Speisen, die zu verschlingen er imstande wäre. Seit einiger Zeit fing er auch an, von Weibern zu reden. Anfangs nur nebenbei, mit Seufzern des Bedauerns, dann immer öfter, mit dem gierigen Lächeln eines Orientalen, und schließlich kam er so weit, daß er keine Person weiblichen Geschlechts, welchen Alters und welchen Aussehens sie auch sein mochte, an sich vorbeigehen lassen konnte, ohne mir irgendeine praktisch-philosophische schmutzige Bemerkung über diese oder jene Eigentümlichkeit ihres Körperbaus mitzuteilen. Er redete über die Frauen so frei, mit solcher Sachkenntnis und sah sie von einem so erstaunlich primitiven Standpunkt an, daß ich nur ausspucken konnte … Einmal versuchte ich, ihm zu beweisen, daß die Frau als Geschöpf durchaus nicht geringer sei als er selbst; als ich aber sah, daß er sich durch meine Ansichten nicht nur verletzt fühlte, sondern sogar nahe daran war, wegen der Erniedrigung, die ich ihm seiner Ansicht nach zufügte, wütend zu werden, gab ich meine Versuche auf bis zu einer Zeit, wo er, Schakro, satt sein würde.

Nach Kertsch gingen wir nicht mehr am Ufer entlang, sondern, um den Weg abzukürzen, durch die Steppe. In unserem Sacke hatten wir nur ein Gerstenbrot von etwa drei Pfund, das wir von einem Tataren für unsere letzten fünf Kopeken gekauft hatten. Aus diesem traurigen Grunde waren wir nach unserer Ankunft in Kertsch nicht nur nicht imstande, Arbeit zu suchen, sondern konnten auch kaum die Beine bewegen. Schakros Versuche, in den Dörfern um Brot zu betteln, führten zu nichts, denn überall gab man ihm die kurze Antwort: »Eurer sind so viel …!« Das war eine große Wahrheit: in jenem schweren Jahre gab es in der Tat erschreckend viel Menschen, die ein Stück Brot suchten. Sie gingen zu Fuß in Gruppen von drei bis zwanzig und mehr, gingen mit Kindern, die sie auf den Armen trugen und an den Händen führten, und es waren lauter durchsichtige Geschöpfe mit bläulicher Haut, unter der kein Blut, sondern eine ungesunde, faulige, trübe Flüssigkeit zu fließen schien … Und ihre Knochen ragten so vielsagend unter der abgetragenen Haut hervor, daß beim bloßen Anblick das Herz von einem dumpfen Gram

überfallen wurde und sich unerträglich und schmerzvoll zusammenkrampf-
te. Diese hungrigen, halbnackten und vom Wege ermüdeten Kinder
schrien sogar nicht; sie schauten nur mit ihren scharfen, verschiedenfar-
bigen Augen, die beim Anblick eines Gemüsefeldes oder eines noch nicht
geschnittenen Weizenfeldes gierig funkelten; wenn sie aber ihre Blicke
traurig auf die Gesichter der Erwachsenen richteten, schienen sie zu fragen, warum man sie in die Welt gesetzt habe … Zuweilen fuhr ein Bau-
ernwagen vorbei, in dem eine zu einem Skelett abgemagerte Alte saß und
das Pferd lenkte; um sie herum ragten aber diese Kinderköpfchen mit
den traurigen Augen, die beim Anblick des fremden Landes ausdrucksvoll
schwiegen. Das knochige und abgetriebene Pferd bewegt kaum die Beine
und schüttelt kläglich den struppigen Kopf mit der verfilzten Mähne …
Neben dem Wagen und hinter ihm gehen aber in langer Reihe die Erwachsenen. Ihre Köpfe sind gesenkt, die Arme hängen wie Peitschenschnü-
re herab, und die trüben zerstreuten Augen glänzen nicht einmal vor
Hunger und sind nur von einem unsagbaren, erschütternd traurigen
Gefühl erfüllt. Das alles bewegte sich schleichend, still und langsam über
die fremde Erde, als fürchteten sich diese vom Unglück aus ihrer Bahn
geschleuderten Menschen, durch ihre Gegenwart die Ruhe der Glückli-
cheren zu stören, zu denen sie kamen … Wir begegneten vielen solchen
Leichenzügen ohne Leichen.

Wenn sie uns oder wir sie einholten, fragten sie uns leise und scheu:
»Ist es noch weit bis zum Dorfe, Burschen?«

Und wenn wir antworteten, seufzten sie und sahen uns schweigend
an.

Mein Weggenosse konnte diese unbesiegbaren Konkurrenten im Betteln
nicht leiden. Sein Vorrat an Lebenskräften, den er trotz der Beschwerlich-
keiten der Reise und der schlechten Ernährung noch hatte, erlaubte ihm
nicht, ein so heruntergekommenes und elendes Aussehen anzunehmen
wie das, auf das die andern mit Recht, sogar wie auf einen gewissen
Vorzug, stolz sein durften; und wenn er sie von weitem sah, sagte er:
»Wieder gehen sie! Pfui, pfui, pfui! Was gehen sie herum? Was fahren
sie? Ist denn Rußland eng? Ich verstehe es nicht! Ein furchtbar dummes
Volk ist in Rußland!«

Als ich ihm die Gründe erklärte, die das dumme russische Volk bewo-
gen, durch die Krim zu gehen und zu fahren, schüttelte er ungläubig den
Kopf und erwiderte: »Ich verstehe es nicht! Wie ist es möglich …! Bei
uns in Georgien gibt es solche Dummheiten nicht!«

So kamen wir sehr müde und hungrig nach Kertsch. Wir kamen spät am Abend an und mußten unter der am Ufer für die Dampfer angebrachten Landungsbrücke übernachten. Es schadete uns nicht, uns zu verstecken: wir wußten, daß man aus Kertsch kurz vor unserer Ankunft alles überflüssige Volk, alle Barfüßler abgeschoben hatte, und wir fürchteten, von der Polizei erwischt zu werden; da Schakro mit einem fremden Passe reiste, hätte das zu gefährlichen Verwicklungen in unserem Schicksal führen können.

Die Wellen der Meerenge überschütteten uns die ganze Nacht ausgiebig mit ihren Spritzern, und als wir beim Morgengrauen unter der Landungsbrücke herauskamen, waren wir durchnäßt und durchfroren. Den ganzen Tag gingen wir auf dem Ufer auf und ab, und alles, was wir verdienen konnten, war ein Zehnkopekenstück, das ich von einer Popenfrau bekam, weil ich ihr einen Sack Melonen vom Markte nach Hause trug.

Nun galt es, über die Meerenge nach Tamanj zu kommen. Kein einziger Bootsmann wollte uns als Ruderer zum anderen Ufer mitnehmen, so sehr ich auch darum bat. Alle waren gegen die Barfüßler erbost, die hier kurz vor unserer Ankunft viele Heldentaten vollbracht hatten, uns aber rechnete man nicht ohne Grund zu dieser Kategorie.

5.

Als der Abend kam, entschloß ich mich aus Ärger über meine Mißerfolge und über die ganze Welt zu einem etwas riskanten Streich, den ich bei Einbruch, der Nacht auch zur Ausführung brachte. In der Nacht schlich ich mich mit Schakro leise zur Zollwache heran, neben der drei Schaluppen lagen, mit Ketten an Ringe befestigt, die in die steinerne Mauer des Hafendamms festgeschraubt waren. Es war finster, der Wind wehte, die Schaluppen stießen gegeneinander, die Ketten rasselten ... Und so konnte ich leicht und bequem einen der Ringe lockern und aus dem Stein herausziehen.

Über uns, in einer Höhe von etwa fünf Arschin, ging ein Soldat von der Zollwache auf und ab und pfiff durch die Zähne. Wenn er dicht über uns stehenblieb, unterbrach ich die Arbeit, aber das war eine überflüssige Vorsicht: er konnte doch nicht annehmen, daß ein Mensch bis an den Hals im Wasser sitzt und dabei riskiert, von einer Welle weggerissen zu werden. Außerdem rasselten die Ketten ununterbrochen auch ohne meine

Hilfe. Schakro hatte sich schon auf den Boden einer Schaluppe ausgestreckt und flüsterte mir etwas zu, was ich beim Rauschen der Wellen nicht verstehen konnte. Da hatte ich schon den Ring in meinen Händen … Eine Welle ergriff das Boot und schleuderte es im Nu etwa fünf Klafter vom Ufer weg. Ich hielt mich an der Kette fest und schwamm neben dem Boot, dann stieg ich hinein. Wir rissen zwei Bodenplanken heraus, befestigten sie in den Ruderhaken statt der Ruder und fuhren davon …

Über uns flogen die Wolken, unter uns tobten die Wellen, und Schakro, der am Steuer saß, verschwand mir bald aus den Augen, indem er zugleich mit dem Hinterteil des Bootes in einen Wasserabgrund stürzte, stieg bald hoch über mir empor und fiel schreiend beinahe auf mich herab. Ich riet ihm, seine Beine an die Bank festzubinden, was ich selbst schon getan hatte, und nicht zu schreien, wenn er nicht wolle, daß der Wachtposten ihn höre. Nun wurde er still. Ich sah einen weißen Fleck an Stelle seines Gesichts. Er hielt die ganze Zeit das Steuer. Wir hatten keine Zeit, unsere Rollen zu tauschen, auch fürchteten wir, im Boote herumzugehen. Ich schrie ihm zu, wie er steuern solle, und er verstand mich sofort und machte alles so schnell, als ob er als Seemann geboren wäre. Die Planken, die uns die Ruder ersetzten, nützten mir wenig und rieben mir nur Schwielen an die Hände. Der Wind wehte uns gerade ins Steuer; ich kümmerte mich wenig darum, wohin es uns trieb, und war nur darauf bedacht, daß das Boot quer zur Meerenge liege. Die Richtung war leicht festzustellen, da wir noch die Lichter von Kertsch sehen konnten. Die Wellen blickten zu uns über Bord herein und rauschten zornig, wenn sie aneinanderprallten; je weiter wir in die Meerenge kamen, um so stärker und lärmender wurden sie. Wir hörten schon ein Brüllen, das den Verstand und die Seele hypnotisierte … Das Boot trieb aber immer schneller und schneller, und es wurde sehr schwer, den Kurs einzuhalten. Wir versanken fortwährend in tiefe Abgründe und flogen auf Wasserberge hinauf, die Nacht wurde aber immer finsterer, und die Wolken senkten sich immer tiefer. Die Lichter hinter dem Steuer verschwanden im Finstern, und nun wurde es ganz grauenhaft. Das zornige Wasser schien keine Grenzen mehr zu haben. Es war nichts zu sehen außer den Wellen, die aus der Finsternis dem Boote entgegenflogen. Sie schlugen mir mit Krachen die eine Planke aus der Hand, ich warf die andere selbst auf den Boden des Bootes und hielt mich mit beiden Händen an den Borden fest. Schakro heulte mit wilder Stimme, sooft das Boot in die Höhe sprang. Ich fühlte mich hilflos und ohnmächtig in dieser Finsternis, vom wütenden

Elemente umgeben und von seinem Tosen betäubt. Ich blickte mit stumpfer und kalter Verzweiflung um mich und sah ringsum ein schreckliches Einerlei. Überall nichts als diese Wellen mit den weißlichen Kämmen, und die schweren, zerrissenen Wolken über mir glichen gleichfalls den Wellen ... Ich verstand nur das eine: alles, was um mich geschieht, kann noch unermeßlich stärker und schrecklicher sein, und ich fühlte mich gekränkt, daß es sich zusammennahm und nicht so sein wollte. Dem Tode kann man nicht entrinnen, aber man muß doch dieses leidenschaftslose, alles nivellierende Gesetz irgendwie verschönen, denn sonst ist es gar zu schwer und zu roh. Wenn es mir bevorstünde, im Feuer zu verbrennen oder in einem Sumpfe zu versinken, würde ich mich bemühen, das erste zu wählen, da es doch immerhin anständiger ist ...

»Wollen wir ein Segel aufstellen!« schrie mir Schakro zu.

»Wo ist es?« fragte ich.

»Aus meinem Mantel ...!«

»Wirf ihn her! Laß das Steuer nicht los ...!«

Schakro machte sich schweigend an seinem Ende zu schaffen.

»Fang auf ...!«

Er warf mir seinen Mantel zu. Ich rutschte auf dem Boden des Bootes herum, riß noch eine Planke heraus, zog den einen Ärmel des festen Kleidungsstückes über sie, stellte sie an die Bank, stemmte die Beine gegen sie, und kaum hatte ich den anderen Ärmel und den Schoß des Mantels in die Hände genommen, als etwas Unerwartetes geschah ... Das Boot sprang ungewöhnlich hoch hinauf, stürzte dann herunter, und ich befand mich plötzlich im Wasser, in der einen Hand den Mantel haltend und mich mit der anderen Hand an den Strick klammernd, der an der Außenseite des Bootes gespannt war. Die Wellen sprangen rauschend über meinen Kopf, und ich schluckte das salzig-bittere Wasser. Es drang mir in die Ohren, in den Mund, in die Nase ... Ich hielt mich mit beiden Händen am Stricke fest, hob und senkte mich im Wasser und schlug mit dem Kopfe gegen die Bootswand. Ich warf den Mantel ins Innere des Bootes und bemühte mich, selbst hineinzuspringen. Eine von meinen zehn Bemühungen hatte Erfolg; ich setzte mich rittlings auf das Boot und sah im selben Augenblick Schakro im Wasser zappeln; er hielt sich mit beiden Händen an den gleichen Stricken fest, die ich soeben losgelassen hatte. Wie es sich herausstellte, liefen sie um das ganze Boot durch eiserne Ringe, die in die Wandungen eingeschraubt waren.

»Ich lebe!« schrie ich ihm zu.

In diesem Augenblick sprang er hoch über das Wasser empor und stürzte auf den Boden des Bootes. Ich fing ihn auf, und wir befanden uns plötzlich Angesicht zu Angesicht einander gegenüber. Ich saß auf dem Boote wie auf einem Reitpferde, die Füße in den Stricken wie in Steigbügeln, aber das war recht unsicher: jede beliebige Welle hätte mich leicht aus dem Sattel werfen können. Schakro hatte sich mit den Händen an meine Knie festgeklammert und den Kopf mir an die Brust gedrückt. Er zitterte am ganzen Leibe, und ich fühlte, wie seine Kinnbacken bebten. Ich mußte etwas tun. Der Boden des Bootes war schlüpfrig, wie mit Butter bestrichen. Ich sagte Schakro, er solle wieder ins Wasser steigen und sich an den Stricken an dem einen Borde festhalten; ich würde mich an der anderen Seite ebenso einrichten. Statt zu antworten, fing er an, mich mit dem Kopfe vor die Brust zu stoßen. Die Wellen sprangen in wildem Tanze fortwährend über uns, und wir konnten uns kaum festhalten; ein Strick schnitt sich mir schmerzhaft ins Bein. Überall, so weit der Blick reichte, entstanden hohe Wasserberge, um dann brausend wieder zu verschwinden.

Ich wiederholte Schakro das Gesagte, schon im Tone eines Befehles. Er fing an, mich noch stärker mit dem Kopf vor die Brust zu stoßen. Ich durfte nicht zögern. Ich riß seine Hände eine nach der anderen von mir los und fing an, ihn ins Wasser zu stoßen, wobei ich darauf achtete, daß er mit den Händen die Stricke packte. Da geschah etwas, was mich mehr als alles andere in dieser Nacht erschreckte.

»Du ertränkst mich?« flüsterte Schakro und blickte mir ins Gesicht.

Es war wirklich schrecklich! Schrecklich war seine Frage, noch schrecklicher der Ton der Frage, aus dem ein scheues Sichschicken in die Tatsache, ein demütiges Flehen um Gnade und der letzte Seufzer eines Menschen, der jede Hoffnung, einem bösen Ende zu entrinnen, aufgegeben hat, herausklangen. – Noch schrecklicher aber waren seine Augen im totenblassen, nassen Gesicht …!

Ich rief ihm zu: »Halt dich fester!« und stieg selbst, mich am Stricke festhaltend, ins Wasser. Ich stieß auf etwas mit dem Fuße und konnte im ersten Moment vor Schmerz nichts begreifen. Aber später begriff ich es. Etwas Heißes stieg in mir auf, ich war berauscht und fühlte mich so stark wie noch nie. »Land!« schrie ich.

Vielleicht riefen die großen Seefahrer, die neue Länder entdeckten, dieses Wort mit größerem Gefühl als ich, aber ich zweifle, daß sie es lauter als ich schreien konnten. Schakro heulte auf, und wir beide sprangen ins Wasser. Unsere Freude wurde aber gleich abgekühlt; das Wasser reichte uns bis über die Brust, und nirgends waren sichere Zeichen eines trockenen Ufers zu sehen. Die Wellen waren hier schwächer und sprangen nicht mehr so, sondern rollten träge über uns weg. Zum Glück hatte ich die Schaluppe noch nicht losgelassen. Schakro und ich stellten uns nun an beide Bordseiten, hielten uns an den Rettungsstricken fest und gingen vorsichtig weiter, das Boot, das wir wieder in seine natürliche Lage gebracht hatten, hinter uns nachziehend. Schakro murmelte etwas und lachte. Ich sah mich besorgt um. Es war dunkel. Hinter uns und rechts war das Rauschen der Wellen viel stärker, vor uns und links schwächer; wir gingen nach links. Der Boden war hart und sandig, aber voller Löcher; stellenweise erreichten wir nicht den Boden und ruderten mit den Füßen und der einen Hand, während wir uns mit der anderen am Boote festhielten; stellenweise ging uns aber das Wasser nur bis ans Knie. An den tiefen Stellen heulte Schakro, und ich zitterte vor Angst. Und plötzlich die Rettung: vor uns leuchtete ein Feuer auf …

Schakro brüllte, was er konnte; ich vergaß aber für keinen Augenblick, daß das Boot dem Staate gehörte, und brachte das sogleich auch ihm in Erinnerung. Er verstummte, fing aber nach einigen Minuten zu schluchzen an. Ich konnte ihn nicht beruhigen: ich wußte nicht, womit.

Das Wasser wurde immer seichter … es reichte uns bis ans Knie … bis an die Knöchel … Nun ist schon gar kein Wasser mehr da! Wir hatten das Staatseigentum noch immer mitgeschleppt; nun hatten wir aber keine Kraft mehr dazu und ließen das Boot liegen. Quer über unseren Weg lag eine schwarze Baumwurzel. Wir sprangen über sie hinüber und gerieten mit unseren bloßen Füßen in ein stachliges Gras. Es tat weh und war seitens der Erde gar nicht gastlich, wir schenkten dem aber keine Beachtung und liefen auf das Feuer zu. Es brannte etwa eine Werst von uns entfernt und schien uns, lustig flackernd, entgegenzulachen, aber ringsum wogte schrecklich die Finsternis …

6.

Drei riesengroße zottige Hunde, die irgendwo aus der Finsternis herausgesprungen waren, stürzten uns entgegen. Schakro, der die ganze Zeit krampfhaft geschluchzt hatte, heulte auf und fiel zu Boden. Ich warf den nassen Mantel gegen die Hunde und bückte mich, um auf dem Boden einen Stein oder Stock zu finden. Es war aber nichts da, nur das Gras stach mir die Hände. Die Hunde sprangen einträchtig gegen uns los. Ich pfiff, so laut ich konnte, indem ich zwei Finger in den Mund steckte. Die Hunde sprangen zurück, und gleich darauf ließen sich die Schritte und Stimmen von laufenden Menschen vernehmen. Nach einigen Minuten standen wir vor einem Feuer, im Kreise von vier kleinrussischen Schafhirten, die in Schafspelze, mit der Wolle nach außen, gehüllt waren. Sie sahen uns schweigend und mißtrauisch an und hörten meinen Bericht.

Zwei saßen auf der Erde, rauchten und ließen den Rauch in großen Wolken aufsteigen; ein Großer mit dichtem schwarzem Vollbart, in hoher Lammfellmütze, wie sie die Kosaken tragen, stand hinter uns und stützte sich auf einen Stock, der an einem Ende einen riesengroßen Wurzelknoten hatte; der vierte, ein junger blonder Bursch, half dem weinenden Schakro sich entkleiden.

Ein jeder von ihnen hatte in seiner Nähe einen respekteinflößenden Stock liegen. Etwa fünf Klafter vor uns war die Erde weit mit einer dichten Schicht von etwas Dickem, Grauem, Welligem bedeckt, das an den schon zu schmelzen beginnenden Schnee im Frühling gemahnte. Nur wenn man lange und scharf hinblickte, konnte man die einzelnen Schafe unterscheiden, die dicht aneinandergedrängt standen. Es waren ihrer mehrere zehntausend Stück, die hier vom Schlaf und dem Dunkel der Nacht zu einer dicken, dichten, warmen Schicht zusammengepreßt waren, welche die Steppe bedeckte. Zuweilen blökten sie jämmerlich und voller Angst ... Ich trocknete den Mantel am Feuer und sprach mit dem Schafhirten ganz aufrichtig; ich erzählte ihm auch, auf welche Weise ich mir das Boot verschafft hatte.

»Wo ist es jetzt, das Boot?« fragte mich der strenge grauhaarige Alte, ohne von mir die Augen zu wenden.

Ich sagte es ihnen.

»Geh mal hin, Michal, such nach ...!«

Michal, der mit dem schwarzen Vollbart, nahm den Stock auf die Schulter und ging zum Ufer.

Der Mantel war trocken. Schakro wollte ihn über den nackten Leib ziehen, aber der Alte sagte: »Geh! Lauf erst herum, damit dir das Blut warm wird! Lauf um das Feuer herum, na!«

Schakro verstand es anfangs nicht, riß sich aber dann von der Stelle los und fing an, nackt wie er war, einen unbeschreiblich wilden Tanz aufzuführen; er sprang wie ein Ball über das Feuer, drehte sich auf einer

Stelle, stampfte mit den Beinen, schrie aus vollem Halse und fuchtelte mit den Armen. Es war ein unsagbar komischer Anblick. Zwei von den Schafhirten kugelten sich auf der Erde, aus vollem Halse lachend; doch der Alte bemühte sich, ernsten, unbeweglichen Gesichtes, mit der Hand den Takt zu schlagen, konnte aber den Rhythmus nicht treffen, so aufmerksam er auch den Tanz Schakros verfolgte. Er schüttelte den Kopf, bewegte den Schnurrbart und schrie immer in tiefem Baß: »Hai-ha! So, so! Hai-ha! Butz, butz!«

Der vom Feuerscheine übergossene Schakro wand sich wie eine Schlange, nahm die verschiedensten Posen an, hüpfte auf einem Beine, trommelte mit beiden Beinen auf den Boden, und sein im Feuer glänzender Körper bedeckte sich mit dicken Schweißtropfen. Diese Tropfen erschienen im Feuerscheine rot wie Blut.

Nun klatschten schon alle drei Schafhirten in die Hände; ich aber trocknete mich, vor Kälte zitternd, am Feuer und dachte mir, daß dieses Abenteuer einen Verehrer von Cooper und Jules Verne wohl glücklich machen könnte; es war alles da: ein Schiffbruch, gastfreundliche Eingeborene und der Tanz von Wilden um ein Feuer. Während ich mir das dachte, war ich sehr darum besorgt, wie die schönste Stelle des Abenteuers, nämlich der Schluß, ausfallen würde.

Schakro saß schon auf der Erde, in den Mantel eingewickelt, und verzehrte irgendwas, mich mit seinen schwarzen Augen anblickend, in denen etwas funkelte, was in mir ein unangenehmes Gefühl weckte. Seine Kleider trockneten, auf Stöcke aufgehängt, die man in die Erde neben dem Feuer gesteckt hatte. Auch mir gab man zu essen, Brot und gesalzenen Speck.

Michal kam zurück und setzte sich schweigend neben den Alten.

»Nun?« fragte der Alte.

»Das Boot ist da!« sagte Michal kurz.

»Wird es nicht weggespült werden?«

»Nein!«

Und wieder schwiegen alle und sahen mich an.

»Nun«, fragte Michal, ohne sich an jemand Bestimmten zu wenden, »soll man sie nicht ins Dorf zum Amtmann bringen? Oder vielleicht gleich zu den Zollwächtern?« – So ist also der Schluß, dachte ich mir. Niemand gab Michal Antwort. Schakro aß und schwieg.

»Man kann sie zum Amtmann bringen … man kann sie auch zu den Zollwächtern bringen … das eine ist gut, und auch das andere ist gut«, sagte der Alte nach einem Schweigen. »Wenn sie eine Sache, die dem

Staate gehört, gestohlen haben, so müssen sie dafür einen ordentlichen Denkzettel kriegen.«

»Wart, Großvater ...« fing ich an.

Er aber schenkte mir nicht die geringste Beachtung.

»Du sollst nicht stehlen! Jawohl! Wenn man ihnen keinen Denkzettel gibt, so stellen sie bald wieder etwas an.« Der Alte sprach mit einer empörenden Gleichgültigkeit, und als er fertig war, nickten seine Genossen schweigend mit den Köpfen.

»So ist es! Hast du gestohlen, mußt du büßen, wenn man dich erwischt hat ... ja! Michal! Dieses Ding ... das Boot, liegt es dort?«

»Ja, es liegt dort.«

»Nun ... wird das Wasser es nicht wegspülen?«

»Nein ... es wird es nicht wegspülen.«

»Dann soll es dort liegen bleiben. Wenn morgen die Bootsleute nach Kertsch fahren, werden sie es mitnehmen. Warum sollen sie auch ein leeres Boot nicht mitnehmen? Was?«

»Na ja ... Und jetzt ... ihr Lumpen ... was wollte ich noch sagen? Habt ihr euch beide gar nicht gefürchtet? Nein? So, so! Noch eine halbe Werst, und ihr wäret im Meere. Was hättet ihr getan, wenn es euch ins Meer weggetrieben hätte? Wie? Ersoffen wäret ihr wie zwei Beile ... Jawohl! Ersoffen wäret ihr und fertig!«

Der Alte schwieg und fing an, mich mit einem spöttischen Lächeln zu betrachten.

»Was schweigst du, Bursche?« fragte er mich.

Ich hatte seine Betrachtungen satt, die ich nicht recht verstand und für eine Verhöhnung hielt.

»Nun, ich höre dir doch zu!« sagte ich recht unwirsch.

»Nun, und?« fragte der Alte interessiert.

»Nun, und nichts.«

»Was neckst du mich dann? Ist es eine Art, einen zu necken, der älter ist als du?«

Ich schwieg, da ich einsah, daß es wirklich keine Art war.

»Willst du nicht mehr essen?« fuhr der Alte fort.

»Ich will nicht.«

»Nun, iß nicht. Wenn du nicht willst, so iß nicht. Willst du vielleicht für die Reise ein Stück Brot mitnehmen?«

Ich fuhr vor Freude zusammen, verriet mich aber nicht.

»Für die Reise würde ich schon etwas mitnehmen ...« sagte ich ruhig.

»Aha! … Gebt ihnen also für die Reise Brot und Speck. Ist vielleicht noch etwas da? Dann gebt ihnen auch davon.«

»Werden sie denn weggehen?« fragte Michal.

Die beiden anderen richteten ihre Augen auf den Alten.

»Was sollen wir denn mit ihnen anfangen?«

»Wir sollten sie doch zum Amtmann bringen … oder zu den Zollwächtern …« erklärte Michal entäuscht.

Schakro rückte am Feuer hin und her und streckte den Kopf neugierig aus dem Mantel hervor. Er schien ruhig.

»Was haben sie beim Amtmann zu suchen? Vielleicht haben sie bei ihm nichts zu suchen. Später können sie zu ihm gehen … wenn sie wollen.«

»Und was ist mit dem Boot?« frage Michal, der nicht nachgeben wollte.

»Mit dem Boot?« wiederholte der Alte. »Was soll mit dem Boot sein? Liegt es noch dort?«

»Es liegt noch dort …« antwortete Michal.

»Nun, dann soll es liegen. Morgen früh wird es Iwaschko zum Hafen treiben … von dort wird man es nach Kertsch mitnehmen. Sonst ist mit dem Boot nichts anzufangen.«

Ich sah den Alten aufmerksam an und konnte in seinem phlegmatischen, sonnenverbrannten und verwitterten Gesicht, über das die Schatten vom Feuer huschten, nicht die geringste Bewegung entdecken.

»Daß es nur keine Schereien gibt …« begann Michal nachzugeben.

»Wenn du deine Zunge im Zaume hältst, so wird es vielleicht auch keine Schereien geben. Wenn man sie aber zum Amtmann bringt, so werden wir und auch sie genug auszustehen haben. Wir müssen unsere Arbeit tun, und sie müssen gehen. He! Habt ihr noch weit zu gehen?« fragte der Alte, obwohl ich ihm schon gesagt hatte, wie weit.

»Bis Tiflis …«

»Ein weiter Weg! Nun siehst du, der Amtmann wird sie aber aufhalten; und wenn er sie aufhält, wann werden sie dann ankommen? Sollen sie also gehen, wohin ihr Weg führt. Wie?«

»Warum auch nicht? Sollen sie gehen!« stimmten die Genossen des Alten zu, als er mit seiner langsamen Rede fertig war, die Lippen fest zusammenpreßte und sie alle fragend anblickte, indem er seinen grauen Bart mit den Fingern drehte.

»Nun, geht also mit Gott, Burschen!« sagte der Alte und winkte mit der Hand. »Das Boot werden wir schon an Ort und Stelle schaffen. Nicht?«

»Ich danke dir, Großvater!« sagte ich und nahm meine Mütze ab.

»Wofür dankst du denn?«

»Ich danke dir, Bruder, ich danke!« wiederholte ich erregt.

»Wofür dankst du? Ist das sonderbar! Ich sage: ›Geht mit Gott‹, und er sagt mir: ›Danke!‹ Hast du denn gefürchtet, daß ich dich zum Teufel schicken werde, wie?«

»Ich muß mich schämen, ich habe es gefürchtet!« sagte ich.

»Oh …!« Und der Alte zog die Augenbrauen in die Höhe. »Warum soll ich einen Menschen auf einen schlechten Weg schicken? Ich schicke ihn lieber auf einen guten, den ich selbst gehe. Vielleicht treffen wir uns noch mal wieder, dann werden wir schon Bekannte sein. Vielleicht wird mal einer dem andern helfen müssen … Auf Wiedersehen …!«

Er nahm seine zottige Lammfellmütze vom Kopf und verbeugte sich vor uns. Auch seine Genossen verbeugten sich. Wir erkundigten uns nach dem Wege nach Anapa und gingen los. Schakro lachte über etwas …

7.

»Worüber lachst du denn?« fragte ich ihn.

Ich war entzückt über den alten Schafhirten und seine Lebensmoral; ich war entzückt über den frischen Morgenwind, der uns direkt in die Brust wehte, und darüber, daß der Himmel von Wolken gesäubert war, daß es bald tagen mußte, daß die Sonne am heiteren Himmel erscheinen und ein strahlender, schöner Tag anbrechen würde … Schakro blinzelte mir schlau mit dem einen Auge zu und fing noch lauter zu lachen an. Auch ich lächelte, als ich sein lustiges, gesundes Lachen hörte. Die zwei oder drei Stunden, die wir am Feuer der Schafhirten verbracht hatten, und das schmackhafte Brot mit dem Speck hatten uns nach der anstrengenden Reise nur noch ein leichtes Ziehen in den Knochen hinterlassen; aber auch dieses Gefühl mußte vom Gehen bald verschwinden.

»Nun, was lachst du denn? Bist du froh, daß du am Leben geblieben bist, ja? Du lebst und bist auch noch satt dazu!«

Schakro schüttelte verneinend den Kopf, stieß mich mit dem Ellbogen in die Seite, machte eine Grimasse, lachte wieder auf und sagte endlich in seiner gebrochenen Sprache:

»Du verstehst nicht, warum ich lache? Nein? Gleich wirst du es wissen! Weißt du, was ich getan hätte, wenn man uns zu diesem Amtmann oder Zollmann gebracht hätte? Du weißt es nicht? Ich hätte von dir gesagt: ›Er hat mich ertränken wollen!‹ Und ich hätte angefangen zu weinen. Sie hätten Mitleid mit mir gehabt und mich nicht ins Gefängnis gesperrt! Verstehst du es?«

Ich wollte es anfangs als einen Scherz auffassen, aber ach! – er verstand es, mich vom Ernst seiner Absicht zu überzeugen. Er erklärte es mir so überzeugend und klar, daß ich, statt über ihn und seinen naiven Zynismus wütend zu werden, von einem Gefühl tiefen Mitleids mit ihm – bei dieser Gelegenheit auch mit mir selbst – ergriffen wurde. Kann man denn auch etwas anderes einem Menschen gegenüber empfinden, der dir mit dem heitersten Lächeln und im aufrichtigsten Tone erzählt, daß er dich hat ermorden wollen? Was soll man mit ihm anfangen, wenn er dieses Vorhaben als einen netten und geistreichen Scherz ansieht?

Ich fing mit großem Eifer an, ihm die ganze Unmoralität seines Vorhabens zu beweisen. Er erwiderte mir darauf sehr einfach, daß ich seine Vorteile nicht begreife und wohl vergessen hätte, daß er einen fremden Paß habe und daß so was nicht gerne gesehen werde.

Plötzlich kam mir ein grausamer Gedanke.

»Wart«, sagte ich, »glaubst du denn, daß ich dich wirklich ertränken wollte?«

»Nein …! Als du mich ins Wasser stießest, glaubte ich es, als du aber selbst ins Wasser gingst, glaubte ich es nicht mehr!«

»Gott sei Dank!« rief ich aus. »Nun, dafür wenigstens danke ich dir!«

»Nein, sage nicht ›danke‹! Ich werde dir ›danke‹ sagen! Dort am Feuer hast du es kalt gehabt, auch ich habe es kalt gehabt. Der Mantel ist dein, du aber nahmst ihn nicht für dich. Du hast ihn getrocknet und mir gegeben. Dir selbst hast du nichts genommen. Darum danke ich dir! Du bist ein sehr guter Mensch, das verstehe ich. Wenn wir nach Tiflis kommen, wirst du deinen Lohn bekommen. Ich will dich zu meinem Vater bringen. Ich werde dem Vater sagen: Das ist ein Mensch! Gib ihm zu essen und zu trinken, mich aber sperre zu den Mauleseln in den Stall! So werde ich ihm sagen! Du wirst bei uns leben, wirst Gärtner sein, wirst Wein trinken, wirst essen, was du willst! Ach, ach, ach! Du wirst ein gutes Leben haben! Sehr einfach! ... Trink und iß aus einer Schüssel mit mir ...!«

Er malte mir lange und ausführlich die Reize des Lebens aus, das er mir bei sich in Tiflis einrichten wollte. Ich aber dachte, während er sprach, an das große Unglück jener Menschen, die, mit der neuen Moral und neuen Wünschen ausgerüstet, einsam vorausgegangen sind, sich im Leben verirrt haben und auf ihrem Wege Weggenossen treffen, die ihnen fremd sind und sie nicht verstehen können ... Schwer ist das Leben solcher Einsamen! Willenlos treiben sie in der Luft herum. Doch sie treiben wie die Samen einer guten Saat, obwohl sie auch nicht selten in fruchtbarem Boden zugrunde gehen.

Es tagte. Die Ferne des Meeres glänzte schon in rosigem Gold.

»Ich will schlafen!« sagte Schakro.

Wir machten halt. Er legte sich in ein Loch, das der Wind im trockenen Sande nicht weit vom Ufer ausgehöhlt hatte, hüllte den Kopf in den Mantel und schlief bald ein. Ich saß neben ihm und blickte auf das Meer hinaus. Das Meer lebte sein eigenes weites Leben, voller mächtiger Bewegung. Ganze Scharen von Wellen rollten brausend auf das Ufer und zerschellten am Sande, der, das Wasser aufsaugend, leise zischte. Die vordersten Wellen schlugen, die weißen Mähnen schüttelnd, mit der Brust gegen das Ufer und prallten, von ihm zurückgeschlagen, zurück; ihnen begegneten aber neue, welche auszogen, um ihnen beizustehen. Sich in Schaum und Wasserstaub fest umarmend, rollten sie wieder ans Ufer und schlugen es, vom Wunsche beseelt, die Grenzen ihres Lebens zu erweitern. Vom Horizont bis zum Ufer, auf der ganzen Ausdehnung des Meeres, wurden diese biegsamen und kräftigen Wellen geboren, und sie kamen immer in dichter Masse, durch die Gemeinsamkeit des Zieles eng aneinandergebunden. Die Sonne beschien immer leuchtender ihre Rücken, und bei den fernen Wellen am Horizonte erschienen sie blutrot. Kein einziger Tropfen ging spurlos verloren in dieser titanischen Bewegung der Wassermassen, die gleichsam von einem bewußten Ziel beseelt waren und dieses mit ihren breiten, rhythmischen Schlägen zu erreichen schienen. Bezaubernd war die schöne Kühnheit der vordersten Wellen, die kampflustig auf das schweigsame Ufer sprangen, und es war herrlich zu sehen, wie ihnen ruhig und einträchtig das ganze Meer folgte, das mächtige Meer, schon gefärbt von der Sonne in alle Farben des Regenbogens und vom ruhigen Bewußtsein seiner Schönheit und Macht erfüllt.

Hinter der Landzunge kam, die Wellen durchschneidend, ein riesiges Dampfschiff zum Vorschein; majestätisch auf dem wogenden Schoße des Meeres schaukelnd, zog es über die Rücken der Wellen dahin, die sich rasend auf seine Bordseiten stürzten. Schön und stark, mit seinem Metall in der Sonne glänzend, hätte es in mir zu einer anderen Zeit vielleicht den Gedanken an das stolze Schaffen der Menschen, die die Elemente knechten, wecken können ... Aber neben mir lag ein Mensch, der selbst wie ein Element war.

8.

Wir gingen durch das Terekgebiet. Schakro war erstaunlich abgerissen und zerzaust und teuflisch böse, obwohl er jetzt nicht mehr hungerte, weil es hier genug Verdienstmöglichkeiten gab. Er zeigte sich unfähig zu irgendwelcher Arbeit. Einmal versuchte er, bei einer Dreschmaschine das Stroh wegzuräumen, mußte aber die Arbeit schon nach einem halben Tag aufgeben, da er sich mit dem Rechen blutige Schwielen in die Hände gerieben hatte. Ein anderes Mal rodeten wir Kreuzdornbäume aus, und er riß sich bei dieser Arbeit mit der Spitzhacke ein Stück Haut vom Halse ab.

Wir gingen recht langsam; zwei Tage arbeiteten wir und den dritten Tag gingen wir. Schakro war im Essen äußerst unmäßig, und dank seiner Gefräßigkeit konnte ich unmöglich so viel Geld zusammensparen, um ihm wenigstens ein neues Kleidungsstück zu kaufen. Alle seine Kleidungsstücke waren aber nichts als eine Ansammlung verschiedener Löcher, wild kombiniert mit bunten Flicken. Ich ermahnte ihn, er solle doch nicht in den Wirtshäusern in den Kosakendörfern einkehren und dort seinen Lieblingswein trinken, er aber schenkte meinen Worten nicht die geringste Beachtung.

Einmal stahl er mir in einem Kosakendorfe aus meinem Quersack die fünf Rubel, die ich mit großer Mühe ohne sein Wissen, aber doch für ihn zusammengespart hatte, und kam dann gegen Abend in das Haus, wo ich im Gemüsegarten arbeitete, betrunken, in Begleitung eines dicken Kosakenweibes, das mich mit folgenden Worten begrüßte: »Guten Tag, verdammter Ketzer!«

Als ich, erstaunt über diese Bezeichnung, fragte, warum ich ein Ketzer sei, antwortete sie mit Nachdruck: »Weil du, Teufel, dem Burschen verbietest, das weibliche Geschlecht zu lieben! Darfst du es verbieten, wo es doch vom Gesetz erlaubt ist? … Du Verdammter …!«

Schakro stand neben ihr und nickte zustimmend mit dem Kopfe. Er war ganz betrunken, und wenn er eine Bewegung machte, wankte er, wie wenn er aus dem Leim gegangen wäre. Seine Unterlippe hing herab. Die trüben Augen starrten mich ganz dumm und unverwandt an. »Nun, du, was glotzt du uns so an? Gib doch sein Geld heraus!« schrie das tapfere Weib.

»Was für Geld?« fragte ich erstaunt.

»Gib es nur her! Sonst bringe ich dich auf die Gemeindekanzlei! Gib ihm die hundertfünfzig Rubel, die du ihm in Odessa abgenommen hast!«

Was war da zu machen? Das betrunkene Teufelsweib war imstande, wirklich auf die Gemeindekanzlei zu gehen, und dann würde uns die Obrigkeit des Kosakendorfes, die gegen jedes wandernde Volk sehr streng ist, verhaften. Wer weiß, was für Folgen eine solche Verhaftung für mich und Schakro haben könnte! Und so versuchte ich, das Weib diplomatisch herumzukriegen, was natürlich nicht allzuviel Mühe kostete. Mit Hilfe von drei Flaschen Wein besänftigte ich sie einigermaßen. Sie fiel auf die Erde zwischen die Wassermelonen und schlief ein. Ich legte auch Schakro schlafen, und am nächsten Morgen zogen wir aus dem Kosakendorfe und ließen das Weib bei den Melonen liegen. Halbkrank von Katzenjammer, mit mitgenommenem und aufgedunsenem Gesicht, spuckte Schakro jeden Augenblick aus und seufzte schwer. Ich versuchte, ihn in ein Gespräch zu ziehen, er gab mir aber keine Antworten und schüttelte nur seinen struppigen Kopf wie ein müdes Pferd.

Der Tag wurde heiß, und die Luft war erfüllt von den Ausdünstungen des feuchten Bodens, der mit hohem, dichtem Gras, das uns fast bis an die Schultern reichte, bewachsen war. Das grünsamtene Meer umgab uns von allen Seiten und atmete in den glühenden Himmel seine saftigen Düfte, von denen uns der Kopf schwindelte. Um den Weg abzukürzen, gingen wir einen schmalen Fußpfad, auf dem kleine rote Schlangen hin und her huschten und sich uns zu Füßen wanden. Rechts von uns, am Horizonte, zog sich eine Wolkenkette hin, die in der Sonne silbern schimmerte: das war der Bergrücken von Dagestan. Die Stille, die ringsum herrschte, schläferte uns ein und versetzte uns in eine träumerische und müde Stimmung. Am Himmel folgten uns langsam schwarze, dicke Wolkenscharen. Miteinander zusammenfließend, bedeckten sie den ganzen Himmel hinter uns, der vorn noch heiter war, obwohl schon einige

Wolkenfetzen vorausgelaufen waren und lustig vorwärts eilten, uns überholend und den Himmel immer dichter bedeckend. Irgendwo in der Ferne grollte der Donner, und seine zürnenden Töne klangen immer näher. Dicke Regentropfen fingen an zu fallen und auf das Gras zu schlagen. Das Gras rauschte metallisch. Wir konnten uns nirgends schützen. Es war schon dunkel geworden, und das Rauschen des Grases klang zwar lauter, aber irgendwie erschrocken. Ein Donnerschlag – und die Wolken erbebten, von einem blauen Feuer umfangen. Dann wurde es ganz finster, und die silberne Bergkette verschwand in der Finsternis. Es regnete in Strömen, und die Donnerschläge rollten drohend und ununterbrochen über die leere Steppe. Das von den Windstößen und vom Regen niedergebeugte Gras legte sich auf die Erde und rauschte bleich. Und alles zitterte und bebte. Die Blitze blendeten die Augen und rissen die Wolken entzwei. In ihrem blauen Scheine erstand in der Ferne die Bergkette, in blauen Lichtern glänzend, silbern und kalt, und wenn die Blitze erloschen, verschwand sie, wie in einen finstern Abgrund versinkend. Alles dröhnte, bebte, warf die Töne zurück und erzeugte neue. – Es war, als wollte sich der trübe und zornige Himmel durch das Feuer vom Staub und allem Unrat reinigen, der zu ihm von der Erde aufgestiegen war, und als bebte die Erde aus Angst vor seinem Zorne.

Schakro zitterte und knurrte wie ein erschrockener Hund. Mir aber war es lustig zumute, und ich fühlte mich über das Alltägliche erhoben, als ich das mächtige und düstere Schauspiel des Gewitters in der Steppe beobachtete. Das herrliche Chaos riß mich hin und stimmte mich heroisch, meine Seele mit schrecklichen und wilden Harmonien umfangend.

Und mir kam der Wunsch, mich an dieser Harmonie zu beteiligen, das mich erfüllende Gefühl des Entzückens vor dieser geheimnisvollen Macht, die die Finsternis und die Wolken zerschmetterte, irgendwie auszudrücken. Die blauen Flammen, die den Himmel umfingen, brannten gleichsam auch in meiner Brust; und wie hätte ich meine große Erregung und mein Entzücken vor diesem großartigen Schauspiele der Natur äußern sollen …? Ich fing zu singen an, laut, aus vollem Halse. Der Donner brüllte, die Blitze zuckten, das Gras rauschte, ich aber sang und fühlte mich allen diesen Tönen eng verwandt … Ich gebärdete mich wie wahnsinnig; das war verzeihlich, denn es schadete niemand außer mir. Ich war erfüllt von dem Wunsche, soviel als möglich von der lebendigen und mächtigen Schönheit und Kraft, die in der Steppe tobte, zu umfassen, in mich aufzunehmen und ihr möglichst nahe zu kommen … Ein Sturm auf dem Meere und ein Gewitter in der Steppe! – ich kenne keine großartigeren Erscheinungen in der Natur.

So schrie ich vor mich hin, fest überzeugt, daß ich durch solches Benehmen niemand störend und niemand in die Notwendigkeit versetzen würde, meine Handlungsweise einer strengen Kritik zu unterziehen. Plötzlich packte mich aber jemand fest an den Beinen, und ich setzte mich unwillkürlich und buchstäblich in eine Pfütze …

Schakro sah mir mit ernsten und zornigen Augen ins Gesicht.

»Bist du von Sinnen? Nicht von Sinnen? Nicht? Nun, dann schweig! Schreie nicht! Ich zerreiße dir sonst die Kehle! Verstehst du?«

Ich war erstaunt und fragte ihn zuerst, womit ich ihn störe …

»Du erschreckst mich! Hast du es verstanden? Der Donner dröhnt – Gott spricht, und du brüllst … Was denkst du dir eigentlich?«

Ich erklärte ihm, daß ich das Recht hätte zu singen, wann es mir einfiele, ebenso wie er.

»Aber ich will nicht!« sagte er kategorisch.

»Dann singe nicht!« stimmte ich zu.

»Auch du sollst nicht singen!« entgegnete Schakro streng.

»Nein, ich will schon lieber singen …«

»Hör mal, was denkst du dir eigentlich?« begann Schakro zornig. »Wer bist du? Hast du ein Haus? Hast du eine Mutter? Einen Vater? Hast du Verwandte? Ländereien? Was bist du auf der Erde? Du glaubst wohl, du bist ein Mensch? Ich bin ein Mensch! Ich habe alles …!« Er tippte sich auf die Brust. »Ich bin ein Fürst …! Und du … bist nichts! Du hast nichts! Du sagst: ich bin das und und das …! Wer wird das noch sagen?! Mich aber kennt Kutaïß, Tiflis! Verstehst du es? Erhebe dich nicht gegen mich! Du dienst mir? Sei zufrieden! Ich werde dir das Zehnfache bezahlen! Was tust du mir? Du kannst gar nicht anders tun; du hast mir selbst gesagt, daß Gott allen befohlen hat, ohne Lohn zu dienen! Ich werde dich belohnen! Warum quälst du mich? Warum belehrst du mich, erschreckst mich? Du willst, daß ich so sei wie du? Das ist nicht gut! Man darf nicht einen anderen sich selbst ähnlich machen …! Ach, ach, ach …! Pfui, pfui …!«

Als er das sprach, schmatzte er, schnaubte und seufzte … Ich blickte ihm ins Gesicht, den Mund vor Erstaunen weit geöffnet. Offenbar schüttete er vor mir alle Empörung, alle Kränkungen und seine ganze Unzufriedenheit mit mir aus, die sich in ihm während unserer Reise angesammelt hatten. Um mich noch mehr zu überzeugen, tippte er mich mit dem Finger vor die Brust und schüttelte mich an den Schultern; bei besonders kräftigen Stellen fiel er mit seinem ganzen Körper über mich her. Uns begoß der Regen, über uns dröhnte ununterbrochen der Donner, und Schakro brüllte, damit ich ihn verstehe, aus vollem Halse. Das Tragikomische meiner Lage kam mir deutlicher als alles zum Bewußtsein und zwang mich, laut aufzulachen … Schakro spie aus und wandte sich von mir weg.

9.

Je mehr wir uns Tiflis näherten, um so konsternierter und mürrischer wurde Schakro. Sein abgemagertes, aber noch immer unbewegliches Gesicht zeigte einen neuen Ausdruck. Nicht weit von Wladikawkas kamen wir in ein tscherkessisches Dorf und fanden Arbeit bei der Kukuruzernte.

Nachdem wir zwei Tage unter den Tscherkessen, die fast kein Wort Russisch sprachen und uns ununterbrochen auslachten und in ihrer Sprache beschimpften, gearbeitet hatten, entschlossen wir uns, von der unter den Dorfleuten gegen uns ständig anwachsenden feindseligen Stimmung erschreckt, das Dorf zu verlassen. Als wir etwa zehn Werst vom Dorfe entfernt waren, holte Schakro plötzlich aus dem Busen eine Rolle lesginischen Tülls, zeigte sie mir mit Triumph und rief aus: »Wir brauchen nicht mehr zu arbeiten! Wir verkaufen es und kaufen uns dann alles! Das langt uns bis Tiflis! Verstehst du?«

Ich war empört bis zur Raserei, entriß ihm den Tüll, warf ihn auf die Seite und sah mich um. Die Tscherkessen verstehen keinen Spaß. Kurz vorher hatten wir von den Kosaken folgende Geschichte gehört: Ein Barfüßler hatte beim Weggehen aus dem Dorfe, in dem er gearbeitet hatte, einen eisernen Löffel mitgenommen. Die Tscherkessen holten ihn ein, durchsuchten ihn, fanden bei ihm den Löffel, schlitzten ihm mit den Dolchen den Bauch auf, steckten den Löffel tief in die Wunde, ritten ruhig davon und ließen ihn in der Steppe liegen, wo ihn die Kosaken später halbtot auffanden. Er erzählte ihnen das und starb auf dem Wege nach dem Kosakendorfe. Die Kosaken hatten uns mehr als einmal und sehr eindringlich vor den Tscherkessen gewarnt, indem sie uns solche und ähnliche lehrreiche Geschichten erzählten, an deren Wahrhaftigkeit zu zweifeln ich keinen Grund hatte.

Ich fing an, Schakro an diese Geschichte zu erinnern. Er stand vor mir, hörte mir zu und stürzte plötzlich stumm, die Zähne fletschend, mit zusammengekniffenen Augen, wie eine Katze auf mich los. An die fünf Minuten balgten wir uns ordentlich, und schließlich rief mir Schakro wütend zu: »Genug ...!«

Wir schwiegen lange, ermattet einander gegenübersitzend. Schakro blickte schmerzvoll dorthin, wo ich den roten Tüll hingeworfen hatte, und sagte: »Warum haben wir uns geprügelt? Pfui, pfui, pfui ...! Sehr dumm. Habe ich ihn denn dir gestohlen? Was tut es dir leid? Du tust mir leid, darum habe ich gestohlen. Du arbeitest, ich aber kann nicht ... Was soll ich tun? Ich wollte dir helfen ... Zze, zze ...!«

Ich versuchte ihm zu erklären, was ein Diebstahl ist ...

»Ich bitte, schweig! Du hast einen Kopf wie aus Holz ...« sagte er mir verächtlich und erklärte: »Wenn du sterben wirst, wirst du doch stehlen. Nun! Ist das ein Leben? Schweig!«

Da ich ihn nicht wieder reizen wollte, schwieg ich. Das war schon der zweite Diebstahl. Schon früher, als wir am Schwarzen Meere waren, hatte er bei den griechischen Fischern eine Taschenwaage stibitzt. Auch damals hatten wir uns beinahe geprügelt.

»Nun, wollen wir weitergehen?« sagte er, als wir uns beide etwas beruhigt, versöhnt und ausgeruht hatten.

Wir gingen weiter. Er wurde von Tag zu Tag finsterer und sah mich sonderbar mürrisch an. Als wir schon die Schlucht von Darjal passiert hatten und den Gutaur herabstiegen, sagte er einmal: »Ein Tag vergeht, zwei Tage vergehen, und wir sind in Tiflis. Zze, zze!« Er schnalzte mit der Zunge und blühte vor Behagen förmlich auf. »Ich komme nach Hause; wo warst du? Ich bin herumgereist! Ich gehe ins Bad ... ah! Ich werde viel essen ... ach, soviel! Ich werde der Mutter sagen: Ich will essen. Ich werde dem Vater sagen: Vergib mir! Ich habe viel Kummer gesehen und habe das Leben gesehen, habe Verschiedenes gesehen! Die Barfüßler sind ein gutes Volk! Wenn ich mal einen treffe, gebe ich ihm einen Rubel, führe ihn ins Wirtshaus und sage ihm: Trink Wein, ich bin selbst Barfüßler gewesen! Ich werde dem Vater auch von dir erzählen ... Da ist ein Mensch, der war wie ein älterer Bruder. Er hat mich gelehrt. Er hat mich geschlagen, der Hund ... Er gab mir zu essen. Gib ihm dafür auch zu essen, werde ich sagen. Ernähre ihn ein ganzes Jahr. Ein ganzes Jahr. Ja, so lange! Hörst du, Maxim?«

Ich hörte gerne zu, wenn er so sprach; in solchen Augenblicken hatte er etwas Einfaches und Kindliches. Diese Worte interessierten mich auch darum, weil ich in Tiflis keinen Menschen kannte, der Winter aber schon nahe war; auf dem Gutaur waren wir in einen Schneesturm gekommen. Ich hoffte ein wenig auf Schakro.

Wir gingen schnell. Da ist schon Mzchet, die alte Hauptstadt Iberiens. Morgen kommen wir nach Tiflis.

Schon von weitem, aus der Entfernung von fünf Werst erblickte ich die zwischen zwei Bergen eingezwängte Hauptstadt Kaukasiens. Unser Weg war zu Ende! Ich freute mich über etwas, Schakro war aber gleichgültig. Mit stumpfsinnigen Augen blickte er vor sich hin, spuckte hungrig zur Seite und faßte sich jeden Augenblick mit schmerzvoller Grimasse an den Bauch. Er hatte unvorsichtigerweise rohe Mohrrüben gegessen, die er unterwegs ausgerupft hatte.

»Du glaubst, daß ich, ein georgischer Edelmann, am hellen Tage, so wie ich bin, abgerissen und schmutzig in meine Stadt gehen werde? Nein …! Wir wollen bis Abend warten. Halt!«

Wir setzten uns vor die Mauer irgendeines leeren Gebäudes, drehten uns die letzten Zigaretten und begannen, vor Kälte zitternd, zu rauchen. Von der Georgischen Heerstraße kam ein schneidender, starker Wind. Schakro saß da und summte durch die Zähne ein trauriges Lied … Ich dachte an ein warmes Zimmer und an andere Vorzüge eines seßhaften Lebens vor einem Nomadenleben.

»Gehen wir!« sagte Schakro, indem er sich mit entschlossener Miene erhob.

Es war schon dunkel geworden. Die Stadt entzündete ihre Lichter. Es war sehr schön: die Flämmchen sprangen allmählich, eins nach dem anderen, von irgendwoher in die Finsternis, die das Tal, in dem die Stadt versteckt lag, einhüllte.

»Hör! Gib mir diesen Baschlyk, damit ich mir mein Gesicht verhülle … sonst erkennen mich vielleicht meine Bekannten …«

Ich gab ihm den Baschlyk. Wir gehen durch die Olgastraße. Schakro pfeift entschlossen vor sich hin.

»Maxim! Siehst du die Station der Straßenbahn – die Werabrücke? Setz dich her und warte! Ich bitte dich, warte …! Ich will in ein Haus gehen und einen Freund nach den Meinigen, nach Vater und Mutter fragen …«

»Du kommst doch gleich?«

»Sofort! Nur einen Moment ...!«

Er schlüpfte schnell in eine dunkle enge Gasse und verschwand in ihr ... für immer.

Nie wieder begegnete ich diesem Menschen, meinem Weggenossen während fast vier Monaten meines Lebens, aber ich gedenke seiner oft mit warmem Gefühl und lustigem Lachen.

Er hat mich vieles gelehrt, was man nicht in den dicken, von Weisen geschriebenen Folianten finden kann, denn die Weisheit des Lebens ist immer tiefer und weiter als die Weisheit der Menschen.

Kain und Artem

Kain war ein kleiner, flinker Jude mit spitzem Kopf und magerem gelbem Gesicht; auf seinen Backenknochen und seinem Kinn wuchsen Büschel struppiger roter Haare, und sein Gesicht lugte aus ihnen hervor wie aus einem alten abgeriebenen Plüschrahmen, dessen Oberteil der Schild seiner schmutzigen Mütze bildete.

Unter dem Mützenschilde und den roten, gleichsam ausgerupften Brauen funkelten kleine graue Augen. Sie blieben nur sehr selten auf irgendeinem bestimmten Gegenstand länger haften; sie liefen immer hin und her, ein scheues, schmeichlerisches, unterwürfiges Lächeln um sich streuend.

Ein jeder, der dieses Lächeln sah, begriff sofort, daß das vorherrschende Gefühl des Menschen, der so lächelte, die Furcht war, die Furcht vor allen und für alles, eine Furcht, die sich jeden Augenblick zu einem Grauen steigern konnte. Darum verstärkte ein jeder, der nicht gar zu faul war, durch böse Sticheleien und Nasenstüber dieses stets gespannte Gefühl des Juden, von dem nicht nur seine Nerven, sondern selbst die Falten seines Gewandes aus Segeltuch erfüllt zu sein schienen, das, seinen knochigen Körper von den Schultern bis zu den Fersen einhüllend, gleichfalls ewig zitterte.

Der Name dieses Juden war Chajim-Ahron Purwitz, aber man nannte ihn Kain. Das war einfacher als Chajim; dieser Name war den Menschen vertrauter und klang sehr beleidigend. Obwohl er zu der kleinen, erschrockenen und schwächlichen Figur seines Trägers gar nicht paßte, kam es doch allen vor, daß er den Juden körperlich und seelisch ganz genau charakterisierte und ihn zugleich beleidigte.

Er lebte unter Menschen, die vom Schicksal benachteiligt worden waren; solche Menschen lieben aber stets, ihren Nächsten zu kränken, und sie verstehen sich auch darauf, denn das ist für sie die einzige Möglichkeit, Rache für sich zu nehmen. Kain zu kränken war aber sehr leicht; wenn man ihn verhöhnte, lächelte er nur schuldbewußt; zuweilen half er sogar selbst nach, als wollte er seinen Verfolgern für das Recht, unter ihnen zu existieren, im voraus bezahlen. Er lebte natürlich vom Handel. Er ging durch die Straßen mit einem Holzkasten an der Brust und rief mit süßlicher, feiner Stimme, in einem scheußlichen Russisch: »Schuhwichse!

Zündhölzer! Stecknadeln! Haarnadeln! Galanteriewaren! Allerlei Kleinkram!«

Noch ein charakteristischer Zug: er hatte große Ohren, die abstanden und fortwährend zitterten wie bei einem scheuen Pferde. Er trieb seinen Handel auf dem »Schichan«, in einer Gegend, wo der zerlumpte Abschaum der Stadt und allerlei »ausrangierte Menschen« hausten. Der Schichan war eine enge Gasse, mit alten, düsteren, hohen Häusern verbaut, in denen sich Nachtasyle, Wirtschaften, Bäckereien; Kolonialwarengeschäfte und Alteisen- und Trödlerbuden befanden; die Bevölkerung bestand aus Dieben, Hehlern, Kleinhändlern und Hökerinnen. In dieser Straße gab es immer viel Schatten von den hohen Häusern, viel Schmutz und Betrunkene; im Sommer roch es hier immer stark nach Fäulnis und Fusel. Die Sonne fürchtete gleichsam, ihre Strahlen mit diesem Schmutz zu besudeln, und blickte nur am frühen Morgen ganz kurz in diese Straße hinein. Sie lag am Abhang eines Hügels, nicht weit vom Ufer eines großen Flusses und wimmelte immer von Hafenarbeitern, Matrosen und Lastträgern. Sie tranken und vergnügten sich hier auf ihre Weise, während in verborgenen Winkeln Diebe den sinnlos Betrunkenen auflauerten. Längs der Bürgersteige standen die Töpfe der Pastetenhändlerinnen und die Bretter der Kuchen- und Leberverkäufer. Das Arbeitsvolk vom Flusse verschlang gierig die heißen Speisen, die Betrunkenen sangen mit wilden Stimmen ihre Lieder und fluchten, die Händler machten Jagd auf Kunden und lobten ihre Waren; die Lastwagen bahnten sich rasselnd mit Mühe einen Weg durch die Menschenmenge, die sich auf der Straße drängte, kaufte oder verkaufte, auf Arbeit oder auf andere Erfolge wartete. Das Chaos der Töne schwebte wie eine Staubwolke durch diese wie ein Graben enge Straße und brach sich an den schmutzigen Mauern ihrer Gebäude, die wie aussätzig schienen, weil der Verputz abgebröckelt war und sich überall feuchte Flecken zeigten.

In diesem Graben voll brodelnden Schmutzes, voll betäubenden Lärms und zynischer Reden, trieben sich immer Kinder umher, Kinder jeden Alters, doch gleich schmutzig, hungrig und verdorben. Sie liefen hier von früh bis spät herum und lebten von der Güte der Hökerinnen und von der Geschicklichkeit ihrer kleinen Hände; nachts schliefen sie aber irgendwo abseits, in einem Torwege, unter dem Verkaufsstand eines Kuchenhändlers, in der Nische eines Kellerfensters. Beim Morgengrauen waren diese mageren Opfer der Skrofulose und Rachitis schon auf den Beinen, um die schmackhaften und wertvollen Happen zu stehlen und die für den Verkauf ungeeigneten zu erbetteln. Wem gehörten diese Kinder? Allen … Durch diese Straße irrte nun von früh bis spät Kain, seine Waren ausrufend und den Straßenweibern verkaufend. Sie liehen sich von ihm für einige Stunden zwanzig Kopeken mit der Verpflichtung, zweiundzwanzig zurückzuzahlen, und zahlten immer pünktlich. Kain betrieb in dieser Straße überhaupt große Geschäfte: er kaufte von verbummelten Arbeitern Hemden, Mützen, Stiefel und Ziehharmonikas, von den Frauen Röcke, Jacken und billigen Schmuck und tauschte dann alle diese Sachen gegen andere oder verkaufte sie mit zehn Kopeken Profit. Allstündlich mußte er Spott und Schläge über sich ergehen lassen; oft wurde er auch ganz ausgeplündert. Er beklagte sich nie darüber und lächelte nur sein tragisches, mildes Lächeln.

Es kam vor, daß der von zwei oder drei Kerlen, die der Hunger oder der Katzenjammer so weit gebracht hatte, daß sie sogar einen Mord begehen konnten, in einer finsteren Ecke überfallene Jude, von einem Faustschlag oder vom Schreck niedergeschmettert, zu Füßen seiner Plünderer saß, und sie, krampfhaft und zitternd seine Taschen durchwühlend, anflehte: »Meine Herren! Meine guten Herren! Nehmen Sie mir nicht alles weg … Womit soll ich dann handeln?!«

Und sein mageres Gesicht zitterte vor ununterbrochenem Lächeln.

»Na, winsele nicht! Gib nur dreißig Kopeken her …« Diese guten Herren verstanden ja, daß man der Kuh nicht das ganze Euter herausreißen darf, um sich etwas Milch zu verschaffen.

Oft ging er, nachdem er wieder aufgestanden war, scherzend und lächelnd neben seinen Plünderern die Straße weiter; sie sprachen mit ihm herablassend und lachten ihn aus, und alle benahmen sich dabei einfach und offen. Kain sah nach einem solchen Erlebnis bloß etwas magerer aus, und das war alles.

Mit der Judengemeinde lebte er anscheinend in Unfrieden. Nur selten sah man ihn in Gesellschaft eines Glaubensgenossen, und dem letzteren konnte man immer ansehen, daß er auf Kain mit Verachtung herabsah. Es ging das Gerücht, daß gegen Kain ein »Cherem«, der große Bann, erlassen worden war, und die Straßenhändlerinnen nannten ihn eine Zeitlang »Verdammter«.

Das mit dem Bann stimmte wohl kaum, obwohl Kain sichere Anzeichen von Ketzerei zeigte: er beachtete nicht den Sabbat und aß auch verbotenes Fleisch. Man setzte ihm zu und verlangte von ihm Erklärungen, wie er es wage, Speisen, die von seiner Religion verboten sind, zu essen. Er wurde dann ganz klein, lächelte und suchte sich durch Witze loszumachen oder lief davon; aber niemals erzählte er etwas vom Glauben und von den Gebräuchen der Juden.

Selbst die unglücklichen Kinder dieser Straße verfolgten ihn und bewarfen ihn und seinen Kasten mit Schmutz, Melonenrinden und allerlei Abfällen. Er versuchte sie mit freundlichen Worten zu besänftigen; meistens aber flüchtete er sich vor ihnen ins Gedränge, wohin sie ihm nicht folgten, da sie zertreten zu werden fürchteten. So lebte Kain von Tag zu Tag, allen bekannt, von allen verfolgt – er handelte, zitterte vor Angst und lächelte; und einmal lächelte ihm das Schicksal zu …

Jeder Winkel des Lebens hat seinen Despoten. Auf dem Schichan spielte diese Rolle der hübsche Artem, ein kolossaler Bursche mit einem regelmäßig runden Kopf und dichten schwarzen Locken. Die weichen Haare fielen ihm in phantastischen Ringen in die Stirn und legten sich auf seine herrlichen samtweichen Brauen und die großen braunen, länglichen und immer ölig glänzenden Augen. Seine Nase war gerade und von klassischer Form, die Lippen rot und saftig, von einem dichten schwarzen Schnurrbart überschattet; sein ganz rundes, reines dunkles Gesicht war von wunderbarer Regelmäßigkeit und einfach schön, und die stets von einem Nebelflor umschleierten Augen ergänzten und verklärten seine Schönheit. Breitbrüstig, groß und schlank, immer mit einem unbewußt zufriedenen Lächeln auf den Lippen, war er auf dem Schichan ein Ungewitter für die Männer und eine Freude für die Weiber. Den größten Teil des Tages verbrachte er irgendwo in der Sonne liegend, massiv und träge, die Luft und das Sonnenlicht mit langsamen Zügen einatmend, vor denen seine mächtige Brust sich gleichmäßig und hoch hob und senkte.

Er war an die fünfundzwanzig Jahre alt. Vor drei Jahren war er in die Stadt mit einer Gesellschaft von Lastträgern aus Kromsino gekommen und nach Schluß der Schiffahrtssaison über Winter hier geblieben, da er eingesehen hatte, daß er auch ohne zu arbeiten von seiner Kraft und Schönheit leben konnte. Seit jener Zeit hatte er sich aus einem Bauernburschen und Lastträger in den Liebling der Pastetenverkäuferinnen, Krämerinnen und sonstigen Weiber vom Schichan verwandelt. Diese Art von Beschäftigung ermöglichte es ihm, Speisen, Schnaps und Tabak immer, wann er nur wollte, zu haben; sonst aber verstand er sich nichts zu wünschen und lebte so in den Tag hinein.

Die Weiber zankten und prügelten sich seinetwegen, die Verheirateten wurden bei den Männern verklatscht, die Männer und Liebhaber schlugen sie – Artem war aber gegen all das gleichgültig; er wärmte sich in der Sonne, streckte sich wie ein Kater und wartete, bis sich in ihm wieder einmal einer der ihm zugänglichen Wünsche regte. Gewöhnlich lag er auf dem Hügel, in den die Straße stieß. Hier sah er gerade vor sich den Fluß; hinter diesem breiteten sich weit bis zum Horizont die Wiesen, auf deren gleichmäßig grünem Teppich einzelne graue Flecken verstreut lagen: das waren die Dörfer. Dort war alles still, heiter und grün ... Wenn er aber den Kopf nach links wandte, sah er seine Straße vom einen Ende zum anderen von lärmendem Leben erfüllt; wenn er genauer hinsah, unterschied er im dunklen Gedränge ihm bekannte Gestalten, hörte das hungrige Gebrüll der Straße und dachte sich vielleicht auch etwas. Um ihn herum wuchs auf dem Hügel dichtes Steppengras, ragten einsame verkümmerte Birken und abgebrochene Holunderbüsche – hier pflegten die Barfüßler ihre Räusche auszuschlafen, Karten zu spielen, die Kleider auszubessern oder nach der Arbeit und den Schlägereien auszuruhen.

Bei diesen Menschen war Artem unbeliebt. Er war unüberwindlich stark und mißbrauchte oft seine Kraft; außerdem verdiente er sich sein Brot gar zu leicht. Dies erregte Neid; zudem teilte er seine Beute nur sehr selten mit anderen. Überhaupt waren die kameradschaftlichen Gefühle in ihm wenig entwickelt, und er fühlte sich von der Gesellschaft anderer Menschen nur wenig angezogen. Wenn man zu ihm kam und ihn ansprach, so gab er gerne Antwort; aber selbst fing er nie ein Gespräch an; wenn man ihn um Geld bat, um den Katzenjammer durch einen Trunk zu vertreiben, so gab er welches; aber aus eigenem Antrieb traktierte er seine Bekannten niemals. Bei diesen war es aber Sitte, jede erworbene Kopeke in Gesellschaft zu verzehren und zu vertrinken.

Hierher ins Gebüsch kamen zu Artem die Boten der Liebe in Gestalt von abgerissenen, schmutzigen kleinen Mädels von der Gasse oder ebenso schmutzigen Jungens. Diese sehr jugendlichen, sieben- oder achtjährigen, selten zehnjährigen, aber immer von der großen Wichtigkeit der ihnen auferlegten Aufträge überzeugten Menschen sprachen halblaut und mit geheimnisvollen Mienen auf den kleinen Fratzen ...

»Onkelchen Artem, Tante Marja läßt dir sagen, daß ihr Mann verreist ist; du möchtest heute ein Boot mieten und mit ihr in die Wiesen hinausfahren ...«

»So-o!« sagt Artem, und seine schönen Augen lächeln trübe.

»Du möchtest ganz gewiß ...«

»Das geht ... Aber ... sag mal ... welche ist das, die Tante Marja?«

»Nun, die Krämerin!« sagt der Bote vorwurfsvoll.

»Die Krämerin ... so? Ist das die neben der Eisenhandlung?«

»Neben der Eisenhandlung ist doch die Anissja Nikolajewna ... was fällt dir ein!«

»Nun ja, Liebster, ich weiß es ja ... Hab' nur so gefragt ... Zum Spaß ...! Als ob ich's vergessen hätte ... ich kenne doch die Marja.«

Der Bote ist aber dessen nicht ganz sicher; er will seinen Auftrag gut ausführen und erklärt Artem eindringlich: »Marja ist die Kleine, Rotbackige, neben den Fischen ...«

»Nun ja ...! Die neben den Fischen. Gewiß! Du bist aber komisch ...! Werd' ich es denn verwechseln? Gut, sag ihr, der Marja, daß ich mitfahre. Sag ihr: er fährt mit. Geh!«

Der Bote macht nun ein süßes Gesicht und bettelt: »Onkelchen Artem, gib mir ein Kopekchen!«

»Ein Kopekchen? Und wenn ich keins habe?« sagt Artem, indem er beide Hände zugleich in die Taschen seiner Pluderhose steckt. Und immer findet er irgendeine Münze. Der Bote eilt freudig lächelnd davon, um der verliebten Leberhändlerin die Erledigung des Auftrags zu melden und auch von ihr eine Belohnung zu bekommen. Er kennt den Wert des Geldes und braucht es, nicht nur, weil er hungrig ist, sondern auch, weil er Zigaretten raucht, Schnaps trinkt und seine kleinen Liebesaffären hat. Am anderen Tage nach einer solchen Szene ist Artem für die Eindrücke des Daseins noch unzugänglicher als sonst und noch schöner: es ist die Schönheit eines kräftigen, doch gutmütigen Tieres. So zog sich dieses satte, fast bewußtlose Dasein hin, ruhig, trotz der Menge von eifersüchtigen und neidischen Männern und Frauen, ruhig, weil es von der fürchterlichen Kraft seiner Faust beschützt wurde.

Zuweilen sammelte sich in den braunen Augen des hübschen Kerls etwas Drohendes und Dunkles; seine samtenen Brauen zogen sich streng zusammen, und die dunkle Stirne zeigte eine tiefe Furche. Er stand auf und ging von seinem Bärenlager auf die Straße, und je näher er ihrem Getriebe kam, um so runder wurden seine Pupillen und um so öfter zuckten seine feinen Nasenflügel. An der linken Schulter hat er eine gelbe Jacke aus Bauerntuch hängen, die rechte ist nur mit dem Hemde bedeckt, durch das man sehen kann, was es für eine mächtige Schulter ist. Stiefel mochte er nicht und trug immer Bastschuhe; die weißen, hübsch mit

Bändern umflochtenen Fußlappen umspannten plastisch seine Waden. Er nahte langsam wie eine schwere Gewitterwolke ...

Die Straße kennt seine Manieren und sieht schon seinem Gesicht an, was sie von ihm zu erwarten hat. Es erhebt sich ein warnendes Geflüster: »Artem kommt ...!«

Man beeilt sich, dem hübschen Kerl den Weg frei zu machen, rückt die Verkaufsstände, die Kessel und Töpfe mit den heißen Speisen zur Seite, lächelt ihm unterwürfig zu und verbeugt sich vor ihm ... und alle fürchten ihn. Er aber geht zwischen allen diesen Zeichen der allgemeinen Aufmerksamkeit und des Respektes vor seiner Kraft, geht mürrisch, schweigsam und voll wilder Schönheit, wie ein großes wildes Tier.

Sein Fuß streift einen Trog mit Kutteln, Lebern und Lungen, und alles fliegt auf das schmutzige Pflaster. Der Händler schreit verzweifelt und flucht.

»Und du, was stehst du mir im Wege?« fragt Artem ruhig, doch unheildrohend.

»Was ist denn hier für ein Weg, du Stier?« jammert der Händler.

»Wenn ich aber hier gehen will?«

Unter Artems Backenknochen blähen sich die mächtigen Halsdrüsen, und seine Augen sind wie rotglühende Nägel. Der Händler sieht das und murmelt: »Die Straße ist dir wohl zu eng ...«

Artem geht langsam weiter. Der Händler läuft in die nächste Wirtschaft, holt kochendes Wasser, wäscht darin seine Waren, und nach fünf Minuten klingen wieder seine Schreie durch die Straße:

»Leber, Lungen, heißes Herz! Matrose! Mach du den Anfang, ich will dir ein Stück Zunge für fünf Kopeken herunterschneiden! Tante, kauf den Hals! Wer will ein heißes Herz? Leber, Lunge!«

Das Stimmengewirr wogt mit dem erstickenden Geruch von Fäulnis, Schnaps, Schweiß, Fischen, Teer und Zwiebeln.

Die Leute drängen sich auf dem Pflaster, versperren den Fuhrwerken den Weg, schreien, feilschen und lachen. Hoch über ihnen hängt das blaue Band des Himmels, trüb von Staub und Schmutz, der von dieser Straße aufsteigt, in der selbst die Schatten der Häuser feucht und von Schmutz durchtränkt erscheinen ...

»Galanteriewaren! Faden! Nadeln!« ruft Kain und verfolgt mit seinen Blicken Artem, der ihm schrecklicher als den andern ist.

»Birnenkuchen, bitte zu versuchen!« schreit mit heller Stimme eine junge Hausiererin.

»Zwiebeln, grüner Schnittlauch …!« ruft eine andere dazwischen.

»Kwas! Kwas!« quakt heiser ein kleiner dicker Alter mit rotem Gesicht, im Schatten seines Fäßchens hockend.

Der Mann, der in dieser Straße unter dem seltsamen Spitznamen »Geschundener Freier« bekannt ist, will einem Schiffsarbeiter ein schmutziges, aber noch festes Hemd vom eigenen Leibe verkaufen und schreit überzeugend: »Narr! Wo findest du für zwanzig Kopeken einen solchen Paradegegenstand? In einem solchen Hemd kannst du doch um eine Kaufmannswitwe freien! Mit Millionen, zum Teufel …!«

Plötzlich dringt durch das ganze wilde, doch harmonische Brüllen und Heulen der helle Ton einer Kinderstimme: »Gebt um Christi willen eine Kopeke … einem verlassenen Waisenkinde … hab' weder Vater noch Mutter …«

So seltsam und allen fremd klingt in dieser Straße der Name Christi.

»Artjuscha! Komm mal her!« ruft freundlich die fixe Soldatenfrau Darja Grornowa, die mit Fleischkuchen handelt. »Wo treibst du dich herum? Hast du uns vergessen?«

»Hast du viel verkauft?« fragt Artem ruhig und schmeißt mit einem leichten Fußtritt ihre Waren um. Die gelben, glitschigen Fleischkuchen fliegen über das Straßenpflaster, von ihnen steigt Dampf auf, und Darja, die bereit ist, ihm ins Gesicht zu fahren, schreit wütend: »Unverschämter Kerl! Räuber! Wie trägt dich bloß die Erde, du astrachanisches Kamel!«

Alle lachen über sie – man weiß ja, daß sie es Artem verzeihen wird.

Er aber schreitet ebenso langsam weiter, alle anstoßend, sich mit der Brust den Weg durch die Menge bahnend und allen auf die Füße tretend. Vor ihm kriecht schnell wie eine Schlange das warnende Geflüster: »Artem kommt!«

Jeder, selbst einer, der diese beiden Worte zum erstenmal hört, erkennt in ihnen eine Drohung; er gibt Artem den Weg frei und mustert die mächtige Gestalt des hübschen Kerls neugierig und ängstlich.

Da begegnet Artem einem ihm bekannten Barfüßler. Sie begrüßen sich, und Artem drückt mit seiner eisernen Tatze dem Bekannten die Hand so fest zusammen, daß jener vor Schmerz schreit und flucht. Dann drückt ihm Artem mit den Fingern die Schulter zusammen oder fügt ihm auf eine andere Weise Schmerz zu und beobachtet stumm und ruhig, wie der Mensch in seiner Hand stöhnt und jammert, vor Schmerz keucht und flüstert: »Laß los, Henker …! Verdammter …!«

Der Henker ist aber unerbittlich wie ein Richter.

Auch Kain war mehr als einmal in Artems grausame Hände gefallen, der mit ihm spielte wie ein neugieriges Kind mit einem Insekt.

Dieses eigenartige und unverständliche Gebaren des Riesen nannte man auf dem Schichan »Artems Vorstellung«. Ihm verdankte er eine Menge von Feinden, aber diese vermochten seine ungeheuerliche Kraft nicht zu brechen, obwohl sie es mehr als einmal versuchten. So verbündeten sich einmal sieben kräftige Burschen; von der ganzen Straße angespornt, beschlossen sie, Artem einen Denkzettel zu geben und ihn zu bändigen. Zwei von ihnen mußten diesen Versuch sehr teuer bezahlen, die übrigen kamen besser davon. Ein anderes Mal mieteten die Krämer, lauter beleidigte Ehemänner, den berühmten städtischen Herkules, einen Metzger, der schon mehrmals berufsmäßige Ringkämpfer im Zirkus besiegt hatte. Der Metzger übernahm es gegen eine hohe Bezahlung, Artem halbtot zu prügeln. Man brachte sie zusammen, und Artem, der sich niemals weigerte, »zum Vergnügen« zu kämpfen, renkte dem Metzger einen Arm aus dem Gelenk heraus und versetzte ihm einen solchen Schlag in die Herzgrube, daß jener bewußtlos liegen blieb. Infolge dieser Tatsachen stieg das Prestige seiner Kraft noch mehr, was ihm noch mehr Feinde einbrachte.

Er aber setzte seine »Vorstellungen« fort und zermalmte alles, was ihm in den Weg kam. Was für Gefühle mochte er damit wohl ausdrücken? Vielleicht war es Rache, die ein von seiner Scholle losgerissener Sohn der Wiesen und Wälder an der Stadt und ihrer Lebensordnung nahm; vielleicht fühlte er dunkel, daß die Stadt ihn zugrunde richtete und ihm Leib und Seele mit ihrem Gift verseuchte, und er kämpfte so gegen die verhängnisvolle Gewalt, die ihn knechtete. Seine »Vorstellungen« endeten oft auf dem Revier, und die Polizei behandelte ihn besser als die anderen Leute vom Schichan; sie bewunderte seine fabelhafte Kraft und amüsierte sich über sie; die Polizei wußte, daß er kein Dieb war und auch nicht fähig war, einer zu sein: er war zu dumm dazu. Meistens ging aber Artem nach der »Vorstellung« in irgendeine Spelunke, wo ihn eine der in ihn verliebten Frauen unter ihre Obhut nahm. Nach seinen Heldentaten war er immer finster und launisch, seine Augen zeigten einen wilden Ausdruck, und sein Gesicht war unbeweglich wie bei einem Idioten. Irgendeine bis an die Knochen durchfettete Händlerin, ein feistes Weib in reiferem Alter, bemutterte ihn mit einem Ausdrucke, als ob sie die Besitzerin dieses Tieres wäre.

»Soll ich nicht noch ein paar Flaschen Bier bringen lassen, Artjuscha? Oder etwas Fruchtschnaps? Willst du nicht etwas essen? Was bist du heute so gar nicht lustig ...«

»Laß mich in Ruhe ...!« sagte Artem mit dumpfer Stimme. Sie ließ ihn einige Minuten in Ruhe und versuchte dann wieder, den schönen Burschen betrunken zu machen, da sie schon wußte, daß Artem in nüchternem Zustande mit Liebkosungen sehr geizte.

Nun gefiel es einmal dem oft allzu launischen Schicksal, diesen Menschen mit Kain zusammenzubringen ...

Das kam so.

Nach einer seiner »Vorstellungen« und einem üppigen Schmause, der sie begleitete, ging Artem einmal mit seiner Dame schwankend durch eine enge und leere Gasse der Vorstadt nach der Wohnung seiner Begleiterin. Hier erwartete man ihn. Einige Mann fielen über ihn her und warfen ihn sofort zu Boden. Vom Schnaps geschwächt, konnte er sich nur schlecht verteidigen, und diese Menschen nahmen an ihm nun fast eine ganze Stunde lang Rache für alle die zahllosen Kränkungen, die sie von ihm erfahren. Artems Begleiterin lief davon, die Nacht war stockfinster, und die Gegend menschenleer – die Feinde konnten also mit Artem bequem abrechnen, und sie betätigten sich, ohne ihre Kräfte zu schonen. Als sie ermatteten und fertig waren, lagen auf der Erde zwei Körper: der eine war der hübsche Artem und der andere ein Mann, der unter dem Namen »Roter Bock« bekannt war.

Die Kerle überlegten sich, was mit den beiden Körpern anzufangen sei, und beschlossen, Artem unter die alte, vom Eisgange zerschlagene Barke zu bringen, die am Flußufer mit dem Boden nach oben lag, und den Roten Bock, welcher noch stöhnte, mitzunehmen.

Als man Artem über die Erde zum Ufer schleifte, kam er vor Schmerz zum Bewußtsein; da er aber einsah, daß es für ihn vorteilhafter sei, tot zu sein, überwand er den Schmerz und schwieg. Sie schleppten ihn, fluchten und prahlten vor einander mit den Schlägen, die sie dem Riesen verabreicht hatten. Artem hörte, wie Mischka Wawilow den Genossen erzählte, daß er mit seinen Fußtritten immer nach Artems linkem Schulterblatt gezielt habe, damit das Herz zerreiße. Ssuchopljujew erzählte aber, daß er ihn immer auf den Magen geschlagen habe; wenn man einem Menschen die Gedärme verletzt, wird ihm das Essen nicht mehr anschlagen: er mag essen, soviel er will, er kommt nie wieder zu Kräften. Lomakin erklärte, daß er zweimal mit den Beinen auf Artems Bauch hinaufgesprungen war. Auch alle anderen hatten sich ebenso glänzend ausgezeichnet, womit sie auch die ganze Zeit prahlten, bis sie zur Barke kamen und Artem unter sie warfen. Er hörte alle ihre Reden und hörte auch, wie sie im Weggehen einstimmig erklärten, daß er, Artem, nie wieder aufstehen würde.

So blieb er allein im Dunkeln auf einem Haufen feuchter Abfälle liegen, die der Fluß beim Hochwasser unter die Barke gespült hatte. Es war eine kühle Mainacht, und diese Kühle brachte Artem immer wieder zum Bewußtsein. Wenn er aber versuchte, zum Flusse zu kriechen, wurde er von dem furchtbaren Schmerz im ganzen Körper wieder ohnmächtig. Und dann kam er, vom Schmerz gepeinigt, vom furchtbaren Durst geplagt, wieder zum Bewußtsein. Der Fluß schlug ganz nahe von ihm ans Ufer und schien ihn in seiner Ohnmacht necken zu wollen. Die ganze Nacht verbrachte er in dieser Lage und fürchtete, zu stöhnen oder sich zu regen.

Als er wieder einmal zum Bewußtsein kam, fühlte er, daß mit ihm etwas Gutes geschehen war, das seine Schmerzen linderte. Er konnte mit Mühe ein Auge öffnen und die zerschlagenen, geschwollenen Lippen kaum bewegen. Es war Tag, denn durch die Ritzen in der Barke drangen Sonnenstrahlen herein, die um Artem herum einen hellen Nebel erzeugten ... Als er später mit großer Mühe die Hand ans Gesicht führte, fand er darauf nasse Lumpen. Ebensolche Lumpen lagen ihm auf der Brust und auf dem Bauche. Er war vollständig entkleidet, und die Kälte linderte seine Schmerzen.

»Trinken ...« sagte er, in der Annahme, daß in seiner Nähe jemand sein müsse. Eine zitternde Hand streckte sich über seinem Kopfe aus, und er fühlte im Munde einen Flaschenhals. Die Flasche tanzte in der Hand dessen, der sie reichte, und schlug Artem gegen die Zähne. Nachdem er etwas Wasser getrunken hatte, wollte er erfahren, wer hier neben ihm sei, aber der Versuch, den Kopf zu wenden, mißlang und rief nur einen neuen Schmerz im Halse hervor. Nun begann er heiser und stotternd zu sprechen: »Schnaps ... ein Glas austrinken ... Und von außen einreiben ... Dann könnte ich vielleicht ... aufstehen ...«

»Aufstehen? Sie können nicht aufstehen. Sie sind ja ganz blau und aufgedunsen wie eine Wasserleiche ... Schnaps kann ich geben, ich habe Schnaps ... eine ganze Flasche ...« Dies wurde leise, scheu und sehr schnell gesagt; Artem kannte diese Stimme, erinnerte sich aber nicht, daß sie einer der Frauen gehörte.

»Gib her«, sagte er.

Und wieder reichte ihm jemand, der ihm offenbar nicht vor die Augen kommen wollte, von hinten über den Kopf die Flasche. Artem schluckte mühevoll den Schnaps und blickte mit einem Auge auf den feuchten schwarzen, mit Schwämmen bewachsenen Boden der Barke hinauf.

Als er mehr als ein Viertel der Flasche ausgetrunken hatte, seufzte er tief und erleichtert auf und sagte mit schwacher, ausdrucksloser Stimme, während es in seiner Brust röchelte: »Fein haben sie mich zugerichtet ... Aber wart ... ich steh' mal auf. Ich steh' noch auf ... Dann nehmt euch in acht.« Er bekam keine Antwort, aber er hörte ein Geräusch, als wäre jemand zur Seite gesprungen. Dann war alles wieder still, nur die Wellen plätscherten, und irgendwo in der Ferne klang ein Arbeiterlied und tönten Schreie: wahrscheinlich schleppte man eine schwere Last. Dann gellte durchdringend der Pfiff eines Dampfschiffes; er brach ab, und nach einigen Sekunden ertönte ein düsteres Heulen, als nähme der Dampfer für immer Abschied von der Erde ... Artem wartete lange auf Antwort; unter der Barke war es aber still, und ihr schwerer, von grüner Fäule durchtränkter Boden hing und schwankte über seinem Kopfe, sich bald hebend und bald wieder senkend, als wollte er auf ihn herabfallen und ihn erdrücken.

Artem spürte Mitleid mit sich selbst. Er war ganz vom Bewußtsein seiner fast kindlichen Hilflosigkeit durchdrungen, fühlte sich aber zugleich schwer beleidigt. Ihn, einen so schönen und starken Menschen hatte man so verstümmelt und verunstaltet ...! Mit schwachen Händen betastete er die Wunden und Geschwülste auf seinem Gesicht und seiner Brust; er fluchte bitter und fing zu weinen an. Er schluchzte, schnaubte mit der Nase, bewegte mühevoll die Lider und zerdrückte mit ihnen die Tränen, die seine Augen füllten. Die dicken, heißen Tränen flossen ihm über die Wangen, drangen ihm in die Ohren ... und er fühlte, wie diese Tränen in seinem Innersten etwas reinwuschen.

»Gut ...! Wartet ...!« murmelte er, immerfort schluchzend. Und plötzlich hörte er irgendwo in der Nähe ein fremdes unterdrücktes Schluchzen und Flüstern, das ihn zu verhöhnen schien.

»Wer ist da?« fragte er streng, obwohl er selbst etwas Angst hatte.

Er bekam keine Antwort.

Nun nahm Artem seine ganze Kraft zusammen, drehte sich auf eine Seite um, brüllte wie ein Tier vor Schmerz auf, stützte sich auf die Ellbogen und erblickte im Halbdunkel eine kleine Gestalt, die am Rande der Barke zu einem Knäuel zusammengeschrumpft kauerte. Dieser Mensch hielt seine beiden Knie mit langen, mageren Armen umfaßt, hatte den Kopf an sie gedrückt, und seine Schultern bebten. Artem glaubte schon, daß es ein halbwüchsiger Junge sei. »Komm mal her!« sagte er.

Jener gehorchte aber nicht und fuhr fort, wie im Fieber zu zittern. Artem wurde es vor Schmerz und vor Angst, die ihm dieses Wesen einflößte, finster vor den Augen, und er heulte: »Komm!«

Als Antwort bekam er eine ganze Menge zitternder, hastiger Worte: »Was habe ich Ihnen Böses getan? Warum schreien Sie so auf mich? Habe ich Sie denn nicht mit Wasser gewaschen, habe ich Ihnen nicht zu trinken gegeben, habe ich Ihnen keinen Schnaps gereicht? Habe ich nicht geweint, als Sie weinten, tat es mir nicht weh, als Sie stöhnten? Oh, mein Gott und Herr! Selbst das Gute, das ich tue, bringt mir nur Qual! Was habe ich Ihrer Seele und Ihrem Körper Böses getan? Was kann ich Ihnen Böses tun – Ich! Ich! Ich!«

Der Mensch brach seine Rede bei diesen drei Aufschreien ab. Er verstummte, griff sich an den Kopf und fing an, auf der Erde kauernd, sich hin und her zu wiegen.

»Kain? Ach … das bist du!«

»Nun, was denn? Ich bin es …«

»Du? Wirklich! Du warst hier die ganze Zeit? Ach! Komm mal her! Nun … du Kauz …!«

Artem war ganz verblüfft, fühlte aber zugleich in sich eine Freude aufleuchten. Er lachte sogar, als er sah, wie der Jude ängstlich auf allen vieren näher kroch und wie erschrocken seine kleinen Augen in dem komischen Gesicht, das Artem schon so lange kannte, blinzelten.

»Komm her, hab keine Angst! Bei Gott, ich rühr' dich nicht an!« Er hielt sich für verpflichtet, den Juden zu ermutigen. Kain kam vor seine Füße gekrochen, machte halt und sah sie mit einem so ängstlich und flehenden Lächeln an, als erwartete er, daß sie seinen vor Angst ermatteten Körper zertreten würden.

»Nun …! Da bist du also! Und du hast das alles gemacht? Wer hat dich geschickt? Anfissa?« fragte ihn Artem aus, nur mit Mühe die Zunge bewegend.

»Ich bin selbst hergekommen!«

»Selbst? Du lügst!«

»Ich lüge nicht, ich lüge nicht!« flüsterte Kain schnell. »Ich bin selbst gekommen, bitte, glauben Sie es mir! Ich werde erzählen, wie ich gekommen bin. Hören Sie, ich erfuhr es in Grabilowka … Ich trinke meinen

Tee und höre: man hat Artem in der Nacht totgeschlagen. Ich glaube es nicht, nein! Kann man denn Sie totschlagen? Ich lache nur. Die dummen Menschen! – denke ich mir. Dieser Mensch ist wie Simson, wer von euch kann ihm beikommen? Es kommen aber immer neue Menschen und sagen: Man hat ihn erschlagen. Und sie schimpfen auf Sie und lachen. Alle freuten sich, und ich glaubte es. Und ich erfuhr, daß Sie hier liegen. Es waren schon Leute hier, um nach Ihnen zu sehen, und alle sagten, daß Sie tot sind … Ich brach auf und kam her und sah Sie … Sie stöhnten, als ich hier stand. Und als ich Sie, den stärksten Menschen auf der Welt sah, dachte ich mir: da haben sie ihn totgeschlagen! … Diese Kraft, diese Kraft … Und Sie dauerten mich, entschuldigen Sie! Ich dachte mir, daß man Sie mit Wasser abwaschen müsse … und ich tat es, und Sie fingen an, wieder lebendig zu werden. Ich freute mich darüber … ach, wie ich mich darüber freute! Sie glauben es mir nicht, was? Weil ich ein Jud' bin? Ja? Aber nein, glauben Sie mir, ich will Ihnen sagen, warum ich mich freute und was ich mir dachte … ich will die Wahrheit sagen … Sie werden mir nicht böse sein?«

»Sieh: ich schlage ein Kreuz! Der Blitz soll mich treffen!« schwor der verprügelte Schöne mit Nachdruck.

Kain rückte näher zu ihm heran und dämpfte seine Stimme noch mehr.

»Wissen Sie, was ich für ein gutes Leben habe? Wissen Sie es, ja? Habe ich denn nicht auch von Ihnen, nehmen Sie es mir nicht übel, Schläge bekommen? Haben Sie denn nicht auch über den krätzigen Juden gelacht? Was? Das ist doch wahr? Wie? Entschuldigen Sie, daß ich die Wahrheit spreche, Sie haben es mir selbst geschworen. Seien Sie nicht böse! Ich sage nur, daß Sie wie alle anderen den Juden verfolgt haben … Warum? Ist denn der Jud' nicht auch ein Sohn Ihres Gottes und hat nicht der gleiche Gott ihm und Ihnen die Seele gegeben?«

Kain überstürzte sich, warf eine Frage nach der anderen hin und wartete nicht auf Antwort: in ihm kochten plötzlich alle die Worte, mit denen er in seinem Herzen alle Kränkungen und Beleidigungen, die er erfahren, verzeichnet hatte; sie waren alle erwacht und ergossen sich aus seinem Herzen als heißer Strom.

Artem wurde verlegen. »Hör mal, Kain«, sagte er dumpf, »laß das! Ich werde dich … wenn ich dich auch nur mit einem Finger anrühre … Wenn dich nur jemand anrührt, so haue ich ihn in Stücke! Hast du es verstanden?«

»Aha!« rief Kain triumphierend aus und schnalzte sogar mit der Zunge. »Da! Sie haben Schuld ... entschuldigen Sie es! Seien Sie mir nicht böse, weil Sie wissen, daß Sie vor mir schuldig dastehen! Ich sage, Sie haben keine Schuld, aber ich weiß ja, ich weiß, daß Sie weniger als die anderen Schuld haben ...! Ich verstehe es! Alle spucken nur mich mit ihrem schlechten Speichel an, Sie aber spucken auf mich und auf alle! Sie tun den anderen viel mehr zuleide als mir ... Ich dachte mir: dieser starke Mensch schlägt und beleidigt mich, nicht weil ich Jude bin, sondern weil ich so bin wie alle anderen, nicht besser als die anderen, und weil ich unter ihnen mein Leben trage. Und ... ich habe Sie immer voller Angst geliebt. Ich sah Sie an und dachte mir, daß Sie den Rachen des Löwen zerreißen und die Philister schlagen können. Sie schlugen sie ... und ich sah gerne zu, wie Sie es machten ... Auch ich wollte stark sein ... aber ich bin wie ein Floh ...«

Artem lachte heiser auf.

»Das stimmt – wie ein Floh ...!«

Er verstand fast nichts davon, was ihm Kain sagte, aber es war ihm angenehm, neben sich die kleine Figur des Juden zu sehen. Und während er dem erregten Geflüster Kains lauschte, formten sich in ihm langsam seine eigenen Gedanken: »Wie spät mag es jetzt sein? Wohl gegen Mittag. Keines von allen Weibern kommt her, den Liebsten zu besuchen ... Der Jud' ist aber gekommen ... hat mir geholfen, er sagt, daß er mich liebt, ich habe ihn aber oft beleidigt, früher ... er lobt meine Kraft ... Ob sie noch wiederkehrt? Gott, wenn sie nur wiederkäme!«

Artem malte sich, schwer seufzend, aus, wie er seine Feinde verprügeln und sie ebenso geschwollen sein würden wie er. Sie werden dann auch so irgendwo ohne Kraft liegen, zu ihnen werden aber ihre Freunde kommen und nicht der Jude ... Artem blickte Kain an und fühlte plötzlich einen bitteren Geschmack im Munde und in der Kehle; er glaubte, daß es von diesem Gedanken käme. Er spuckte aus und holte schwer Atem.

Kain sprach aber noch immer weiter, furchtbar erregt, mit vor Aufregung entstelltem Gesicht und am ganzen Leibe zitternd. »Und als Sie weinten ... weinte ich auch ... So sehr dauerte mich Ihre Kraft ...«

»Ich aber glaubte, jemand macht sich über mich lustig!« sagte Artem mit düsterem Lächeln.

»Ich liebte immer Ihre Kraft ... und ich betete zu Gott: Unser ewiger Gott im Himmel und auf der Erde, in der Höhe der fernen Himmel! Füge es so, daß ich diesem starken Menschen nützlich sein kann! Daß ich ihm einen Dienst erweise, damit seine Kraft sich mir zum Schutze wende! Mag ich um ihretwillen gegen alle Verfolgungen gefeit sein, und meine Verfolger sollen durch diese Kraft umkommen! So betete ich ... und lange flehte ich meinen Gott an, daß Er mir meinen stärksten Feind zum Beschützer gebe, wie Er dem Mardochai den König gab, der alle Völker besiegte. Und Sie weinten hier, und auch ich weinte ... und plötzlich schrien Sie mich an, und alle meine Gebete gingen verloren ...«

»Wußte ich es denn ... du Kauz ...« sagte Artem mit schuldbewußtem Lächeln.

Kain hörte aber kaum auf seine Worte. Er wiegte sich hin und her, fuchtelte mit den Armen und flüsterte mit leidenschaftlicher Stimme, aus welcher Freude und Hoffnung, die Vergötterung der Kraft dieses verstümmelten Menschen, Angst und Trauer klangen.

»Mein Tag ist gekommen, und nun bin ich allein bei Ihnen. Alle haben Sie verlassen, ich aber bin gekommen. Sie werden doch wieder gesund werden, Artem? Das ist doch nicht gefährlich? Ihre Kraft wird wiederkommen?«

»Ich werde schon aufstehen ... sei unbesorgt ... Für deine Güte werde ich dich aber beschützen wie ein kleines Kind.« Artem fühlte, daß sein Zustand sich ein wenig besserte: der Körper schmerzte weniger, und der Kopf war klarer. Er muß doch Kain vor den Menschen in Schutz nehmen, nein, wirklich! Er ist doch ein so guter und aufrichtiger Mensch, sagt alles offen und aus der Seele. Als Artem sich dies dachte, lächelte er plötzlich: schon lange plagte ihn ein unbestimmter Wunsch, und nun hatte er ihn plötzlich begriffen. »Ich will ja essen. Kain, kannst du mir nicht etwas zu essen bringen?«

Kain sprang so schnell auf die Beine, daß er sich beinahe am Bord der Barke anschlug. Sein Gesicht war auf einmal sichtbar verändert: etwas Starkes und zugleich Kindlich-Heiteres zeigte sich darin; Artem, dieser märchenhafte Held, bittet ihn, Kain, um Essen!

»Ich will für Sie alles tun! Hier habe ich es schon, im Winkelchen ...! Ich hab' es vorbereitet ... ich weiß. Wenn jemand krank ist, so muß er essen ... Nun, nun, gewiß! Auf dem Wege hierher habe ich einen ganzen Rubel ausgegeben.«

»Wir werden schon abrechnen! Ich werde dir zehn Rubel zurückgeben ... Ich kann es ja ... es ist doch nicht mein Geld. Wenn ich einer sage: gib!, so gibt sie mir ...«

Und er fing an, gutmütig zu lachen. Als Kain dieses Lachen hörte, erstrahlte er noch mehr und fing sogar zu kichern an. »Ich weiß ... Sagen Sie doch, was Sie wollen! Ich will alles tun, alles!«

»Ah ... siehst du ... dann ... dann ... reib mich mit Schnaps ein! Zu essen gib mir noch nicht, reib mich erst ein ... kannst du es?«

»Warum soll ich es nicht können? Ich mache es wie der beste Arzt!«

»Los! Wenn du mich nicht einreibst, stehe ich gleich auf ...«

»Sie werden aufstehen? Ach nein, Sie können nicht aufstehen!«

»Ich will dir zeigen, daß ich es kann! Meinst du vielleicht, daß ich hier nächtigen werde? Narr ...! Reibe mich ein und lauf mal in die Vorstadt zur Kuchenbäckerin Mokejewna hinüber ... Und sage ihr, daß ich zu ihr in den Schuppen ziehen will, um da zu wohnen ... sie möchte mir ein Lager aus Stroh machen, oder so ... Bei ihr will ich liegen, bis ich mich erholt habe ... ja! Das alles werde ich dir bezahlen ... mache dir nur keine Sorgen!«

»Ich traue Ihnen«, sagte Kain, indem er etwas Schnaps auf Artems Brust goß. »Ich traue Ihnen mehr als mir selbst! Ach, ich kenne Sie ja!«

»Ah ... ah ...! Reib, reib ... Macht nichts, daß es weh tut ... reib nur zu! Ah ... ah ... ah! ... Ja, so, so ...« stöhnte Artem.

»Ich will für Sie ins Wasser gehen ...!« erklärte ihm Kain seine Gefühle.

»So, so, so ... Die Schulter, reib die Schulter ... Ach, diese Teufel! Wie sie mich zugerichtet haben! An allem ist aber das Frauenzimmer schuld. Wenn das Frauenzimmer nicht wäre, so wäre ich nüchtern gewesen ... soll aber einer versuchen, mich anzurühren, wenn ich nüchtern bin!«

Kain, der sich schon ganz als Diener fühlte, erklärte: »Ja, die Weiber! Von ihnen kommen alle Sünden in die Welt ... Wir Juden sagen sogar im Morgengebet: Gepriesen seiest du unser ewiger Gott, König der Welt, weil du mich nicht als ein Weib erschaffen hast ...«

»Was? Wirklich?« rief Artem aus. »So betet ihr zu Gott? Ihr seid aber Menschen ... Was ist so eine Frau? Sie ist nur dumm ... aber man kann ohne sie nicht leben ... Aber daß man so zu Gott betet ... das ist schon ... das ist doch für die Weiber kränkend! So ein Weib fühlt das doch auch ...«

Er lag unbeweglich und riesengroß – durch die Geschwülste noch größer geworden, und der kleine, schwächliche Kain machte sich, vor Anstrengung keuchend, um ihn zu schaffen, rieb ihm die Seiten, die Brust und den Bauch, mühte sich ab und hustete, wenn ihm der Schnapsgeruch in die Nase stieg.

Am Flußufer kamen immer wieder Menschen vorbei, man hörte ihre Stimmen und Schritte. Die Barke lag unter einem sandigen, mehr als einen Klafter hohen Abhang und war nur vom Rande des Abhanges aus zu sehen. Vom Flusse war sie durch einen schmalen Sandstreifen getrennt, der mit Holzspänen und allerlei Schutt bedeckt war. Unter der Barke war es noch schmutzig. Heute aber weckte sie in den Leuten ein besonderes Interesse. Kain und Artem merkten, daß die Leute immer wieder an die Barke herankamen, sich auf ihren Boden setzten und mit den Füßen auf die Bordseiten klopften. Auf Kain machte das einen schlechten Eindruck. Er hörte zu reden auf, rückte schweigend neben Artem hin und her und lächelte ängstlich und jämmerlich.

»Hören Sie es …?«

»Ich höre«, sagte der Riese mit zufriedenem Lächeln. »Ich verstehe … sie wollen wissen, ob ich bald wieder zu Kräften komme … sie müssen es auch wissen … um ihre Rippen vorzubereiten … Ha, ha! Diese Teufel! Sie ärgern sich wohl, daß ich nicht verreckt bin … Ihre ganze Arbeit war umsonst …«

»Wissen Sie was?« flüsterte ihm Kain ins Ohr mit einer erschrockenen und warnenden Miene. »Wissen Sie was? Wenn ich fortgehe und Sie allein bleiben … so werden sie zu Ihnen kommen und … und …«

Artem machte den Mund auf und ließ aus seiner Brust eine ganze Salve heiseren Lachens erschallen.

»Ach, du … Kerl! Du glaubst also, daß sie vor dir Angst haben werden? Ach, du …!«

»Ja! Ich kann doch Zeuge sein.«

»Sie werden dir den Garaus machen …! Ha, ha, ha! Dann kannst du Zeuge sein … im Jenseits …!«

Artems Lachen verscheuchte Kains Angst, und an Stelle dieser Angst stieg in der schmalen, eingefallenen Brust des Juden das Gefühl einer festen und freudigen Sicherheit auf. Nun wird Kains Leben ganz anders werden, jetzt hat er eine mächtige Hand, die stets alle gegen ihn gerichteten Schläge und die Ungerechtigkeit der Menschen, die ihn ungestraft peinigen, parieren wird …

Es vergingen an die vier Wochen.

Eines Tages um die Mittagsstunde, wo das Leben auf dem Schichan einen besonders gespannten Charakter annimmt, sich verdichtet und brodelt, wo sich die vielen Hafen- und Schiffsarbeiter mit ihren leeren Mägen und lauten Forderungen um die Lebensmittelhändler drängen und die ganze Straße vom warmen Geruch gekochten verdorbenen Fleisches erfüllt ist, um diese Stunde schrie jemand halblaut auf:

»Artem kommt …!«

Einige zerlumpte Kerle, die müßig auf der Straße herumstanden und lauerten, ob sie nicht etwas erwischen könnten, waren im Nu verschwunden. Die Bewohner des Schichan blickten besorgt und neugierig nach der Richtung, aus der die Warnung tönte.

Schon längst hatte man Artem mit tiefem Interesse erwartet und die Frage, in welchem Zustande er wohl erscheinen werde, diskutiert.

Artem ging wie früher mitten durch die Straße mit seinem gewohnten langsamen Schritt eines satten Menschen, der einen Spaziergang macht. Sein Äußeres zeigte nichts Neues. Seine Jacke hing wie immer an einer Schulter, die Mütze saß schief … und die schwarzen Locken fielen wie immer auf die Stirne herab. Der Daumen der rechten Hand steckte im Gürtel, die linke Hand steckte tief in der Tasche der Pluderhose, und die breite Brust wölbte sich mächtig. Sein hübsches Gesicht zeigte bloß einen verständigeren Ausdruck, wie es immer nach einer Krankheit der Fall ist. Er schritt daher und beantwortete die Grüße und Verbeugungen mit trägem Nicken.

Die ganze Straße begleitete ihn mit ihren Blicken und einem leisen Geflüster des Erstaunens und Entzückens über diese unerschütterliche Kraft, die die Schläge so leicht überstanden hatte. Es gab in der Straße auch viele Menschen, die von seiner Genesung mit Haß sprachen; sie schimpften verächtlich auf diejenigen, die es nicht verstanden hatten, Artem die Lunge einzudrücken und die Rippen zu zerbrechen. Einen Menschen, den man nicht zu Tode verstümmeln kann, gibt es doch einfach nicht! Andere sprachen aber schon mit Vergnügen davon, wie der Riese wohl mit dem Roten Bock und dessen Genossen abrechnen würde. Die Kraft übt einen um so größeren Zauber aus, je größer sie ist, und die meisten standen unter dem Banne von Artems Kraft.

Artem war aber schon in die ›Grabilowka‹, den Klub vom Schichan, eingekehrt.

Als seine große, mächtige Gestalt an der Schwelle der Wirtschaft auftauchte, befanden sich in dem langen Raume mit der niedrigen gewölbten Decke aus Ziegelsteinen nur wenige Gäste. Bei seinem Anblick ertönten nur einige Ausrufe, entstand eine unruhige Bewegung, und jemand huschte schnell in eine entfernte Ecke dieses feuchten, vom billigen Tabak durchräucherten und mit Schmutz und Schimmel durchtränkten Kellers.

Ohne jemand seine Beachtung zu schenken, sah sich Artem langsam um und beantwortete den freundlichen Gruß des Schenkwirts Ssawka Chlebnikow mit der Frage: »War Kain schon da?«

»Er muß bald kommen … Gleich ist seine Stunde …«

Artem setzte sich an einen Tisch vor einem der vergitterten Fenster, ließ sich Tee geben, legte seine Riesenhände auf den Tisch und warf einen gleichgültigen Blick auf das Publikum. In der Wirtschaft befanden sich an die zehn Gäste, lauter Barfüßler; sie hatten sich an zwei Tischen zusammengedrängt und beobachteten Artem. Wenn sich aber ihre Blicke mit denen Artems trafen, lächelten sie verlegen und unterwürfig; sie wollten offenbar mit ihm ein Gespräch beginnen; er aber sah sie mürrisch und düster an. Alle schwiegen, und keiner konnte sich entschließen, ihn anzusprechen. Chlebnikow machte sich am Büfett zu schaffen, summte etwas vor sich hin und blickte mit seinen Fuchsaugen um sich.

Von der Straße her drang durch die Fenster der Lärm herein, klangen laute Flüche, Schwüre und Ausrufe der Händler. Irgendwo in der Nähe stürzten klirrend mehrere Flaschen zu Boden und zerschellten auf dem Pflaster. Artem war es langweilig, allein in diesem schwülen Keller zu sitzen … »Na, ihr Wölfe«, begann er plötzlich laut und langsam, »was seid ihr so still geworden? Die Kerle starren mich an und schweigen …«

»Wir verstehen auch zu reden, gestrenger Herr!« sagte der Geschundene Freier, indem er sich erhob und auf Artem zuging.

Er war ein hagerer Mensch, mit Leinenjoppe und Soldatenhose bekleidet, kahlköpfig, mit spitzem Kinn und kleinen, roten, tückisch zusammengekniffenen Augen.

»Man sagt, du seist krank gewesen?« fragte er, sich Artem gegenübersetzend.

»Nun, und?«

»Nichts … Man hat dich so lange nicht gesehen … Wenn man fragte, wo Artem ist, so hieß es: Er ist krank …«

»So … Nun?«

»Was nun? Fahren wir fort … Was war es für eine Krankheit?«

»Weißt du es nicht?«

»Habe ich dich denn kuriert?«

»Du lügst, Hund!« entgegnete Artem lächelnd. »Warum lügst du? Du weißt doch die Wahrheit!«

»Ja, ich weiß …« antwortete der Freier, gleichfalls lächelnd.

»Warum redest du dann so?«

»Weil es wohl so klüger ist ...«

»Klüger! Ach, du ... Geschmeiß!«

»Ja ... wenn ich dir die Wahrheit sage, so wirst du vielleicht noch böse werden ...«

»Ich spucke auf dich!«

»Nun, auch dafür danke ich dir! Willst du mir nicht anläßlich deiner Genesung einen Schnaps spendieren?«

»Laß dir einen geben ...«

Der Freier ließ sich eine halbe Flasche Schnaps geben und wurde gleich lebhaft.

»Was du doch für ein leichtes Leben hast, Artem ...! Immer hast du Geld ...«

»Was ist denn dabei?«

»Nichts ... Die Weiber helfen dir immer ... die Verdammten!«

»Dich wollen sie aber gar nicht anschauen.«

»Ach, wie käme ich dazu. Meine Füße taugen nicht, um deinen Weg zu gehen«, sagte der Freier und seufzte.

»Das Weib liebt eben einen gesunden Menschen. Aber was bist du? Ich bin ein reinlicher Mensch, das ist es ...« Artem sprach mit den Barfüßlern immer in diesem Ton. Seine gleichgültige, träge und tiefe Stimme verlieh seinen Worten eine besondere Kraft und Schwere, und sie waren immer roh und kränkend. Vielleicht fühlte er, daß die anderen in vielen Beziehungen schlechter, aber in allen Dingen immer klüger waren als er.

Da erschien Kain mit seinem Warenkästen vor der Brust und einem um den linken Arm geworfenen gelben Kattunkleid. Von seiner gewohnten Angst bedrückt, blieb er in der Türe stehen, reckte den Hals und sah mit einem ängstlichen Lächeln in die Wirtschaft hinein; als er aber Artem erblickte, erstrahlte sein Gesicht vor Freude. Artem sah ihn an, verzog seinen Mund zu einem breiten Lächeln und bewegte die Lippen.

»Her zu mir!« rief er Kain zu. Dann wandte er sich an den Freier und sagte ihm spöttisch: »Du aber geh ... Mach dem Menschen Platz ...«

Die rothaarige borstige Fratze des Freiers erstarrte für einen Augenblick vor Erstaunen und Ärger; er erhob sich langsam von seinem Stuhl, sah seine Freunde an, die nicht weniger erstaunt waren als er selbst, sah auch Kain an, der sich lautlos und vorsichtig dem Tische näherte ... und spuckte plötzlich erbost auf den Boden: »Pfui Teufel!«

Darauf trat er langsam und schweigend wieder an seinen Tisch, wo sofort ein dumpfes Geflüster begann, in dem man deutlich höhnische und gehässige Töne unterscheiden konnte. Kain lächelte noch immer verlegen und freudig und schielte zugleich unruhig nach dem gekränkten Freier und dessen ganzer Gesellschaft.

Artem sprach aber zu ihm freundlich: »Nun, wollen wir Tee trinken, Kaufmann … Man müßte auch Kuchen kaufen – wirst du vom Kuchen essen? Was schaust du hin …? Spuck auf sie, fürchte nichts … Wart, ich will ihnen eine Predigt halten …«

Er stand auf, warf mit einem Ruck die Jacke von der Schulter zu Boden und trat an den Tisch der Unzufriedenen. Groß und stark, mit gewölbter Brust, die Schultern zuckend und auf jede Weise mit seiner Kraft prahlend, stand er mit einem Lächeln auf den Lippen vor ihnen; sie aber erstarrten in ihren geduckten Posen, schwiegen und waren bereit, davonzulaufen.

»Nun …«, begann Artem, »was brummt ihr?«

Er wollte etwas furchtbar Eindrucksvolles sagen, aber er fand keine Worte und verstummte …

»Sag's auf einmal!« sagte der Geschundene Freier mit verzerrten Lippen. »Oder noch besser: Laß uns in Ruhe, du Keule Gottes!«

»Schweig!« sagte Artem und runzelte die Brauen. »Du bist so böse … du ärgerst dich, weil ich mit dem Juden gut Freund bin und dich weggejagt habe … Nun sage ich es euch allen: der Jude ist besser als ihr! Denn er hat Güte für die Menschen … ihr habt sie aber nicht! Er ist nur erdrückt … jetzt nehme ich ihn aber unter meinen Schutz … und wenn einer von euch Teufeln ihn anrührt, so paßt auf! Ich sage es euch gleich: Ich werde nicht einfach schlagen, sondern quälen …«

Seine Augen flammten wild auf, die Adern am Halse schwollen an, und die Nüstern erbebten.

»Daß ihr mich, als ich betrunken war, verprügelt habt, das macht mir nichts! Ihr habt mir von meiner Kraft nichts genommen, habt nur mein Herz noch mehr erbittert … Merkt es euch! Aber für jedes kränkende Wort, das ihr dem Juden sagt, werde ich für ihn eintreten und euch zu Tode verstümmeln. Sagt das allen …«

Er atmete tief auf, als hätte er eine Last von sich geworfen, wandte ihnen den Rücken und ging …

»Das war gut gesagt!« versetzte der Geschundene Freier halblaut und machte eine bekümmerte Grimasse, während Artem sich wieder neben Kain setzte.

Kain saß am Tisch, bleich vor Erregung, und wandte seine von einem unsagbaren Gefühl erfüllten Augen nicht von Artem.

»Hast du's gehört?« fragte ihn der Schöne streng. »So …! Merk es dir: Wenn dich wer anrührt, lauf gleich zu mir und sag's. Dann gehe ich hin und drehe ihm alle Knochen heraus …«

Der Jude murmelte etwas – er betete zu Gott oder dankte dem Menschen. Aber der Geschundene Freier und seine Gesellschaft tuschelten noch miteinander und verließen dann einer nach dem andern die Wirtschaft. Als der Freier an Artems Tisch vorbeiging, summte er vor sich hin:

»… Krieg' ich zu meinem Verstand
Auch Geld in die Hand,
Dann mag die Welt versinken:
Tag und Nacht werd' ich trinken!«

Er blickte Artem ins Gesicht und schloß das Lied unerwartet mit eigenen Worten, wobei er eine Grimasse machte und den Takt mit dem Fuß schlug:

»Alle Narren werd' ich kaufen
Und im Schwarzen Meer ersaufen –
Ja, so!«

Dann sprang er schnell zur Türe hinaus.

Artem fluchte und sah sich um. Im halbfinstern, verrauchten und übelriechenden Keller waren nur drei Menschen geblieben: Er, Kain ihm gegenüber und Ssawka am Büfett.

Die Fuchsaugen Ssawkas begegneten dem schweren Blick Artems, und sein langes Gesicht nahm sofort den Ausdruck süßester Andacht an.

»Du hast wunderbar und großartig gehandelt, Artem Michailytsch!« sagte er, seinen Bart streichend. »Ganz nach dem Gebote des Evangeliums. Wie es im Gleichnis vom barmherzigen Samariter heißt … In Schwären und Aussatz war Kain … Und du hast ihn nicht verschmäht.«

Artem hörte nicht diese Worte, sondern nur ihr Echo … Von der gewölbten Decke der Wirtschaft zurückgeworfen, schwebte es in der stinkenden Luft und drang dickflüssig in die Ohren. Artem schwieg und schüttelte still den Kopf, als wollte er diese Töne von sich jagen. Sie aber schwebten durch die Luft, klebten an seinen Ohren und reizten ihn. Es war dumpf und langweilig. Eine eigentümliche Last legte sich auf Artems Herz.

Er sah Kain unverwandt an. Der Jude trank seinen Tee, sich die Lippen verbrühend und fortwährend in die Tasse blasend, die in seinen Händen zitterte. Artem fing ab und zu einen flüchtigen Blick Kains auf, und dem Riesen wurde es davon noch trüber zumute. Das dumpfe Gefühl eines Ärgers über etwas wuchs in seiner Brust an; es wurde ihm immer finsterer vor den Augen, und er blickte wild um sich. In seinem Kopfe drehten sich wie Mühlräder Gedanken ohne Worte. Früher hatte er keine gehabt, aber während seiner Krankheit waren sie ihm gekommen. Und wollten nun nicht weichen …

Die Fenster sind wie im Gefängnis vergittert, ein betäubender Lärm dringt durch sie von der Straße herein. Die feuchten, schweren Steinmassen hängen über seinem Kopf, der steinerne Fußboden ist klebrig vor Schmutz und mit Kehricht bedeckt … Und dieser kleine, abgerissene, verängstigte Mensch … Er sitzt, zittert und schweigt … Auf dem Lande aber beginnt bald die Heuernte. Das Gras am anderen Flußufer, der Stadt gegenüber, reicht schon fast bis zum Gürtel. Und wenn der Wind von drüben kommt, bringt er so verführerische Düfte mit … wie gerne würde er eine Sense nehmen und auf die Wiesen ziehen …! Kain hob den Kopf und schüttelte ihn eigentümlich, während sein Gesicht einen verlegenen und unglücklichen Ausdruck zeigte.

»Was soll ich sagen? Mit welcher Zunge soll ich zu Ihnen sprechen? Mit dieser?« Der Jude zeigte Artem die Spitze seiner Zunge. »Mit der Zunge, mit der ich zu allen anderen Menschen spreche? Schäme ich mich denn nicht, zu Ihnen mit dieser Zunge zu reden? Sie glauben, ich verstehe nicht, daß auch Sie sich schämen, neben mir zu sitzen? Was bin ich, und was sind Sie? Wissen Sie denn, Artem, Sie große Seele, ein Mann wie Judas der Makkabäer, was Sie täten, wenn Sie wüßten, wozu der Herr Sie erschaffen hat? Ach! Niemand kennt die großen Geheimnisse des Schöpfers und niemand kann erraten, wozu ihm das Leben gegeben ist. Sie wissen nicht, wieviel Tage und Nächte meines Lebens ich darüber nachgedacht habe, wozu ich das Leben brauche. Wozu taugen mein Geist und mein Verstand? Was bin ich den Menschen? Ein Spucknapf für ihren giftigen Speichel. Und was sind die Menschen mir? Schlangen, die mich an allen Stellen meines Körpers und meiner Seele beißen … Wozu lebe ich auf der Erde? Und warum kenne ich nur Leid ... und die Sonne hat keinen Strahl für mich!«

Er sprach diese Worte in einem leidenschaftlichen Flüstertone, und sein Gesicht zitterte wie immer in Augenblicken der Erregung seiner gequälten Seele.

Artem verstand seine Rede nicht, aber er sah und hörte, daß Kain sich beklagte. Darum wurde es ihm noch schwerer ums Herz.

»Nun, du kommst wieder damit!« sagte er und schüttelte geärgert den Kopf. »Ich hab' dir doch gesagt, daß ich für dich eintreten werde!«

Kain lachte leise und bitter.

»Wie wollen Sie für mich vor dem Angesicht meines Gottes eintreten? Er ist es, der mich verfolgt ...«

»Na ja ... natürlich! Gegen Gott kann ich nichts machen«, stimmte ihm Artem einfältig zu. Dann riet er dem Juden mitleidsvoll: »Du mußt halt dulden ...! Gegen Gott kann man nichts machen!«

Kain sah seinen Beschützer an und lächelte ... gleichfalls mit Mitleid. So bemitleidete zuerst der Starke den Klugen, dann der Kluge den Starken, und zwischen den beiden spannten sich Fäden, die sie einander näherbrachten.

»Bist du verheiratet?« fragte Artem.

»Oh, ich habe eine große Familie, viel zu groß für meine Kraft ...« Kain seufzte schwer.

»Da, schau!« sagte der Riese. Es fiel ihm schwer, sich eine Frau vorzustellen, die diesen Juden hätte lieben können, und er sah ihn, der so kränklich, klein, schmutzig und verängstigt war, mit neuem Interesse an.

»Ich habe fünf Kinder gehabt, jetzt sind es vier. Das eine Mädel, Chaja, hat immer gehustet und gehustet und ist schließlich gestorben ... Mein Gott ... Gott ...! Auch meine Frau ist krank und hustet immer ...«

»Du hast es schwer«, sagte Artem und wurde nachdenklich. Auch Kain wurde nachdenklich und ließ den Kopf hängen. In die Wirtschaft kamen Trödler; sie traten vor das Büfett und sprachen leise mit Ssawka. Er erzählte ihnen etwas geheimnisvoll und zeigte mit den Augen auf Artem und Kain, und die Gäste blickten erstaunt und spöttisch zu ihnen hinüber. Kain hatte schon diese Blicke bemerkt und war wieder unruhig geworden. Artem sah sich aber wieder auf einer Wiese, mit einer Sense in der Hand ... Die Sense saust durch die Luft, und das Gras legt sich mit sanftem Geräusch ihm vor die Füße ...

»Gehen Sie, Artem ... und wenn Sie nicht wollen, so gehe ich ... Da sind Leute gekommen«, flüsterte Kain, »und sie lachen Sie meinetwillen aus ...«

»Wer lacht?« brüllt Artem, aus seinen Träumen erwachend, und sah sich wütend um.

Aber alle Leute in der Wirtschaft waren ernst und schienen in ihre Geschäfte vertieft. Artem fing keinen einzigen Blick auf. Er runzelte streng die Brauen und sagte dem Juden: »Du redest Unsinn ... du beklagst dich umsonst ... So spielt man nicht, paß auf! Beklage dich nur dann, wenn dich jemand anrührt. Oder vielleicht willst du mich nur versuchen und hast es absichtlich gesagt?«

Kain lächelte ihm schmerzvoll zu und gab keine Antwort. Einige Minuten saßen sie beide stumm da. Dann stand Kain auf, hängte sich seinen Kasten vor die Brust und schickte sich an zu gehen. Artem reichte ihm die Hand.

»Du gehst? Nun, geh, handle ... Ich will noch eine Weile hier sitzen ...«

Kain schüttelte mit seinen beiden kleinen Händen die Riesentatze seines Beschützers und ging schnell hinaus.

Als er auf die Straße kam, bog er gleich um eine Ecke und blieb dort beobachtend stehen. Er konnte die Tür der Wirtschaft sehen und hatte nicht lange zu warten. Bald erschien in dieser Tür wie in einem Rahmen die Riesengestalt Artems. Seine Brauen waren gerunzelt, und das Gesicht hatte einen Ausdruck, als fürchtete Artem etwas Unangenehmes zu erblicken. Er betrachtete lange und aufmerksam die Leute, die sich auf der Straße drängten; dann nahm sein Gesicht wieder den gewöhnlichen trägen und gleichgültigen Ausdruck an, und er ging durch die Menge hindurch dorthin, wo die Straße an den Hügel stieß: das war offenbar sein Lieblingsplatz. Kain begleitete ihn mit einem traurigen Blick. Dann bedeckte er sein Gesicht mit den Händen und drückte die Stirne an die eiserne Tür des Speichers, neben dem er stand ...

Die gewichtige Drohung Artems machte Eindruck: die Leute bekamen Angst und hörten auf, den Juden zu hetzen. Kain merkte nun, daß er auf seinem Wege zum Grabe auf etwas weniger Dornen trat. Die Leute schienen seine Existenz nicht mehr zu sehen. Er lief wie früher zwischen ihnen umher, rief seine Waren aus, aber man trat ihm nicht mehr absichtlich auf die Füße, wie früher, stieß ihn nicht in seine mageren Seiten und spuckte ihm nicht mehr in seinen Kasten ... Allerdings hatte man ihn früher niemals so kalt und feindselig angesehen, wie man ihn jetzt ansah.

Gegen alles, was ihn anging, sehr empfindlich, merkte er gleich diese neuen Blicke und fragte sich, was sie wohl bedeuten und was sie ihm wohl verheißen mögen? Er dachte viel darüber nach und konnte nicht begreifen, warum man ihn auf einmal so ansah. Er erinnerte sich, daß man ihn früher manchmal, wenn auch selten, freundlich angesprochen hatte ... sich manchmal nach dem Gange seiner Geschäfte erkundigt hatte ... manchmal mit ihm sogar gescherzt, und gar nicht böse gescherzt hatte.

Kain wurde nachdenklich. Der Mensch ist doch immer geneigt, in der Vergangenheit etwas Gutes zu sehen, was er früher nicht gesehen hat.

Er wurde nachdenklich und horchte und spähte aufmerksam nach allen Seiten. Einmal schlug an sein Ohr ein neues Lied, das der Geschundene Freier, dieser Troubadour der Straße, gedichtet hatte. Dieser Mensch verdiente sich sein Brot mit Musik und Gesang; als Instrumente dienten ihm acht Holzlöffel; er nahm sie zwischen die Finger und schlug sich mit ihnen auf die geblähten Backen, auf den Bauch, schlug die Löffel auch gegeneinander und erzeugte auf diese Weise eine recht anständige Begleitung zu den Couplets, die er selbst komponierte. Wenn auch diese Musik wenig angenehm war, so verlangte sie dafür vom Musiker die Geschicklichkeit eines Akrobaten; das Straßenpublikum schätzte aber die Geschicklichkeit in jeder Form.

So stieß Kain einmal auf eine Gruppe von Menschen, in deren Mitte der Freier, mit seinen Löffeln bewaffnet, drauflos redete: »He, ihr verehrten Herren Reservezuchthäusler! Ich singe euch ein neues Lied, frisch vom Rost, süß wie Most! Gebt mir eine Kopeke pro Nase, und wer eine Schnauze hat, der zahlt mehr! Ich fange an:

Scheint die Sonne durch das Fenster,
Freuen sich die Leute;
Doch wenn ich durchs Fenster steige ...«

»Das haben wir schon gehört!« rief jemand aus dem Publikum skeptisch.

»Ich weiß, daß ihr es schon gehört habt! Ich gebe aber erst Brot und dann den Kuchen ...« erklärte der Freier, mit den Löffeln trommelnd. Dann sang er weiter:

»Ach, so bitter ist mein Leben,
Schwer ist mein Gewissen.
Vater, Bruder hängen am Galgen,
Mein Strick ist gerissen …!«

»Schade!« erklärte das Publikum.

Aber der Freier bekam doch seine Kopeken, denn die Leute wußten, daß er gewissenhaft war, und wenn er mal ein neues Lied versprach, sie es auch wirklich zu hören bekamen.

»Jetzt kommt das Neue!«

Die Löffel wirbelten schneller:

»Hat sich befreundet der Floh mit dem Affen,
Hat sich befreundet der Jud' mit dem Laffen.
Der Aff' läßt den Floh auf dem Schwanze 'rumlaufen,
Der Jud' tut den Narren den Weibern verkaufen,
He, ihr Tanten …!

Halt! Dem Herrn Kain unsere Hochachtung mit dem Knüppel auf den Schädel! Haben Sie das Lied gehört, Herr Kaufmann? Es ist nicht für Sie gedichtet … gehen Sie nur Ihren Weg!«

Kain lächelte dem Künstler zu und ging weiter; er seufzte und ahnte nichts Gutes.

Er schätzte diese Tage und fürchtete für sie. Jeden Morgen kam er auf die Straße, fest überzeugt, daß niemand es wagen würde, ihm seine Kopeken wegzunehmen. Seine Augen blickten etwas heiterer und ruhiger. Artem sah er jeden Tag, doch wenn der Riese ihn nicht anrief, ging Kain nie an ihn heran.

Artem aber rief ihn nur selten. Wenn er ihn heranrief, so fragte er ihn:

»Nun, du lebst?«

»O ja! Ich lebe … und danke Ihnen«, sagte Kain freudestrahlend.

»Rühren sie dich nicht an?«

»Können sie denn gegen Sie aufkommen!« rief der Jude erschrocken.

»Na also …! Wenn aber was passiert, so sag es.«

»Ich werde es sagen!«

»Na, also …«

Er maß die Gestalt des Juden mit finsteren Blicken und entließ ihn.

»Geh … handle …«

Kain ging schnell von seinem Beschützer weg und fing jedesmal höhnische und böse Blicke aus dem Publikum auf, Blicke, die ihm große Angst machten.

So ging es etwa einen Monat lang.

Einmal, gegen Abend, als Kain schon nach Hause gehen wollte, traf er Artem. Der Schöne nickte ihm zu und winkte ihn mit dem Finger zu sich heran. Kain lief schnell herbei und sah, daß Artem finster und mürrisch war wie eine Regenwolke im Herbst.

»Bist du mit deinem Handel fertig?« fragte er ihn.

»Ja ... wollte schon heimgehen ...«

»Wart ... komm mit, ich will dir was sagen ...« sagte Artem mit dumpfer Stimme.

Groß und schwer ging er vorwärts, Kain folgte ihm.

Sie verließen die Straße und kamen zum Fluß, wo Artem ein verstecktes Plätzchen unter dem Abhang, dicht am Wasser, gefunden hatte.

»Setz dich«, sagte er zu Kain.

Jener setzte sich und warf einen ängstlichen Seitenblick auf seinen Beschützer. Artem beugte den Rücken und fing an, sich langsam eine Zigarette zu drehen; Kain sah aber auf den Himmel, auf den Wald der Masten am anderen Ufer, auf die ruhigen, in der Abendstille erstarrten Wellen und suchte zu erraten, was der Riese ihm wohl sagen würde.

»Nun«, fragte Artem, »du lebst?«

»Ich lebe! Oh, jetzt habe ich keine Angst ...«

»Nun, das ist gut.«

»Ich danke ...«

»Wart!« sagte Artem.

Er schwieg lange und düster, seine Zigarette rauchend, während der Jude, von dunklen und ängstlichen Vorahnungen erfüllt, auf seine Rede wartete.

»Ja ... Jetzt geht es? Man tut dir nichts?«

»Oh, sie haben alle vor Ihnen Angst! Sie sind alle wie Hunde, Sie sind aber wie ein Löwe! Jetzt kann ich ...«

»Wart!«

»Nun? Was wollen Sie mir denn sagen?« fragte Kain zitternd.

»Was ich sagen will? Das ist nicht so einfach ...«

»Was ist denn?«

»Nun, siehst du ... wir wollen ganz offen sprechen. Alles auf einmal ...«

»Nun?«

»Und ich muß dir sagen, daß ich nicht mehr kann ...«

»Was denn? Was können Sie nicht ...?«

»Gar nichts! Ich kann nicht! Es ist mir zuwider. Es paßt mir nicht. Es ist nicht meine Sache ...« sagte Artem mit einem Seufzer.

»Was denn? Was ist nicht Ihre Sache?«

»Das ... du und alles ... Ich will dich nicht mehr kennen ... denn es ist nicht meine Sache.«

Kain duckte sich, als hätte man ihn geschlagen, und verstummte.

»Wenn man dir was tut, so komm nicht zu mir und beklage dich nicht ... ich kann dir nicht helfen ... und werde dich nicht schützen. Verstehst du es? Ich kann nicht ...«

Kain schwieg wie ein Toter.

Nach diesen Worten atmete Artem erleichtert auf und fuhr verständlicher und zusammenhängender fort: »Daß du mit mir damals Mitleid gehabt hast, das kann ich dir bezahlen. Wieviel willst du? Sag es, ich geb' es dir gleich. Aber Mitleid mit dir haben kann ich nicht ... Ich habe gar kein Mitleid in mir ... ich tat es nur so ... ich verstellte mich. Ich glaubte, daß ich mit dir Mitleid habe, nun zeigt es sich, daß es Trug war. Ich kann mit dir gar kein Mitleid haben.«

»Weil ich ein Jud' bin?« fragte Kain leise.

Artem sah ihn von der Seite an und sagte ihm einige von den Worten, die aus der Tiefe des Herzens kommen:

»Weil du ein Jud' bist? Wir sind alle Juden vor dem Herrn ...«

»Warum dann?« fragte Kain leise.

»Ich kann es nicht! Ich hab' kein Mitleid mit dir ... und mit niemand ... Versteh es doch ... einem anderen hätte ich es nicht gesagt, hätte ihm nur eine 'runtergehaut! Aber dir sage ich es ...«

»Wer wird sich gegen meine Hasser erheben? Wer wird mich vor meinen Feinden schützen?« fragte der Jude leise und traurig mit den Worten des Psalms.

»Ich kann nicht ...« Artem schüttelte verneinend den Kopf.

»Nicht weil sie über mich lachen ... hol' sie der Teufel, sollen sie nur lachen! Aber du tust mir nicht leid ... Ich will dir lieber dein Geld bezahlen ...«

»Oh, rächender Herr! Ewiger Gott der Rache, erstrahle, erhebe dich, Richter der Welt ...« betete Kain, zu einem Knäuel zusammenschrumpfend.

Der Sommerabend war still und warm. Der Fluß spiegelte traurig und freundlich die Strahlen der untergehenden Sonne. Der Abhang warf einen Schatten auf Kain und Artem.

»Überleg es dir doch«, sagte Artem überzeugend und traurig. »Was habe ich jetzt für eine Aufgabe vor mir? Das verstehst du eben nicht … Ich muß mich jetzt für mich selbst erheben … wie haben sie mich zugerichtet? Weißt du es noch?«

Er knirschte mit den Zähnen und rückte im Sande hin und her; dann legte er sich auf den Rücken, streckte die Füße zum Flusse aus und verschränkte die Hände im Nacken.

»Jetzt kenne ich sie alle …«

»Alle?« fragte Kain wie erschlagen.

»Alle! Jetzt fängt die Abrechnung an … Und du störst mich dabei …«

»Wie kann ich Sie stören?« rief der Jude aus.

»Du störst mich eigentlich nicht, aber die Sache ist die … ich bin gegen alle Menschen erbittert. Bin ich denn schlimmer als sie? Das ist es. Also bist du mir jetzt im Wege, ich brauche dich nicht. Hast du es verstanden?«

»Nein!« erklärte der Jude sanft und schüttelte den Kopf.

»Du verstehst es nicht? Ach, was bist du für einer! Man muß mit dir Mitleid haben? Nicht wahr? Ach, kann aber jetzt mit niemand Mitleid haben … Ich habe kein Mitleid …«

Er stieß den Juden in die Seite und fügte hinzu: »Gar keines. Verstehst du?«

Es kam eine lange Pause. Um die beiden herum tönte durch die warme, duftende Luft das Plätschern der Wellen und schwebten dumpfe Töne, die aus der Ferne, vom verschlafenen, dunklen Fluß kamen und wie Seufzer klangen.

»Was soll ich jetzt machen?« fragte endlich Kain. Er bekam aber keine Antwort: Artem war in Gedanken versunken.

»Wie werde ich ohne Sie leben?« fragte der Jude lauter.

Artem antwortete, auf den Himmel blickend: »Darüber mußt du selbst nachdenken …«

»Mein Gott, mein Gott …!«

»Das kann man doch nicht so leicht sagen, wie ein Mensch leben soll«, versetzte Artem träge.

Nachdem er alles, was er wollte, gesagt hatte, war er auf einmal heiter und ruhig geworden.

»Ich hab's aber schon gewußt … schon damals, als Sie zerschunden dalagen und ich zu Ihnen ging, da wußte ich schon … daß Sie mich nicht lange beschützen können …«

Der Jude blickte Artem flehend an, begegnete aber seinen Blicken nicht.

»Vielleicht, weil sie über Sie so lachen, um meinetwillen?« fragte Kain vorsichtig, fast flüsternd.

»Sie? Was sind sie mir?« rief Artem, erstaunt die Augen öffnend. »Wenn ich wollte, würde ich dich mir auf den Buckel setzen und so über die Straße tragen. Sollen sie nur lachen … Das führt aber zu nichts. Man muß alles wahrhaftig machen … wie es einem die Seele sagt. Was in der Seele nicht ist, das ist eben nicht da. Es ist auch mir ekelhaft, Bruder, daß du so bist, das sage ich dir offen … Ja! So ist es …«

»Ach … richtig … Nun, was soll ich jetzt? Weggehen?«

»Geh, solange es hell ist … jetzt rühren sie dich noch nicht an. Niemand weiß ja von unserm Gespräch …«

»Ja … und Sie sagen es niemand, wie?« fragte Kain.

»Nun … gewiß. Du aber komm mir nicht zu oft vor die Augen …«

»Gut«, stimmte der Jude leise und traurig bei und stand auf.

»Versuch doch besser an einem andern Ort zu handeln …!« sagte Artem gleichgültig. »Hier ist das Leben hart … Ein jeder geht aufs Ganze …«

»Wo soll ich denn hingehen?«

»Nun … das mußt du dir schon selbst überlegen …«

»Leben Sie wohl, Artem.«

»Leb wohl, Bruder!«

Er reichte dem Juden die Hand und drückte mit seinen Fingern dessen dürre Knochen zusammen.

»Leb wohl. Nimm's nicht übel …«

»Ich nehm's nicht übel«, sagte der Jude und seufzte bedrückt.

»Na, also … So ist es doch besser, überleg es dir selbst … Du paßt doch so gar nicht zu mir. Soll ich denn für dich leben? Das steht mir schlecht an …«

»Leben Sie wohl!«

»Nun, geh …«

Kain ging das Flußufer entlang, den Kopf auf die Brust gesenkt.

Der schöne Artem wandte den Kopf nach ihm um. Nach einigen Sekunden legte er sich aber wieder in die frühere Lage, das Gesicht zum

Himmel gewandt, der schon in Erwartung der Nacht dunkel geworden war.

In der Luft entstanden und erstarben seltsame Töne. Der Fluß plätscherte eintönig, traurig und beklemmend ans Ufer. Als Kain an die fünfzig Schritte weit gegangen war, kehrte er noch einmal um, ging auf die Riesengestalt Artems zu, die auf dem Boden lag, blieb vor ihr stehen und fragte leise und respektvoll: »Vielleicht überlegen Sie es sich noch?«

Artem schwieg.

»Artem …!« rief Kain. Er wartete lange auf Antwort.

»Artem … Vielleicht sagen Sie es bloß so?!« wiederholte der Jude mit bebender Stimme. »Erinnern Sie sich doch, wie ich Sie damals … wie? Artem?! Niemand kam zu Ihnen, nur ich kam …«

Statt einer Antwort hörte er ein leises Schnarchen.

Kain stand noch lange vor dem Riesen und blickte aufmerksam in sein leblos schönes Gesicht, das im Schlafe sanfter aussah. Die mächtige Brust hob sich gleichmäßig und hoch, und der schwarze Schnurrbart bewegte sich beim Atmen und ließ die glänzenden kräftigen Zähne sehen.

Er schien zu lächeln.

Der Jude seufzte tief auf, beugte den Kopf noch tiefer und machte sich auf. Er ging wieder das Flußufer entlang. Vor Angst um sein Leben am ganzen Leibe zitternd, ging er vorsichtig und verlangsamte den Schritt an offenen, vom Monde beleuchteten Stellen und fing zu schleichen an, wenn er in den Schatten trat …

Und er glich einer Maus, einem kleinen, ängstlichen Raubtier, das mitten durch die Gefahren, die es von allen Seiten bedrohen, nach seinem Loche schleicht.

Die Nacht war aber schon angebrochen, und am Flußufer war es leer
…

Die Freunde

Den einen von ihnen nannte man »Tanzbein« und den andern »Hoffender«; ihrem Berufe nach waren sie aber beide Diebe.

Sie wohnten am Rande der Stadt, in einer Vorstadt, in einer der baufälligen, aus Lehm und halbverfaultem Holz zusammengeklebten Hütten, die eigentümlich in einer Schlucht verstreut lagen und wie Schutthaufen aussahen, die man hinabgeworfen hatte. Zum Stehlen gingen die »Freunde« in die der Stadt am nächsten gelegenen Dörfer, denn in der Stadt selbst konnte man nur schwer etwas stehlen, und bei den Nachbarn in der Vorstadt gab es nichts zu stehlen.

Beide waren vorsichtige und bescheidene Menschen: wenn sie mal ein Stück Leinwand, einen Bauernmantel oder ein Beil, Pferdegeschirr, ein Hemd oder ein Huhn stahlen, so suchten sie das Dorf, in dem es ihnen gelungen war, die Dinge zu stibitzen, lange Zeit nicht mehr auf. Aber die Vorstadtbauern kannten sie trotz dieser vernünftigen Handlungsweise gut und drohten, sie bei Gelegenheit zu erschlagen. Doch eine solche Gelegenheit bot sich den Bauern nicht, und die Knochen der beiden Freunde blieben heil, obwohl sie seit sechs Jahren schon die Drohungen der Bauern hörten.

Tanzbein war ein Mann von etwa vierzig Jahren, lang, gebückt, hager und sehnig. Er hielt den Kopf immer gesenkt, die langen Arme im Rücken, machte langsame, doch große Schritte und blickte im Gehen mit seinen zusammengekniffenen, unruhigen, scharfen Augen besorgt nach den Seiten. Er trug das Haar kurz geschoren und rasierte sich das Kinn; der dichte graue Soldatenschnurrbart verdeckte seinen Mund und verlieh seinem Gesicht einen strengen, bissigen Ausdruck. Sein linkes Bein war wohl ausgerenkt oder gebrochen und so zusammengewachsen, daß es länger als das rechte war; wenn er es im Gehen hob, hüpfte es in der Luft und schnellte zur Seite; dieser Eigentümlichkeit seiner Gangart verdankte er auch seinen Spitznamen.

Der Hoffende war um etwa fünf Jahre älter, kleiner und breitschultriger als sein Freund. Aber er hustete viel und dumpf, und sein derbes, von einem breiten, schwarzen, leicht ergrauten Vollbart eingerahmtes Gesicht zeigte eine ungesunde gelbe Farbe. Er hatte große, schwarze Augen, die immer schuldbewußt und freundlich blickten. Beim Gehen spitze er den Mund und pfiff leise ein eintöniges, trauriges Lied vor sich hin, immer das gleiche. Er hatte um die Schultern ein kurzes Gewand aus bunten Lumpen hängen, eine Art wattierte Jacke; Tanzbein trug aber immer einen langen grauen Kaftan mit einem Gürtel. Der Hoffende war Bauer, sein Freund aber der Sohn eines Küsters, ehemaliger Lakai und Marqueur. Sie waren immer zusammen, und die Bauern pflegten, wenn sie sie sahen, zu sagen:

»Die Freunde sind wieder aufgetaucht. Aufgepaßt!«

»Ach, diese Teufel!«

»Wann werden sie einmal verrecken?!«

Die Freunde gingen aber einen Feldweg entlang, blickten scharf nach den Seiten und wichen Begegnungen aus. Der Hoffende hustete und pfiff sein Lied; und das Bein seines Freundes tanzte in der Luft, als wollte es sich losreißen und den gefährlichen Weg seines Besitzers verlassen. Oder sie lagen irgendwo am Waldrande, im Korn oder in einem Graben und berieten sich leise, wo sie etwas stehlen könnten, um sich satt zu essen.

Im Winter haben sogar die Wölfe, die für den Kampf ums Dasein besser ausgerüstet sind als die beiden Freunde, ein schlechtes Leben. Mager, hungrig und erbost treiben sie sich auf den Landstraßen umher; man tötet sie zwar, aber man fürchtet sie doch: sie haben Krallen und Zähne zur Verteidigung, vor allem aber harte Herzen. Das letztere ist besonders wichtig, denn der Mensch muß, um aus dem Kampfe ums Dasein als Sieger hervorzugehen, entweder viel Verstand oder das Herz eines Tieres haben.

Im Winter hatten es die Freunde schlecht; oft gingen sie beide abends in die Straßen der Stadt und bettelten, wobei sie sich bemühten, der Polizei nicht vor die Augen zu kommen. Nur sehr selten gelang es ihnen, etwas zu stehlen; durch die Dörfer zu ziehen, ging nicht gut, denn es war kalt, und im Schnee blieben ihre Spuren zurück; es hatte auch keinen Zweck, die Dörfer aufzusuchen, wo alles versperrt und vom Schnee verweht war. Der Kampf mit dem Hunger kostete den Freunden im Winter viel Kraft, und vielleicht erwartete kein Mensch so sehnsüchtig den Frühling, wie sie ihn erwarteten ...

Endlich nahte der Frühling. Die Freunde kamen entkräftet und krank aus ihrem Graben gekrochen und blickten freudig auf die Felder hinaus, wo der Schnee mit jedem Tag schneller schmolz, braune, vom Schnee entblößte Stellen zum Vorschein kamen, die Pfützen wie Spiegel glänzten und die Bächlein lustig rieselten. Die Sonne ergoß auf die Erde ihre uneigennützige Liebe, und die beiden Freunde wärmten sich in ihren

Strahlen und sprachen davon, wie sie, wenn die Erde einmal trocken war, wieder einmal nach den Dörfern auf die »Jagd« gehen würden. Der Hoffende, der an Schlaflosigkeit litt, weckte seinen Freund oft am frühen Morgen und verkündete ihm voller Freude: »Du, steh auf ... die Saatkrähen sind schon da!«

»Wirklich?«

»Bei Gott! Hörst du, wie sie schreien?«

Sie traten aus ihrer Hütte ins Freie und beobachteten lange und aufmerksam, wie die schwarzen Boten des Frühlings neue Nester bauten, die alten ausbesserten und die Luft mit ihrem lauten, besorgten Geschrei erfüllten.

»Jetzt sind die Lerchen an der Reihe«, sagte der Hoffende und machte sich daran, das alte, halbverfaulte Netz auszubessern.

Die Lerchen kamen; die Freunde gingen aufs Feld, stellten das Netz auf einer der vom Schnee entblößten Stellen auf, rannten durchnäßt und schmutzig hin und her und trieben die hungrigen und von der langen Reise ermüdeten Vögel, die auf der nassen, erst eben vom Schnee befreiten Erde Nahrung suchten, ins Netz. Wenn sie eine Anzahl beisammen hatten, verkauften sie sie zu fünf und zu zehn Kopeken das Stück. Dann kamen die ersten Brennesseln, die sie einsammelten und den Gemüsehändlerinnen auf dem Markte verkauften. Fast jeder neue Frühlingstag brachte ihnen etwas Neues, einen neuen, wenn auch kleinen Verdienst. Sie verstanden alles auszunützen: Weidenkätzchen, Sauerampfer, Champignons, Erdbeeren, Schwämme – nichts entging ihren Händen. Wenn die Soldaten Schießübungen hatten, gingen die Freunde nachher hinaus, wühlten in den Erdwällen, suchten die Kugeln zusammen und verkauften sie dann zu zwölf Kopeken das Pfund. Alle diese Beschäftigungen ließen sie zwar nicht des Hungers sterben, gaben ihnen aber nur sehr selten die Möglichkeit, das Gefühl des Sattseins, das angenehme Gefühl des vollen Magens und dessen eifriger Arbeit an den verzehrten Speisen zu genießen.

Einmal im April, als die Knospen an den Bäumen erst zu schwellen anfingen, die Wälder in einem bläulichen Dunst lagen und auf den braunen, fruchtbaren, von Sonnenlicht übergossenen Feldern das erste Grün sproßte, gingen die beiden Freunde die Landstraße entlang; sie rauchten selbstverfertigte Zigaretten aus billigem Tabak und unterhielten sich.

»Du hustest aber immer mehr ...« sagte Tanzbein seinem Freunde warnend, doch ruhig.

»Ich spucke drauf ...! Wenn mich die Sonne ordentlich durchwärmt, werde ich wieder lebendig ...«

»Hm. Solltest doch mal ins Spital gehen ...«

»Ach! Was brauche ich es? Wenn ich mal sterben muß, so werde ich sterben.«

»Das stimmt ...«

Die Birken, die die Landstraße einsäumten, warfen auf sie die Schatten ihrer feinen Zweige. Die Spatzen hüpften lebhaft zwitschernd auf der Straße herum.

»Du gehst auch viel schlechter ...« bemerkte Tanzbein nach einer Pause.

»Das kommt, weil es mich in der Brust würgt ...« erklärte der Hoffende. »Die Luft ist jetzt so dick, feucht und fett, es ist mir schwer, sie zu schlucken ...«

Er blieb stehen und bekam einen Hustenanfall.

Tanzbein stand neben ihm, rauchte und sah ihn mit unbestimmtem Ausdruck an. Der Hoffende schüttelte sich vor Husten und rieb sich mit den Händen die Brust, sein Gesicht war ganz blau geworden.

»Die Atemmaschine ist ordentlich durchlöchert«, sagte er, als der Hustenanfall vorüber war.

Und sie gingen weiter, die Spatzen von der Straße aufscheuchend.

»Jetzt gehen wir gegen Muchino ...« sagte Tanzbein, indem er die Zigarette fortwarf und ausspuckte. »Wir nehmen den Weg durch die Hinterhöfe ... vielleicht erwischen wir was ... Dann gehen wir durch den Ssiwzowschen Wald nach Kusnetschischa ... Von dort biegen wir nach Markowka ab ... und dann geht's nach Hause ...«

»Das werden an die dreißig Werst sein«, sagte der Hoffende.

»Daß wir den Weg nur nicht umsonst machen ...«

Links von der Straße lag ein eintönig dunkler und unfreundlicher Wald; zwischen seinen nackten Ästen war noch kein einziger grüner, das Auge erfreuender Fleck zu sehen. An seinem Rande irrte ein kleines, zottiges und zerzaustes Pferdchen mit eingefallenen Seiten herum; seine Rippen waren so deutlich zu sehen wie die Reifen an einem Faß. Die Freunde blieben wieder stehen und sahen lange zu, wie das Tier, die Schnauze zur Erde gebeugt, langsam von einem Bein aufs andere trat, die gelben Halme rupfte und sie mit seinen abgewetzten gelben Zähnen sorgfältig zerkaute.

»Ist auch ausgehungert ...!« bemerkte der Hoffende.

»Komm doch, komm!« versuchte Tanzbein es zu locken. Das Pferd sah ihn an, schüttelte verneinend den Kopf und senkte ihn wieder zur Erde.

»Es will nicht zu dir«, deutete der Hoffende diese müde Gebärde.

»Gehen wir …! Wenn man es … den Tataren bringt, so werden sie dafür vielleicht an die sieben Rubel geben …« versetzte Tanzbein nachdenklich.

»Nichts werden sie geben. Was brauchen sie es!«

»Und die Haut?«

»Die Haut? Wird man denn für so eine Haut was geben? Höchstens drei Rubel.«

»Aber!«

»Was denn? Was ist das für eine Haut? Ein alter Fußlappen und keine Haut …«

»Etwas wird man für sie doch geben …«

»Ja, das schon …!«

Tanzbein blickte seinen Freund an, blieb stehen und sagte: »Nun?«

»Das wird schwierig sein …« entgegnete der Hoffende unschlüssig.

»Warum?«

»Die Spuren … Die Erde ist feucht … man wird sehen, wo wir es hingeführt haben …«

»Wir wollen ihm Bastschuhe anziehen …«

»Wie du willst …«

»Los! Wir treiben es in den Wald und warten im Graben bis zur Nacht … Nachts führen wir es wieder heraus und bringen es zu den Tataren. Es ist gar nicht weit, so an die drei Werst …«

»Warum nicht?« sagte der Hoffende und nickte. »Komm! Ein Sperling in der Hand … Daß man uns nur nicht …«

»Uns erwischen sie nicht!« sagte Tanzbein überzeugt.

Sie bogen von der Straße ab und gingen, immer nach den Seiten blickend, zum Wald. Das Pferd sah sie an, schnaubte, bewegte den Schwanz und machte sich wieder an das welke Gras.

Auf dem Grunde des tiefen Waldgrabens war es feucht, still und dunkel. Das Bächlein rieselte in der Stille eintönig, traurig, wie klagend. Von den steilen Rändern hingen in den Graben die nackten Zweige von Haselstauden, Brombeeren und Geißblatt herab; hie und da ragte aus der Erde hilflos eine von den Frühlingsgewässern bloßgelegte Baumwurzel. Der Wald war noch tot; die Abenddämmerung verstärkte die leblose Eintönigkeit seiner Farben, und die traurige Stille, die in ihm lauerte, erfüllte ihn mit der düsteren und feierlichen Ruhe eines Friedhofs. Die Freunde saßen schon lange hier in der Stille, im feuchten Dunkel, unter einer Gruppe von Espen, die zusammen mit einer riesengroßen Erdscholle auf den Grund des Grabens herabgerutscht waren. Vor ihnen brannte hell ein kleines Feuer; sie wärmten sich die Hände, legten hie und da etwas Reisig nach und sorgten dafür, daß das Feuer gleichmäßig brenne und keinen Rauch gebe. Nicht weit von ihnen stand das Pferd. Sie hatten ihm das Maul mit einem Ärmel, den sie von den Lumpen des Hoffenden abgerissen hatten, umwickelt und es an einen Baumstamm festgebunden.

Der Hoffende kauerte vor dem Feuer, blickte nachdenklich in die Flammen und pfiff sein Lied; sein Freund hatte sich eine Tracht Weidenruten geschnitten, flocht aus ihnen einen Korb und schwieg, ganz von seiner Arbeit hingerissen. Die traurige Melodie des Bächleins und das leise Pfeifen des elenden Menschen flossen zu einem Akkord zusammen und weinten traurig in der Stille des Abends und des Waldes; ab und zu knisterten die Zweige im Feuer, sie knisterten und zischten, als seufzten sie aus Mitgefühl mit dem Leben, das langsamer als ihr Tod im Feuer und darum auch qualvoller ist.

»Nun ... werden wir bald gehen?« fragte der Hoffende.

»Noch zu früh ... Wenn es ganz dunkel wird, dann gehen wir ...« antwortete Tanzbein, ohne das Gesicht von seiner Arbeit zu heben.

Der Hoffende seufzte und begann zu husten.

»Frierst du, oder was?« fragte ihn sein Freund nach einer langen Pause.

»Nein ... es ist mir so trüb zumut ...«

»So!« versetzte Tanzbein und schüttelte den Kopf.

»Es nagt mir am Herzen ...«

»Die Krankheit ...«

»Es wird wohl die Krankheit sein ... Vielleicht auch was anderes.«

Tanzbein schwieg eine Weile und sagte dann: »Denk doch nicht ...«

»Woran?«

»An nichts ...«

»Siehst du«, sagte der Hoffende, auf einmal lebhaft werdend, »es ist mir nicht möglich, nicht zu denken. Ich schau' es an« – er zeigte mit der Hand auf das Pferd –, »ich schau' es an und denke mir ... auch ich habe in meiner Wirtschaft ein solches gehabt ... Eine Schindermähre zwar, ist aber in der Wirtschaft die Hauptsache! Einmal habe ich sogar ein Paar gehabt ... gut habe ich damals gearbeitet!«

»Und was hast du dir erarbeitet?« fragte Tanzbein kurz und kühl. »Das mag ich nicht an dir ... Gleich fängst du zu jammern an ... wozu?«

Der Hoffende warf schweigend eine Handvoll zerkleinerter Zweige ins Feuer und beobachtete, wie die Funken hinaufflogen und in der feuchten Luft erloschen. Seine Augen zwinkerten, und über sein Gesicht huschten schnelle Schatten. Dann wandte er sein Gesicht dem Pferde zu und beobachtete es lange Zeit.

Das Pferd stand unbeweglich, wie angewurzelt; sein durch den Verband verunstalteter Kopf war traurig gesenkt.

»Man muß es sich einfach überlegen«, sagte Tanzbein ernst und eindringlich. »Wir leben in den Tag hinein, von der Hand am Munde! Hat man was zu essen, so ist es gut; hat man nichts, so jammert man eine Weile und hört dann auf ... denn das führt zu nichts ... Wenn du aber so jammerst ... ist es ekelhaft zuzuhören. Ob es von deiner Krankheit kommt ...?«

»Wohl von der Krankheit ...« bestätigte der Hoffende leise. Dann schwieg er eine Weile und fügte hinzu: »Vielleicht auch von Herzensschwäche.«

»Auch das Herz kommt von der Krankheit ...« erklärte Tanzbein kategorisch.

Er biß mit den Zähnen eine Weidenrute durch, fuhr mit ihr durch die Luft, so daß es pfiff, und sagte streng: »Ich bin gesund und kenne solche Sachen nicht.«

Das Pferd trat von einem Bein aufs andere; ein Zweig knisterte; in den Bach fiel etwas Erde, und in seine stille Melodie kamen einige neue Töne. Zwei Vögel flatterten von irgendwo auf und flogen mit unruhigem Gezwitscher längs des Grabens. Der Hoffende sah ihnen nach und sagte leise: »Was mögen das für Vögel sein? Wenn es Stare sind, so haben sie im Walde nichts zu suchen ... Die sind meistens in der Nähe von Menschenwohnungen. Ich meine, es sind Seidenschwänzchen ... es können gar keine anderen sein ...«

»Vielleicht sind es Kreuzschnäbel«, versetzte Tanzbein.

»Für die Kreuzschnäbel ist es noch zu früh. Auch nisten die Kreuzschnäbel in Fichtenwäldern. Hier haben sie nichts zu suchen ... Es können nur Seidenschwänzchen sein ...«

»Laßt sie es sein!«

»Ja, gewiß«, stimmte der Hoffende zu und seufzte aus irgendeinem Grunde schwer auf.

Die Arbeit ging beim Tanzbein schnell vorwärts; er hatte den Boden des Korbes schon fertig und flocht nun mit großer Geschicklichkeit die Seitenwände. Er schnitt die Ruten mit einem Messer ab, biß sie mit den Zähnen durch, bog und band sie mit schnellen Fingern, schnaubte mit der Nase und sträubte den Schnurrbart.

Der Hoffende sah bald auf ihn, bald auf das Pferd, das in seiner traurigen Stellung erstarrt schien, und bald auf den Himmel, der schon fast ganz nächtlich war, aber noch keinen einzigen Stern zeigte.

»Der Bauer wird das Pferd suchen«, begann er plötzlich mit eigentümlicher Stimme, »es ist aber weg ... Er sucht und sucht – weg ist das Pferd!«

Der Hoffende spreizte die Arme nach beiden Seiten. Sein Gesicht hatte einen dummen Ausdruck, und die Augen zwinkerten so, als sähe er ein grelles Feuer, das plötzlich vor ihm aufgeflammt wäre.

»Was meinst du damit?« fragte Tanzbein streng.

»Es ist mir eine Geschichte eingefallen ...« sagte der Hoffende schuldbewußt.

»Was für eine?«

»Ja ... auch die gleiche Sache, daß man ein Pferd weggetrieben hat ... meinem Schwager, Michailo hat er geheißen ... war ein so großer Kerl ... mit Pockennarben im Gesicht.«

»Nun?«

»Nun, man hat es ihm weggetrieben. Es weidete in der Wintersaat und war plötzlich weg! Als Michailo sah, daß er um sein einziges Pferd gekommen war, fiel er zu Boden und fing zu heulen an! Ach, wie er damals heulte, Bruder ...! Und er fiel hin, als wären ihm die Beine gebrochen.«

»Nun, und?«

»Nun ... lange lag er so ...«

»Was geht's dich an?«

Der Hoffende rückte bei der schroffen Frage des Freundes von ihm weg und antwortete schüchtern: »Ja, es ist mir nur so eingefallen. Denn es ist für den Bauern der Tod, wenn man ihm sein Pferd nimmt!«

»Hör mal, was ich dir sagen möchte«, begann Tanzbein streng und sah den Hoffenden durchdringend an. »Hör damit auf. Solche Gespräche führen zu nichts Gescheitem. Hast du es verstanden? Schwager Michailo! Es ist nicht deine Sache.«

»Es tut doch einem leid«, entgegnete der Hoffende achselzuckend.

»Es tut dir leid? Wir aber tun niemand leid.«

»Ach, was soll man davon noch reden ...!«

»Also schweig ... Wir müssen bald gehen.«

»Bald?«

»Nun, gewiß ...«

Der Hoffende rückte ans Feuer, rührte darin mit dem Stock, warf einen Seitenblick auf Tanzbein, der wieder in seine Arbeit vertieft war, und sagte in bittendem Ton: »Geben wir's lieber auf ...«

»Was hast du doch für eine gemeine Natur!« rief Tanzbein.

»Bei Gott!« sagte der Hoffende leise und eindringlich. »Bedenke doch, es ist gefährlich! Ganze vier Werst müssen wir uns mit ihm schleppen ... Und wenn die Tataren es nicht nehmen? Was dann?«

»Das ist schon meine Sache!«

»Wie du willst! Es wäre doch besser, es laufen zu lassen ... soll es nur laufen ... Siehst doch, es ist halb tot!«

Tanzbein schwieg, aber seine Finger fingen an, sich noch schneller zu bewegen.

»Wieviel wird man dafür wohl geben?« fuhr der Hoffende leise, doch hartnäckig fort. »Jetzt ist aber die schönste Zeit ... Gleich ist es dunkel – wir gehen aus dem Graben nach Dubenki ... und schon haben wir etwas Gescheites erwischt.«

Die eintönige Rede des Hoffenden vermischte sich mit dem Rieseln des Baches, schwebte durch den Graben und brachte den fleißigen Tanzbein aus der Fassung.

Er schwieg mit zusammengebissenen Zähnen, und seine Finger brachen vor Erregung die Ruten entzwei.

»Jetzt haben die Weiber die Leinwand zum Bleichen hinausgelegt ...«

Das Pferd seufzte auf und regte sich. Von der Finsternis eingehüllt, erschien es jetzt noch häßlicher und elender. Tanzbein sah es an und spuckte ins Feuer ...

»Auch das Geflügel ist jetzt im Freien ... in den Pfützen ... sind Gänse ...«

»Wirst du bald aufhören? Teufel!« rief Tanzbein böse.

»Bei Gott ...! Sei mir nicht böse, Stepan. Soll es zum Teufel gehen! Wirklich!«

»Hast du heute was gefressen?« schrie ihn Tanzbein an.

»Nein ...« antwortete der Hoffende verlegen, vom Schrei erschreckt.

»Dann hol' dich der Teufel! Kannst von mir aus verrecken ... Mir ist es gleich ...«

Der Hoffende sah ihn schweigend an: er band die Ruten zu einem Bündel zusammen und schnaubte wütend mit der Nase. Der Schein des Feuers fiel auf ihn, und sein böses Gesicht mit dem gesträubten Schnurrbart schien ganz rot.

Der Hoffende wandte sich weg und seufzte schwer.

»Ich sag' ja, mir ist es gleich – tu wie du willst«, begann Tanzbein mit böser, heiserer Stimme.

»So!« erwiderte der Hoffende leise.

»Ich sag' dir aber: wenn du solche Geschichten machst ... geh' ich nicht mehr mit dir! Laß gut sein! Ich kenne dich ja ... das ist es ...«

»Ein merkwürdiger Mensch bist du ...«

»Kein Wort mehr!«

Der Hoffende duckte sich und begann zu husten; als er ausgehustet hatte, sagte er, schwer atmend: »Warum sage ich das? Weil es mit dem Vieh gefährlich ist ...«

»Ist schon gut!« rief Tanzbein böse.

Er hob das Rutenbündel auf die Schulter, nahm den halbfertigen Korb unter den Arm und stand auf.

Der Hoffende stand auch auf, sah seinen Freund an und ging mit langsamen Schritten zum Pferd.

»Prrrr ...! Christus sei mit dir ... fürchte dich nicht ...!« ertönte im Graben seine dumpfe Stimme.

»Prrr, prr ... halt ...! Nun, geh doch ... geh. Hü. Dummkopf!«

Tanzbein sah zu, wie sein Freund sich am Pferde zu schaffen machte und ihm die Schnauze aus den Lumpen befreite, und der Schnurrbart des alten Diebes zitterte. »Komm doch, komm!« sagte er und machte einen Schritt vorwärts.

»Ich komme«, antwortete der Hoffende.

Und sie bahnten sich den Weg durch das Gestrüpp und gingen schweigend den Graben entlang, durch das Dunkel der Nacht, das ihn bis an den Rand füllte.

Das Pferd ging ihnen nach.

Dann erklang hinter ihnen das Plätschern des Wassers, das die Melodie des Baches übertönte.

»Das dumme Vieh ...! In den Bach ist es getreten ...« sagte der Hoffende.

Tanzbein schnaubte böse mit der Nase und sagte nichts. Im Dunkel und im mürrischen Schweigen des Grabens ertönte das leise Knistern der Sträucher, und dieses Geräusch entfernte sich langsam von der Stelle, wo das rote Häuflein Glut wie ein böses und spöttisches Auge eines Ungeheuers auf der Erde funkelte ...

Der Mond ging auf.

Sein gespenstisches Licht erfüllte den Graben mit nebligem Scheine; überall lagen Schatten; der Wald war davon noch dichter und die Stille vollkommener und strenger geworden. Die weißen Stämme, der Birken hoben sich, vom Monde versilbert, wie Wachskerzen von dem dunklen Hintergrunde der Eichen, Ulmen und Sträucher ab.

Die Freunde gingen langsam auf dem Grunde des Grabens; das Gehen fiel ihnen schwer: ihre Füße glitten bald aus und versanken bald tief im Schmutz. Der Hoffende atmete schnell, und in seiner Brust pfiff, schnarchte und rasselte es, als hätte er in ihr eine große, lange nicht gereinigte Wanduhr versteckt. Tanzbein ging voraus; der Schatten seiner geraden und großen Figur fiel auf den Hoffenden.

»Da soll man gehen!« sagte er plötzlich brummig und beleidigt. »Wohin soll man gehen? Was sollen wir suchen? Ach ja ...!«

Der Hoffende seufzte und schwieg.

»Auch ist so eine Nacht kürzer als eine Spatzennase. Wenn wir ins Dorf kommen, ist es schon hell. Und wie gehen wir? Wie Damen, die einen Spaziergang machen ...«

»So schwer ist es mir, Bruder ...« sagte der Hoffende leise.

»Schwer?« rief ironisch Tanzbein. »Nun siehst du es! Und warum ist es schwer?«

»Das Atmen ist mir schwer ...« antwortete der kranke Dieb.

»Das Atmen? Und warum ist es dir schwer?«

»Von der Krankheit ... wahrscheinlich ...«

»Unsinn! Das kommt nur von deiner Dummheit.«

Tanzbein blieb stehen, wandte sein Gesicht dem Freunde zu, fuchtelte vor dessen Nase mit dem Finger und fügte hinzu: »Wegen deiner Dummheit kannst du nicht atmen ... jawohl! Verstanden?«

Der Hoffende ließ den Kopf tief sinken und sagte schuldbewußt: »Gewiß ...«

Er wollte noch etwas sagen, bekam aber einen Hustenanfall. Er stützte sich mit den zitternden Händen gegen einen Baumstamm und hustete lange, indem er mit den Beinen immer auf dem gleichen Fleck herumtrat, den Kopf schüttelte und den Mund weit aufriß.

Tanzbein blickte ihm aufmerksam in sein eingefallenes, fahles, im Mondlichte grünes Gesicht.

»So wirst du alle Teufel im Walde wecken ...« sagte er mürrisch.

Und als der Hoffende ausgehustet hatte, und, den Kopf in den Nacken geworfen, frei aufatmete, sagte er ihm im Tone eines Befehles: »Ruh dich aus ... setzen wir uns!«

Sie setzten sich auf die feuchte Erde in den Schatten der Sträucher. Tanzbein drehte sich eine Zigarette, steckte sie an, betrachtete ihr glimmendes Ende und begann langsam: »Wenn wir zu Hause etwas zum Essen hätten ... so könnten wir auch nach Hause umkehren ...«

»Es ist wahr ...« antwortete der Hoffende und nickte.

Tanzbein sah ihn von der Seite an und fuhr fort: »Da wir aber zu Hause nichts haben, müssen wir gehen ...«

»Ja, das müssen wir ...« Der Hoffende seufzte.

»Obwohl wir nirgends hingehen können, denn es kommt doch nichts Gescheites dabei heraus ... Dumm sind wir, das ist der Hauptgrund! So dumm sind wir ...«

Die trockene Stimme Tanzbeins durchschnitt die Luft und tat wohl dem Hoffenden weh: er rückte unruhig hin und her, seufzte und röchelte eigentümlich.

»Wie gerne ich aber fressen möchte, das kann ich dir gar nicht sagen!« schloß Tanzbein seine gedehnte, vorwurfsvolle Rede.

Nun stand der Hoffende entschlossen auf.

»Wohin?« fragte Tanzbein.

»Gehen wir.«

»Was bist du so ... aufgesprungen?«

»Gehen wir!«

»Gehen wir ...« Tanzbein stand auch auf. »Es hat aber keinen Zweck ...«

»Schon gut ... komme, was kommen mag!« sagte der Hoffende und winkte mit der Hand.

»Wie tapfer du auf einmal bist ...!«

»Gewiß. Hast mir doch genug zugesetzt! Mein Gott!«

»Warum handelst du so dumm?«

»Warum?«

»Ja!«

»Es dauert mich doch!«

»Wer? Was?«

»Wer? Ich meine, der Mensch.«

»Der Mensch?« sagte Tanzbein gedehnt. »Hat man so was gehört ...! Ach, du, gute Seele, hast auch kein bißchen Grütze im Kopf! Was ist dir der Mensch? Verstehst du es? Er packt dich am Kragen und zerdrückt dich ... wie einen Floh mit dem Nagel! Dann soll er dich dauern ... ja! Dann kannst du ihm deine Dummheit zeigen. Er wird dich für dein Mitleid ... mit allen sieben Plagen peinigen. Alle deine Gedärme wird er dir herausreißen und sich um die Hand wickeln ... alle deine Adern wird er dir herausziehen, einen Zoll in der Stunde. Ach, du ... Mitleid! Bete lieber zu Gott, daß man dich einfach ohne jedes Mitleid umbringt, und fertig! Ach, du! Im Regen sollst du zergehen ...! Mitleid ... pfui Teufel!«

Er war tief empört, dieser Tanzbein.

Seine schneidende, von Ironie und Verachtung gegen seinen Freund erfüllte Stimme hallte durch den Wald, und die Zweige der Büsche schwankten mit leisem Rauschen, als stimmten sie den strengen und wahren Worten zu.

Der Hoffende ging, von den Vorwürfen erdrückt, mit zitternden Beinen, die Hände in die Ärmel seiner Jacke vergraben und den Kopf tief auf die Brust gesenkt.

»Wart ...« sagte er schließlich. »Was ist denn? Ich werde mich schon erholen ... gleich kommen wir ins Dorf ... ich gehe allein hin ... du brauchst gar nicht mitzugehen. Ich stehle ... das erste, was mir in die Hände kommt ... und dann geht es heim! Wir kommen heim, und ich lege mich hin! Es ist mir so schwer ... Du sollst nichts sagen ...«

Er sprach kaum hörbar, schwer keuchend, schnarchend, mit einem Röcheln in der Brust. Tanzbein sah ihn argwöhnisch an ... er blieb stehen, wollte etwas sagen ... winkte aber bloß mit der Hand, sagte nichts und ging weiter ...

Lange gingen sie so, langsam und schweigend.

Irgendwo ganz in der Nähe krähten die Hähne; ein Hund heulte ... dann erklang ein trauriger Glockenschlag von der Dorfkirche und erstarb im düsteren Schweigen des Waldes ... Ein großer Vogel stürzte von irgendwoher als großer schwarzer Fleck in das trübe Mondlicht, und das hastige Rauschen und Sausen seiner Flügel klang unheimlich durch den Graben.

»Ein Rabe ... oder eine Saatkrähe«, bemerkte Tanzbein.

»Hör mal ...« begann der Hoffende, indem er sich schwer auf die Erde setzte. »Geh du allein, ich bleibe hier ... ich kann nicht mehr ... es würgt mich ... und der Kopf schwindelt mir ...«

»Da haben wir es!« sagte Tanzbein unzufrieden. »Kannst du wirklich nicht?«

»Ich kann nicht ...«

»Ich gratuliere! Pfui Teufel!«

»Ich bin ganz schwach geworden ...«

»Das will ich meinen! Wir treiben uns doch seit dem frühen Morgen ohne zu fressen herum.«

»Nein, es ist wohl ... mein Ende! Siehst, wie das Blut läuft!«

Der Hoffende hielt seine mit etwas Dunklem beschmutzte Hand dem Tanzbein vors Gesicht. Jener warf einen Blick auf die Hand und fragte mit gedämpfter Stimme: »Was werden wir jetzt anfangen?«

»Du geh ... und ich bleibe hier ... vielleicht erhole ich mich noch ...«

»Wo soll ich hingehen? Vielleicht ins Dorf ... um ihnen zu sagen, daß es mit dem Menschen schlecht steht ...?«

»Nein ... paß auf, sie werden dich noch schlagen.«

»Das ist wahr ... Wenn man ihnen nur in die Hände kommt ...!«

Der Hoffende warf sich auf den Rücken und hustete dumpf, ganze Klumpen geronnenen Blutes ausspuckend.

»Es läuft?« fragte Tanzbein, über ihm stehend, doch auf die Seite blickend.

»Es läuft stark ...« sagte der Hoffende kaum hörbar und bekam einen neuen Hustenanfall.

Tanzbein fluchte laut und unflätig.

»Wenn man doch jemand rufen könnte!«

»Wen denn?« fragte der Hoffende traurig.

»Vielleicht ... stehst du doch noch auf und gehst ... langsam ...?«

»Ach, nein ...«

Tanzbein setzte sich zu Häupten seines Freundes, umschlang seine Knie mit den Armen und fing an, ihm ins Gesicht zu sehen. Die Brust des Hoffenden hob und senkte sich ungleichmäßig, mit einem dumpfen Röcheln, seine Augen waren eingefallen, die Lippen aber hatten sich eigentümlich gedehnt und schienen an den Zähnen zu kleben. Aus dem linken Mundwinkel rieselte über die Wange ein lebendiges dunkles Bächlein.

»Läuft es noch immer?« fragte Tanzbein leise, und im Ton seiner Frage klang etwas wie Andacht.

Das Gesicht des Hoffenden zuckte.

»Es läuft ...« röchelte er leise.

Tanzbein beugte den Kopf zu den Knien und verstummte. Über ihnen hing der von den Frühlingsgewässern tief durchfurchte Grabenrand herab. Von oben blickte eine Reihe zottiger, vom Monde beschienener Bäume in den Graben herein. Der andere, weniger steile Grabenrand war ganz mit Sträuchern bewachsen; hie und da ragten aus der dunklen Masse des Gesträuchs graue Espen, und in ihrem nackten Geäst konnte man deutlich die Krähennester unterscheiden. Der vom Mondlicht übergossene Graben war wie ein Traumgesicht, wie ein langweiliger, aller Schönheit des Lebens barer Traum; und das stille Rieseln des Baches vergrößerte noch diese Leblosigkeit, unterstrich diese beklemmende Stille.

»Ich sterbe ...« flüsterte der Hoffende kaum hörbar. Dann wiederholte er es laut und deutlich: »Ich sterbe, Stepan!«

Tanzbein fuhr am ganzen Körper zusammen, rückte hin und her, schnaubte, hob den Kopf von den Knien und sagte verlegen und leise, als fürchtete er, etwas zu stören: »Du ... fürchte dich nicht! Macht nichts ... vielleicht ist es ... nichts! Bei Gott!«

»Herr Jesu Christ ...« stöhnte der Hoffende schwer auf.

»Macht nichts!« flüsterte Tanzbein, sich über sein Gesicht beugend. »Nimm dich etwas zusammen ... vielleicht vergeht es noch ...«

Aber der Hoffende begann wieder zu husten; aus seiner Brust kam ein neuer Ton; es klang, wie wenn ein nasser Lappen gegen seine Rippen schlüge. Tanzbein sah ihn an und bewegte den Schnurrbart. Nachdem er ausgehustet hatte, fing der Hoffende an, laut und abgerissen zu atmen, als liefe er sehr schnell irgendwohin. Lange atmete er so und begann dann: »Verzeih mir, Stepan ... wenn ich ... das Pferd ... verzeih mir, Brüderchen ...!«

»Verzeih du mir ...« unterbrach ihn Tanzbein. Er schwieg eine Weile und fügte dann hinzu: »Und ich ... wo soll ich jetzt hin? Und was soll jetzt sein?«

»Macht nichts! Gott gebe dir ...«

Er sprach den Satz nicht zu Ende, stöhnte auf und verstummte.

Dann fing er an zu röcheln ... dann streckte er die Beine aus ... ein Bein warf er auf die Seite.

Tanzbein sah ihn unverwandt an. Die Minuten gingen so langsam dahin wie Stunden.

Da hob der Hoffende den Kopf; er fiel aber gleich wieder kraftlos auf die Erde.

»Was ist, Bruder?« fragte Tanzbein, sich über ihn beugend.

Jener antwortete aber nicht mehr, sondern lag ruhig und unbeweglich da.

Tanzbein saß noch eine Weile ernst neben seinem Freund, stand dann auf, zog die Mütze, bekreuzigte sich und ging langsam den Graben entlang. Sein Gesicht war spitz geworden, seine Brauen und Schnurrbart sträubten sich, und er schritt so fest dahin, als schlüge er die Erde mit den Füßen, als wollte er ihr weh tun.

Es tagte. Der Himmel war grau und unfreundlich; im Graben herrschte eine düstere Stille; bloß der Bach fuhr, ohne jemand zu stören, in seiner eintönigen trüben Rede fort.

Da raschelte es aber ... ein Erdklumpen war auf den Grund des Grabens gerollt. Eine Saatkrähe erwachte, schrie unruhig auf und flog davon. Dann zwitscherte hell eine Meise. In der feuchten kalten Luft des Grabens hatten die Töne nur ein kurzes Leben: sie entstanden und starben gleich dahin ...

Kirilka

Als das Wägelchen aus dem Walde an den Waldrand herauskam und sich vor mir ein weiter, trüber Horizont auftat, erhob sich Issaj vom Bocke, reckte den Hals, blickte in die Ferne und sagte: »Ach, Teufel ... mir scheint, der Eisgang hat begonnen!«

»Wirklich?«

»Es scheint so ...«

»Fahr doch schneller!«

»Ach, du Vieh!«

Das kurzbeinige dicke Tier mit den Ohren eines Esels und der Wolle eines Pudels sprang, vom Schlage mit dem Peitschenstiel auf den Rücken getroffen, vom Wege auf die Seite, blieb stehen, trat von einem Bein aufs andere und schüttelte beleidigt den Kopf.

»Hü! Ich werde dir kokettieren!« schrie Issaj und zupfte an den Zügeln.

Der Küster Issaj Mjakinnikow war ein mißgestalteter Mann von vierzig Jahren. An der linken Wange und unter dem Kinn wuchs ihm ein roter Bart, auf der rechten Wange hatte er aber eine riesengroße Geschwulst, die ihm ein Auge zudeckte und als faltiger Sack auf die Schulter herabhing. Der furchtbare Säufer und gar nicht üble Philosoph und Spötter Issaj fuhr mich zu seinem Bruder und meinem Freund, einem Dorfschullehrer, der an der Schwindsucht starb. In den fünf Stunden hatten wir noch keine zwanzig Werst zurückgelegt, denn die Straße war schlecht, und das phantastische Tier, das uns zog, hatte einen schlechten Charakter. Issaj nannte es: Teufel, Mühlstein, Mörser, und gebrauchte noch viele andere seltsame Namen, von denen übrigens jeder in gleicher Weise zu diesem Pferde paßte und die eine oder andere Eigentümlichkeit seines Äußeren oder Charakters bezeichnete. Auch unter den Menschen kommen solche komplizierte Geschöpfe vor, die man mit jedem beliebigen Namen nennen darf – ein jeder paßt zu ihnen, nur der Name »Mensch« nicht.

Über uns hing ein grauer, dicht bewölkter Himmel, um uns herum lagen Wiesen voll dunkler Flecke. Vorne, drei Werst vor uns, ragten die bläulichen Hügel des hohen Wolgaufers, auf die sich der schwere Himmel stützte. Der Fluß war von der struppigen Mähne der Ufergebüsche verdeckt. Vom Süden her wehte der Wind, das Wasser in den Pfützen kräuselte sich und schnitt Grimassen, und langweilige, feuchte Töne stiegen in die Luft: es war der Schmutz, der unter den Hufen des Pferdes aufspritzte ... In der ganzen Natur lag etwas Trauriges, als wäre sie in der Erwartung der hellen Frühlingssonne ermattet und unzufrieden, daß die Strahlen noch immer nicht kommen wollten, als wäre ihr ohne die Sonne so schwer und so langweilig zumute.

»Der Fluß wird uns aufhalten«, sagte Issaj, auf seinem Bocke hüpfend. »Jakow wird uns nicht erwarten können und sterben ... so wird diese ganze Wanderung nur zu einer Plage für das Fleisch werden. Und wenn wir ihn auch am Leben antreffen, was wird das nützen? Es wird nur eine Störung sein und sonst nichts. Man soll nicht in der Sterbestunde vor den Augen des Entschlafenden herumstehen, man muß den Menschen allein lassen, damit er seine Blicke in sein Innerstes und nicht auf außenstehende Gegenstände richte. In der Sterbestunde muß der Mensch in die Tiefe seines Herzens schauen, und nicht auf irgendwelchen Unsinn, denn der Lebende ist für den Sterbenden ein überflüssiger Gegenstand ... Allerdings ist es üblich und vom Lebensgesetz vorgeschrieben, daß am Sterbelager diejenigen, die dem dieses Jammertal Verlassenden nahestehen, anwesend sind ... wenn man aber mit Anwendung von Vernunft urteilt und nicht mit dem Gehirn seiner Fersen, so ergibt es sich wiederum, daß in dieser Sitte gar kein Nutzen, weder für die Lebenden noch für die Toten, enthalten ist, sondern nur eine überflüssige Herzensqual. Der Lebende darf nicht einmal daran denken, daß es einen Tod gibt, der ihn erwartet. Für den Lebenden ist es schädlich, denn es verdüstert seine Freuden. Du Teufelskeule! Beweg doch die Beine, fixer ...! Hü ...!«

Issaj sprach eintönig mit tiefer, heiserer Stimme, und seine unsinnige, lange, in einen weiten, zerrissenen, braunroten Bauernrock gehüllte Gestalt wackelte plump auf dem Bock, hüpfte auf und ab, bog sich nach rechts und links, nach vorn und nach hinten. Der breitkrempige schwarze Hut, ein Geschenk des Geistlichen, war mit schmalen Bändern festgebunden, und der Wind warf ihm die vom Kinne herunterhängenden Bandenden ins Gesicht. Der Küster schüttelte seinen spitzen Kopf, der Hut rutschte ihm in die Augen, und der Wind blähte die Schöße seines Mantels. Issaj rückte hin und her, duckte sich und fluchte; ich aber sah ihn an und dachte mir, wieviel Energie doch der Mensch im Kampfe mit solchen Kleinlichkeiten verschwendet. Wenn uns das gemeine Gewürm der kleinen Alltagsübel nicht so zusetzte, könnten wir wohl leicht die schrecklichen Schlangen unserer großen Leiden erdrücken.

»Der Eisgang!« rief Issaj bekümmert aus.

»Siehst du es denn?«

»Ich sehe im Gebüsch Pferde … und Menschen neben ihnen. Teufel! Also gibt's keine Überfahrt!«

»Vielleicht kommen wir doch irgendwie hinüber.«

»Was ist da noch zu reden?! Natürlich kommen wir hinüber … wenn der Eisgang zu Ende ist. Aber was werden wir bis dahin tun? Das ist es. Außerdem will ich essen. Ich habe solchen Hunger, daß man es in gewöhnlicher Sprache gar nicht ausdrücken kann. Ich sagte dir doch: Essen wir zuerst. Aber du sagtest: Fahr zu … Nun sind wir da …!«

»Auch ich will essen. Hast du nichts mitgenommen?«

»Wenn ich's vergessen habe!« antwortete Issaj böse.

Hinter seinem Rücken hervorguckend, sah ich eine Troika und einen Korbwagen mit zwei Pferden. Die Pferde blickten uns entgegen, neben ihnen standen aber Menschen: der eine lang, mit rotem Schnurrbart und einer Mütze mit rotem Rande, der andere in einem schwarzen, langschößigen, pelzgefütterten Rock.

»Der Landrat Ssuschtschow, und der andere ist der Mühlenbesitzer Mamajew«, murmelte Issaj, indem er sich zu mir halb umwandte, und gebot seinem Pferde in respektvollem Tone Halt:

»Steh, mein Wohltäter. Wir sind also etwas zu spät gekommen«, wandte er sich an den dicken Kutscher, der neben der Troika stand, und rückte den Hut vom Kopfe. Der Kutscher blickte finster auf seinen kahlen eiförmigen Schädel und wandte sich stumm zur Seite.

»Wir haben es nicht getroffen«, antwortete statt seiner der Kaufmann Mamajew, ein kleiner dicker Mann mit rotem Gesicht und spitzbübisch freundlichen Augen.

Der Landrat stand an den Flügel der Equipage gelehnt, rauchte, drehte seinen Schnurrbart und musterte uns mit gerunzelter Stirne. Es waren noch zwei Menschen dabei: Mamajews Kutscher, ein großer Kerl mit Lockenhaar und großem Mund, und ein kleiner Bauer mit krummen Beinen, in einem zerfetzten, eng umgürteten Halbpelz; er stand mit gekrümmtem Rücken da und schien in einer Verbeugung vor uns erstarrt. Sein kleines, runzeliges Gesicht war von einem dünnen grauen Bärtchen bewachsen, die Augen verschwanden in den Runzeln, die dünnen Lippen waren zu einem Lächeln verzogen, und dieses Lächeln drückte zugleich Achtung und Hohn, Dummheit und Gaunerei aus. Er kauerte wie ein Affe auf dem Boden, bewegte den Kopf hin und her und beobachtete uns, ohne jemand seine Augen zu zeigen. Aus den zahllosen Löchern seines Halbpelzes guckten Stücke schmutziger Schafwolle heraus, und der ganze Bauer machte einen seltsamen Eindruck: er sah ganz zerkaut aus, als wäre er soeben aus irgendeinem Riesenrachen entkommen, der ihn hatte auffressen wollen. Der hohe Sandhügel vor uns schützte uns und verdeckte den Fluß vor unsern Blicken.

»Man sollte doch mal hinaufgehen, nachschauen, was dort los ist ...« sagte Issaj und stieg auf den Hügel. Ihm folgte der mürrische Landrat, dann ich und der Kaufmann. Der Bauer kroch auf allen vieren hinauf. Als wir den Gipfel erreichten, setzten wir uns alle hin, finster wie die Raben. Etwa vier Arschin vor uns und drei Klafter unter uns lag als blaugrauer Streifen der Fluß, ganz von Runzeln, Wunden und Haufen zerriebenen Eises übersät. Das Eis bedeckte ihn wie ein krankhafter Ausschlag und bewegte sich langsam, aber in dieser langsamen Bewegung lag eine unbesiegbare Kraft. Die kalte und feuchte Luft war von einem knarrenden Geräusch erfüllt.

»Kirilka!« rief der Landrat.

Der Bauer sprang auf, zog die Mütze und verbeugte sich vor dem Landrat so, als wolle er sich von ihm köpfen lassen.

»Nun, wird's bald?«

»Es wird nicht lang dauern, Euer Wohlgeboren, gleich bleibt es stehen. Belieben zu sehen, wie es drängt? Wenn es so fest kommt, muß es stehenbleiben. Dort, eine Werst höher ist eine Landzunge. Wenn das Eis dort anlangt, ist's fertig. Der ganze Witz ist das große Treibeis: wenn das große Treibeis in der Enge bei der Landzunge steckenbleibt, so verstopft's den Fluß! Es wird in der Enge zusammengedrückt und bleibt stehen.«

»Nun, gut ... schweig ...!«

Der Bauer schnappte mit den Lippen und verstummte.

»Nein, der Teufel weiß, was das ist!« begann der Landrat empört. »Ich hab' dir doch gesagt, du Idiot, daß du zwei Boote auf diese Seite herüberbringen sollst. Hab' ich es dir nicht gesagt?«

»Sie haben's gesagt. Es stimmt ...« antwortete der Bauer schuldbewußt. »Na, und du?«

»Es war keine Zeit mehr dazu ... denn gleich begann schon der Eisgang ...«

»Narr! – Nein«, wandte sich der Landrat zu Mamajew, »diese Esel verstehen nicht die gewöhnlichste Menschensprache!«

»Mit einem Worte – Bauern!« zischte Mamajew mit freundlichem Lächeln. »Eine wilde Rasse ... ein stumpfsinniges Volk, Schädel aus Espenholz. Jetzt erwarten wir aber von der Tätigkeit der Semstwoverwaltung und den von ihr verbreiteten Schulen Aufklärung und Bildung ...«

»Ja, die Schulen! Lesehallen, Projektionsapparate – das ist ja alles sehr schön! Ich verstehe es ... ich bin zwar kein Gegner der Volksaufklärung, wie Sie wissen, aber eine ordentliche Tracht Prügel erzieht den Menschen besser und kostet weniger ... Jawohl! Für die Rute hat der Bauer nichts zu zahlen, aber für die Aufklärung schindet man ihm die Haut vom Leibe, und zwar viel schmerzhafter als mit der Rute. Vorderhand bedeutet die Aufklärung für ihn nur überflüssige Ausgaben und Verarmung, das ist es ... Ich sage aber nicht: klärt das Volk nicht auf; ich sage nur: habt mit ihm ein Einsehen und wartet ...«

»Sehr richtig!« rief der Kaufmann vergnügt. »Es ist sogar sehr notwendig zu warten, denn der Bauer hat es heutzutage schwer. Mißernten, Seuchen, Trunksucht – das trifft ihn alles sozusagen bei der Wurzel; da kommt man ihm aber mit den Schulen und Lesehallen. Was darf man von einem Bauer bei diesen Zuständen verlangen? Nichts darf man von ihm verlangen ... glauben Sie es mir!«

»Sie müssen es besser wissen, Nikita Pawlowitsch«, sagte Issaj höflich und überzeugt und seufzte andächtig.

»Das will ich meinen! Siebzehn Jahre habe ich mit ihnen zu tun! Was die Bildung betrifft, so denke ich es mir so: zur rechten Zeit kann sie Nutzen bringen ... einem jeden Menschen. Wenn aber mein Magen, Sie entschuldigen schon, leer ist, so will ich nichts lernen außer Diebstahl ...«

»Was brauchen Sie auch zu lernen!« rief Issaj respektvoll und freundlich.

Mamajew sah ihn an und verzog die Lippen.

»Da ist so ein Bauer ... Kirilka!« rief der Landrat. »Da ist ein Bauer«, wandte er sich an mich mit einer gewissen Feierlichkeit im Ausdruck und Ton, »ich empfehle ihn Ihnen, kein ganz gewöhnlicher Bauer ... eine Bestie, wie es ihrer wenige gibt! Als der ›Grigorij‹ brannte, rettete dieser zerlumpte Kerl, dieser ... eigenhändig sechs Passagiere ... im Spätherbst, setzte vier Stunden hintereinander sein Leben aufs Spiel, badete im Flusse, im Sturm, bei Nacht ...! Er rettete die Menschen und verschwand. Man sucht ihn und will ihm danken, will sich um eine Rettungsmedaille für ihn bemühen ... er aber stiehlt in dieser selben Zeit in den Staatswaldungen Holz und wird auf dem Tatorte erwischt. Ist ein guter Hauswirt, sparsam, hat seine Schwiegertochter ins Grab gebracht, seine Alte pflegt ihn mit Holzscheiten zu prügeln ... trinkt furchtbar, ist dabei religiös und singt im Kirchenchor ... hat eine ordentliche Bienenzucht ... und ist bei alledem ein Dieb! Als hier einmal ein Lastkahn umgeladen wurde, erwischte man ihn beim Diebstahl von drei Kisten Rosinen ... Nun sehen Sie, was das für ein Mensch ist?« Wir alle betrachteten aufmerksam den talentvollen Bauern. Er stand vor uns, hatte seine Augen versteckt, schnaubte mit der Nase und hielt das Gesicht den eleganten Stiefeln des Landrats zugewandt. An seinen Lippen zitterten zwei Fältchen, aber die Lippen waren fest zusammengepreßt, und das Gesicht drückte gar nichts aus.

»Nun wollen wir ihn fragen. – Kirilka! Sag mal, was für ein Nutzen ist von der Bildung ... von den Schulen?«

Kirilka seufzte, schmatzte mit den Lippen und sagte nichts.

»Nun, du verstehst ja zu lesen und zu schreiben«, sagte der Landrat etwas strenger, »du mußt es wissen: ist dein Leben besser, weil du zu lesen verstehst?«

»Es ist ganz verschieden«, sagte Kirilka und beugte den Kopf noch tiefer.

»Aber sag doch, du kannst lesen, nun, hast du irgendeinen Nutzen davon?«

»Einen Nutzen, ich meine einen, den man greifen könnte, hab' ich natürlich nicht ... aber wenn man es so bedenkt: sie lehren uns, also haben sie einen Nutzen davon ...«

»Wer hat den Nutzen?«

»Nun, die Lehrer ... das Semstwo und so ...«

»Ein Dummkopf bist du! Ich frage dich, ob du einen Nutzen hast?«

»Ganz wie man will, Euer Wohlgeboren ...«

»Wie wer will ...?«

»Wie Sie wünschen. Sie sind doch die Obrigkeit ...«

»Geh weg!«

Das Gesicht des Landrats war rot geworden, und seine Schnurrbartspitzen zitterten.

»Nun sehen Sie es, er hat nichts gesagt, aber seine Antwort ist klar. Nein, meine Herren, ehe man dem Bauern das Abc beibringt, muß man ihm ... Disziplin beibringen! ... Er ist ein verdorbenes Kind, jawohl! Aber er ist auch der Boden! Sie verstehen ...? Die Basis der Pyramide des Staatsgebäudes ... und plötzlich ... beginnt dieser Boden zu schwanken! Sie begreifen doch, wie gefährlich solch ein ... Unfug ist.«

»Die Sache ist klar«, sagte Mamajew. »Man muß den Boden wirklich festigen ...«

Da auch ich mich für das Los der Bauern interessiere, mischte ich mich gleichfalls ins Gespräch, und bald disputierten wir vierstimmig erregt und besorgt über das Los der Bauern. Der eigentliche Beruf eines jeden von uns ist die Festsetzung der Lebensvorschriften für unsere Nächsten, und unrecht haben die Prediger, die uns Egoismus vorwerfen: in unserem selbstlosen Bestreben, die Menschen gebessert zu sehen, vergessen wir immer uns selbst, und das ist vielleicht der Grund, warum wir alle so schlecht sind. Wir stritten, und der Fluß kroch wie eine riesengroße Schlange vor uns dahin und rieb sich mit seinen kalten, grauen Schuppen am Ufer.

Auch unser Gespräch wand sich wie eine Schlange, wie eine gereizte Schlange, die sich nach allen Seiten wirft, um das zu erhaschen, was sie braucht und was ihr immer entschlüpft. Uns entschlüpfte immer der Gegenstand unserer Unterhaltung – der Bauer. Was ist er? Er saß auf dem Sande nicht weit von uns; er schwieg, und sein Gesicht war leidenschaftslos.

Mamajew sagte:

»Nein, er ist gar nicht dumm! Er ist durchaus nicht dumm ... es ist sehr schwer, ihn anzuführen ...«

»Nein, er ist gar nicht dumm ...«

Der Landrat ereiferte sich: »Ich sage ja nicht, daß er dumm ist! Ich sage, er ist verdorben! Begreifen Sie es doch! Er lebt ohne die notwendige Vormundschaft, wie ein Minderjähriger – darin liegt die Wurzel aller Mißstände in seinem Leben ...«

»Ich aber glaube, mit Verlaub zu sagen, daß er gar nicht so schlecht ist! Ein Geschöpf Gottes wie alle ... Aber Sie müssen schon entschuldigen! Er ist ganz dumm geworden ... das heißt, er hat infolge der Mißstände in seiner Existenz alle Hoffnungen eingebüßt ...«

Das sagte Issaj in salbungsvollem und ehrfurchtsvollem Tone, süß lächelnd und seufzend; seine Äuglein blinzelten scheu und wollten nicht geradeblicken, aber die Geschwulst an der Wange zitterte so, als wäre sie mit Lachen angefüllt, das aus ihr entweichen wollte, es aber nicht wagte. Und ich behauptete, daß der Bauer einfach hungrig sei und daß er sich ganz gewiß bessern würde, wenn er einmal genug zu essen bekäme.

»Sie sagen, er ist hungrig!« rief der Landrat gereizt. »Aber warum ist er es, zum Teufel? Man muß doch begreifen, warum er hungrig ist? Sagen

Sie mir um Gottes willen: warum hat er vor vierzig, fünfzig Jahren gar nicht gewußt, was Hunger ist, und war satt und gesund? Das heißt, ich … ich wollte etwas anderes sagen … Ich meine … ich … habe jetzt selbst Hunger! Ja, zum Teufel, augenblicklich habe ich dank ihm Hunger! Was sagen Sie zu ihm? Ich hatte ihm befohlen, die Boote herüberzubringen und mich hier zu erwarten. Ich komme her, Kirilka sitzt da. Pfui! Nein, ich sage Ihnen, es sind Idioten … das heißt Menschen, die nicht den geringsten Respekt vor den Worten eines Vertreters der Staatsgewalt haben …«

»In der Tat … es wäre recht angenehm, etwas zu essen«, sagte Mamajew melancholisch.

»Ach ja«, seufzte Issaj.

Wir alle waren durch den Streit erregt und hatten uns schon mehr als einmal wütend angefahren. Nun verstummten wir, durch den gemeinsamen Appetit geeinigt, und sahen Kirilka an, der unter unseren Blicken die Achsel zuckte und sich langsam die Mütze vom Kopfe nahm.

»Wie ist es nun mit dem Boot, Bruder?« fragte Issaj vorwurfsvoll.

»Was taugt das Boot …? Wenn es auch da wäre, essen kann man es doch nicht …« antwortete Kirilka schuldbewußt. Wir wandten uns alle vier von ihm ab.

»Sechs Stunden sitze ich schon hier«, erklärte Mamajew nach einem Blick auf die goldene Uhr, die er aus der Tasche zog – aus seiner Tasche, muß ich hinzufügen.

»Da sehen Sie es!« rief der Landrat gereizt und bewegte den Schnurrbart. »Aber diese Bestie … sagt, daß das Eis bald stehenbleibt. Du! Wird es bald?«

Der Landrat glaubte offenbar, daß Kirilka irgendeine Gewalt über den Fluß und über die Bewegung des Eises habe; und Kirilka schien auch wirklich verantwortlich dafür zu sein, denn die Frage des Landrates brachte alle seine Glieder in Bewegung. Er trat an den Rand des Hügels, hielt sich die Hand über die Augen und fing an, mit gerunzelter Stirne in die Ferne zu schauen, wobei er mit dem linken Fuß zappelte und die Lippen bewegte, als flüstere er Beschwörungsformeln oder erteile dem Flusse leise Befehle.

Das Eis kam als kompakte Masse, die bläulichen Eisschollen schoben sich mit dumpfem Geräusch übereinander, zerbrachen, krachten, zerfielen in kleine Stücke; ab und zu zeigte sich zwischen ihnen trübes Wasser, das gleich wieder unter dem Eise verschwand. Vor uns schien ein riesengroßer, von einer Hautkrankheit betroffener Körper voller Wunden und Schwären zu liegen, während eine unsichtbare mächtige Hand ihn von den schmutzigen Schuppen reinigte: noch einige Minuten, und der Fluß wird sich von seinen schweren Fesseln befreien und breit, mächtig und schön vor uns liegen; seine Wellen werden unter dem Schmutz und Eis aufleuchten, und die Sonne wird die Wolken zerreißen und ihn freudig und hell anblicken.

»Gleich kommt's, Euer Wohlgeboren!« rief Kirilka lebhaft.

»Es wird immer dünner ... dort! Dort bei der Landzunge!«

Er zeigte mit der Hand, in der er die Mütze hielt, in die Ferne, wo ich nichts als Eis sah.

»Ist es bis Olchowa noch weit?«

»Wenn man ganz gerade geht, sind es fünf Werst, Euer Wohlgeboren ...«

»Der Teufel auch. Hm! Vielleicht hast du was? Kartoffeln, Brot?«

»Brot ...? Brot hab' ich wohl ... aber Kartoffeln hab' ich keine ... sie sind heuer nicht geraten, die Kartoffeln ...«

»Hast du das Brot bei dir?«

»Das Brot ...? Hier hab' ich es im Busen ...«

»Pfui Teufel! Was trägst du es im Busen herum?«

»Es ist ja nur ganz wenig, Euer Wohlgeboren, an die zwei Pfund ... auch ist es da wärmer.«

»Dummkopf. Ich hätte eben den Kutscher gestern nach Olchina schicken müssen ...! Wenn ich doch wenigstens etwas Milch haben könnte ... er redet aber immer: Gleich! Gleich ...! Diese Gemeinheit!«

Der Landrat zupfte sich wütend den Schnurrbart, aber Mamajew blickte freundlich auf den Busen des Bauern, der mit gesenktem Kopfe dastand und langsam die Hand mit der Mütze an den Busen führte. Issaj machte Kirilka irgendwelche Zeichen mit den Fingern. Der Bauer sah ihn an und begann sich ihm langsam zu nähern, den Blick auf den Rücken des Landrates gerichtet.

Der Eisgang nahm immer mehr ab, und zwischen den Eisschollen zeigten sich Spalten; sie waren wie Runzeln auf einem langweiligen, blutleeren Gesicht. Indem sie sich immer verschoben, verliehen sie dem Fluß bald den einen, bald den anderen Ausdruck; diese waren immer gleich weise, gleich kalt, aber – bald traurig, bald spöttisch, bald vom Schmerz verzerrt. Die feuchte Masse der Wolken sah dem Spiele des Eises unbeweglich und leidenschaftslos zu, und das Geräusch, mit dem sich die Eisschollen am Sande rieben, klang wie ein schüchternes Geflüster und stimmte traurig.

»Gib mir etwas Brot, Bruder!« flüsterte Issaj.

Im gleichen Augenblick räusperte sich Mamajew, aber der Landrat sagte laut und streng: »Kirilka! Gib das Brot her ...«

Der Bauer riß sich mit der einen Hand die Mütze vom Kopfe, steckte die andere in den Busen, legte das Brot auf die Mütze und reichte es mit gekrümmtem Rücken dem Landrat. Der Landrat nahm das Brot in die Hand, sah es mit Ekel an und sagte uns mit einem sauren Lächeln unter dem Schnurrbart: »Meine Herren! Ich sehe, daß wir alle auf dieses Stück Brot reflektieren und daß wir alle das gleiche Recht darauf haben ... das Recht von Menschen, welche essen wollen. Nun? Teilen wir ... dieses karge Mahl ... Hol's der Teufel! Eine komische Situation, aber Sie müssen mir glauben, ich hatte es so eilig, weil ich hoffte, noch eine Überfahrt zu erwischen ... Ich bitte sehr ...«

Er brach sich ein Stück ab und reichte das Brot Mamajew. Der Kaufmann kniff eine Auge zusammen, neigte den Kopf auf die Seite, maß mit den Blicken das Brot und brach sich seinen Teil ab. Den Rest nahm Issaj und teilte ihn mit mir. Wir setzten uns wieder nebeneinander und fingen an, einträchtig und schweigend dieses Brot zu kauen ... obwohl es wie Lehm war, nach schweißigem Schafpelz roch und ... und ganz unbeschreiblich schmeckte ... Ich aß und beobachtete, wie auf dem Flusse die schmutzigen Fetzen seines Winterkleides schwammen.

»Hier«, sagte der Landrat mit einem vorwurfsvollen Blick auf das Stück Brot in seiner Hand. »Belieben es zu sehen: das ist Brot! Während der Bauer im Auslande Wein, Käse und gutes Weizenbrot hat, ißt unser Bauer diesen – diesen Dreck. Es ist Spelze darin, es ist eine Säure darin ... und damit ernähren sich Menschen am Vorabend des zwanzigsten Jahrhunderts ...! Und warum?« Da diese Frage an Mamajew gerichtet war, so seufzte dieser schwer auf und antwortete bescheiden: »Die Nahrung ist nicht gut ... sie schlägt nicht an ...«

»Und warum?«

»Die Fruchtbarkeit der Erde ist erschöpft ... sozusagen ...«

»Hm! Lassen Sie das! Dieses Gerede von der Erschöpfung des Bodens ist bloß eine Erfindung der Semstwo-Statistiker ...«

Kirilka seufzte auf und schob sich die Mütze hoch.

»Du! Sag, trägt dein Boden was?« wandte sich an ihn der Landrat.

»Ja ... es ist eben verschieden ... wenn er kann, so trägt er, soviel man will.«

»Keine Ausflüchte! Sprich offen: trägt er was?«

»Das heißt ... also, wenn man ...«

»Unsinn!«

»Wenn man Hand anlegt, so geht es ...«

»Aha! Sie hören es, man muß Hand anlegen! Darum trägt er auch nichts, weil niemand Hand anlegen will ... Was sehen wir? Trunksucht, Sittenlosigkeit ... Faulheit. Es gibt keinen Leiter. Bei einer Mißernte tritt gleich das Semstwo auf: Hier ist Brot, Väterchen, iß nur! Hier ist Saatgut, Väterchen, bestelle dein Feld. Nein, das ist keine Ordnung! Warum war der Boden vor dem Jahre 1861 gut? Weil man damals bei einer Mißernte sofort den Bauer ins Gebet nahm. Wie habt ihr gepflügt? Wie habt ihr gesät? Und so weiter. Dann gab man ihm Saatgut, und er bestellte das Feld. Und dann gab es keine Mißernten, glauben Sie es mir! Aber jetzt, wo er unter der Obhut des Semstwo steht, hat er alle seine Fähigkeiten versteckt ... denn er weiß nicht, wie er sie zu seinem Nutzen anwenden soll, und es ist niemand da, der es ihm zeigt.«

»Das kam wirklich vor ... der Gutsbesitzer konnte ihn zu allem zwingen«, sagte Mamajew überzeugt. »Er konnte aus dem Bauern alles machen!«

»Musiker, Maler, Tänzer, Schauspieler ...« fiel ihm der Landrat begeistert ins Wort. »Alles, was man nur wollte.«

»Wahrlich ... ich kann mich auch erinnern, als ich noch ein kleiner Junge war ... da hatten wir ... das heißt der Graf ... unter den Leibeigenen einen ... Nachahmer, sozusagen ...«

»Ja?«

»Der lernte alles nachahmen! Nicht nur Töne, die der Mensch und das Vieh von sich geben ... sondern auch die von Holz und andere. Er stellte dar, wie man ein Brett sägt, oder wie Glas zerbricht. Er blies die Backen auf und ... es kam sehr gut heraus! Oder der Graf sagte ihm mal: ›Fedjka, bell mal wie die Slobnaja bellt! Fedjka, bell mal wie der Perechwat ...!‹ Und er bellte so! Das hatte der Mensch erreicht! Heute könnte man mit dieser Kunst viel Geld verdienen.«

»Die Boote kommen!« rief Issaj.

»Ah! Endlich! Kirilka, meine Pferde ... übrigens will ich es selbst dem Kutscher sagen ...«

»Nun haben wir's doch erwartet«, sagte mir lächelnd Mamajew.

»Ja ...«

»Es ist ja immer so: man wartet, wartet und erwartet es schließlich! He, he, he! Alles hat sein Ende ...«

»Das ist doch tröstlich, nicht?«

»Das glaub' ich!«

»Wenn es nicht so wäre, könnten viele Menschen das Leben überhaupt nicht ertragen«, bemerkte Issaj.

Am jenseitigen Ufer bewegten sich zwei schwarze Punkte.

»Sie kommen«, sagte Kirilka, nachdem er einen Blick auf sie geworfen.

Der Landrat sah ihn von der Seite an und fragte: »Nun, trinkst du noch immer?«

Kirilka antwortete schuldbewußt: »Wenn sich's mal trifft ... trinke ich ...«

»Stiehlst du auch noch Holz?«

»Was brauche ich Holz, Euer Wohlgeboren?«

»Nein, im Ernst?«

»Niemals hab' ich was mit Holz zu tun gehabt, Euer Wohlgeboren«, sagte Kirilka und schüttelte sogar verneinend den Kopf.

»Und weswegen hab' ich dich mal verurteilt?«

»Gewiß, Sie haben mich verurteilt, das stimmt ...«

»Weswegen?«

»Da Sie die Obrigkeit sind ... müssen Sie uns halt richten.«

»Eine schlaue Bestie! Nun, und stiehlst du noch immer bei der Umladung der Schiffe?«

»Ein einziges Mal hab' ich's versucht, Euer Wohlgeboren!«

»Und bist gleich 'reingefallen, ha, ha, ha!«

»Wir sind es nicht gewohnt, darum bin ich 'reingefallen.«

»Man muß sich daran gewöhnen? Ha, ha, ha!«

»He, he, he!« lachte Mamajew.

Die Boote näherten sich unserem Ufer, mit langen Stangen von den Eisschollen zurückgestoßen, die gegen ihre Borde drängten. Die Bauern, die in ihnen saßen, schrien einander etwas zu. Kirilka führte die Hand wie einen Trichter vor den Mund und schrie ihnen mit unerwartet lauter Stimme zu:

»Steuert auf die Weide los ...!«

Er schrie es ihnen zu und kugelte fast vom Hügel zum Fluß hinunter ... Wir folgten ihm.

Bald stiegen wir in die Boote: in das eine ich und Issaj, in das andere Mamajew und der Landrat.

»Mit Gott, Burschen!« kommandierte der Landrat, die Mütze abnehmend und sich bekreuzend. Die beiden Bauern bekreuzten sich ebenfalls mit großer Andacht und fingen an, mit den Bootshaken gegen die Eisschollen zu stoßen, die die Boote zusammenpreßten. Die Eisschollen schlugen mit unheimlichem Knirschen gegen die Bordseiten. Auf dem Wasser war es kalt. Mamajews Gesicht war, wie ich sah, eigentümlich dunkel geworden. Der Landrat runzelte die Brauen und blickte besorgt und streng die Strömung hinauf, von wo aus mächtige, blaugraue Stücke Eis gegen unsere Boote trieben. Die kleineren Eisstücke knirschten am Kiel, und es klang, als nagten spitze, große Zähne am Holz der Boote.

Es brauste, es war feucht und unheimlich, und wir alle blickten über Bord auf das schmutzige, kalte Eis, das so stark und so dumm war. Aber plötzlich hörte ich mitten im Rauschen um uns herum eine Stimme vom Ufer und blickte hin. Das Ufer war schon an die zehn Klafter von uns entfernt, darauf stand ohne Mütze Kirilka, ich sah seine grauen, lebhaften, spöttischen Augen und hörte seine auffallend starke Stimme: »Onkel Anton! Wenn ihr die Post holen fahrt, bringt mir Brot mit, hörst du? Die Herrschaften haben, auf die Überfahrt wartend, mein Brot aufgegessen, ich hatte nur das eine.«

In der Steppe

Wir verließen Perekop in der übelsten Laune: hungrig wie Wölfe und auf die ganze Welt wütend. Ganze zwölf Stunden lang hatten wir erfolglos versucht, alle unsere Talente und Bemühungen aufzubieten, um etwas zu stehlen oder zu verdienen, und als wir endlich eingesehen, daß uns weder das eine noch das andere gelingen wollte, hatten wir uns entschlossen, weiterzugehen. Wohin? Nun, überhaupt weiter.

Wir waren bereit, auch in jeder anderen Beziehung den Lebensweg weiterzugehen, den wir schon längst gingen – dieser Entschluß war von jedem von uns stillschweigend gefaßt worden und leuchtete im düsteren Glanze unserer hungrigen Augen.

Wir waren unser drei: wir hatten uns vor kurzem kennengelernt, nachdem wir uns zu Chersson in einer kleinen Wirtschaft am Dnjeprufer begegnet waren.

Der eine von uns war ehemaliger Soldat im Eisenbahnbataillon und – angeblich – späterer Bahnmeister an einer der Eisenbahnen im Weichselgebiet, ein rothaariger, muskulöser Mensch mit kalten, grauen Augen; er konnte deutsch sprechen und verfügte über genaue Kenntnisse des Gefängnislebens.

Unsereins spricht nicht gerne von seiner Vergangenheit, da er immer mehr oder weniger triftige Gründe hat, über sie zu schweigen; darum glaubten wir alle einander, wenigstens äußerlich; denn innerlich glaubte ein jeder nicht einmal sich selbst.

Wenn unser zweiter Genosse, ein trockenes kleines Männchen mit immer skeptisch zusammengedrückten dünnen Lippen, von sich behauptete, daß er ein ehemaliger Student der Moskauer Universität sei, nahmen es ich und der Soldat als eine Tatsache hin. Im Grunde genommen war es uns absolut gleichgültig, ob er Student, Spitzel oder Dieb war; wichtig war uns nur, daß er, als wir uns kennenlernten, uns gleich war: er hungerte, genoß besonderes Interesse bei der Polizei in den Städten und Mißtrauen bei den Bauern in den Dörfern, haßte die eine und die anderen mit dem Hasse eines gehetzten hungrigen Tieres und sehnte sich nach einer universellen Rache an allem und allen – mit einem Worte, er war wie seiner Stellung unter den Fürsten der Schöpfung und Beherrschern des Lebens, so auch seiner Stimmung nach vom gleichen Holze wie wir.

Der Dritte war ich. Aus Bescheidenheit, die mir seit frühester Kindheit eigen ist, werde ich kein Wort von meinen Tugenden sagen und, um nicht naiv zu erscheinen, auch meine Mängel verschweigen. Als Material zu meiner Charakteristik will ich höchstens noch sagen, daß ich mich immer für besser als alle anderen hielt und daran auch heute noch mit Erfolg festhalte.

Wir verließen also Perekop und gingen weiter; an diesem Tage spekulierten wir auf die Schafhirten, die man immer um Brot bitten kann und die es den armen Wanderern nur selten abschlagen.

Ich ging neben dem Soldaten, der Student schritt hinter uns her. Er hatte an den Schultern etwas, was an ein Jackett erinnerte, hängen; auf seinem spitzen, eckigen, kurzgeschorenen Kopf ruhte der Rest eines breitkrempigen Hutes; eine graue Hose voller bunter Flicken umspannte seine dünnen Beine, und an seinen Sohlen waren mit Schnüren, die er sich aus dem Unterfutter seines Anzuges gedreht hatte, Stücke eines auf der Straße gefundenen Stiefelschaftes befestigt: diese Konstruktion nannte er Sandalen. Er ging schweigend einher, wirbelte sehr viel Staub auf und blinzelte mit seinen grünen kleinen Augen. Der Soldat trug ein rotes baumwollenes Hemd, das er, nach seinen eigenen Worten, in Chersson »eigenhändig« erworben hatte; über dem Hemde trug er eine warme wattierte Weste; auf dem Kopfe eine nach militärischer Vorschrift auf das rechte Ohr geschobene Soldatenmütze von undefinierbarer Farbe; an den Beinen baumelten weite kleinrussische Pluderhosen. Die Füße waren bloß. Auch ich war ähnlich gekleidet.

Wir gingen unseren Weg, und um uns dehnte sich nach allen Richtungen in mächtigem Schwunge die Steppe; von der blauen, glühenden Kuppel des wolkenlosen Sommerhimmels überwölbt, lag sie da wie ein riesengroßer, runder, schwarzer Teller. Die graue, staubige Landstraße, die sie als breiter Streif durchschnitt, versengte uns die Sohlen. Hie und da lagen als borstige Streifen die abgemähten Felder, die eine auffallende Ähnlichkeit mit den lange nicht rasierten Wangen des Soldaten hatten.

Der Soldat marschierte und sang mit heiserer Baßstimme: »... Und deine heilige Auferstehung preisen wir.« Während seiner Dienstzeit war er eine Art Küster an der Bataillonskirche gewesen und kannte eine Unmenge von Kirchengesängen; diese Kenntnisse mißbrauchte er, sooft unsere Unterhaltung nicht recht in Fluß kommen wollte. Vor uns am Horizonte erhoben sich sanft umrissene Gebilde in den freundlichsten

Farben von lila bis blaßrosa. »Offenbar sind das die Berge der Krim«, sagte der Student mit trockener Stimme.

»Berge?« rief der Soldat. »Du hast sie zu früh erblickt, Bruder. Wolken sind es ... ganz einfach Wolken. Siehst doch, wie sie sind: ganz wie Moosbeerenmus mit Milch ...«

Ich bemerkte, daß es im höchsten Grade angenehm wäre, wenn die Wolken tatsächlich aus Mus bestünden. Dies weckte sofort unseren Hunger.

»Ach, Teufel!« fluchte der Soldat und spuckte aus. »Wenn uns doch wenigstens eine einzige Menschenseele in den Weg käme! Niemand da ... Man muß wie ein Bär im Winter an seinen eigenen Pfoten saugen.«

»Ich habe doch gesagt, daß man durch bewohnte Gegenden gehen soll«, erklärte belehrend der Student.

»Du hast es gesagt!« empörte sich der Soldat. »Darum bist du auch so gelehrt, um so was zu sagen. Was gibt es hier für bewohnte Gegenden? Weiß der Teufel, wo die sind!«

Der Student preßte die Lippen zusammen und verstummte. Die Sonne ging unter, und die Wolken am Horizont spielten in den verschiedensten Farben, für die es keine Worte gibt. Es roch nach Erde und Salz.

Dieser trockene, appetitreizende Geruch vergrößerte noch unseren Hunger.

Im Magen sog es. Es war eine eigentümliche und unangenehme Empfindung, als ob die Säfte aus allen Muskeln herausliefen und verdunsteten und die Muskeln ihre lebendige Elastizität verlören. Das Gefühl einer stechenden Trockenheit erfüllte die Mundhöhle und die Kehle, der Kopf schwindelte, und vor den Augen entstanden und wirbelten in einem fort dunkle Flecken. Zuweilen nahmen sie die Form von dampfenden Fleischstücken und Brotlaiben an; die Erinnerung versah diese stummen Visionen der Vergangenheit mit den ihnen eigenen Gerüchen, und dann war es uns, als ob sich im Magen ein Messer umdrehte.

Wir gingen dennoch weiter, wobei wir einander unsere Empfindungen beschrieben und scharf nach den Seiten spähten, ob nicht irgendwo eine Schafherde auftauche, und lauschten, ob nicht das laute Knarren eines mit Obst zum Armeniermarkt fahrenden Tatarenkarrens ertöne.

Die Steppe war aber leer und lautlos.

Am Vorabend dieses schweren Tages hatten wir zu dritt vier Pfund Roggenbrot und an die fünf Stück Wassermelonen verzehrt; darauf waren wir gegen vierzig Werst gegangen, und die Ausgaben entsprachen in keiner Weise den Einnahmen ... Wir waren auf dem Marktplatze von Perekop eingeschlafen und vor Hunger erwacht.

Der Student gab uns den vernünftigen Rat, nicht einzuschlafen und während der Nacht zu versuchen, ob wir nicht ... Es ist aber in anständiger Gesellschaft nicht üblich, laut von Projekten zu sprechen, die auf die Verletzung des Privateigentums abzielen; darum verschweige ich, was er uns riet. Ich will nur die Wahrheit sagen, und es ist nicht in meinem Interesse, roh zu sein. Ich weiß, daß die Menschen in unserer hochzivilisierten Zeit immer weichherziger werden und selbst, wenn sie ihren Nächsten an der Gurgel packen, mit dem offensichtlichen Ziel, ihn zu erwürgen, sie es mit der größtmöglichen Liebenswürdigkeit und unter Wahrung aller in diesem Falle angebrachten Anstandsregeln tun. Die Erfahrung mit meiner eigenen Gurgel veranlaßt mich, diesen Fortschritt in den Sitten zu konstatieren, und ich bestätige mit dem angenehmen Gefühl von Gewißheit, daß in dieser Welt sich alles entwickelt und vervollkommnet. Speziell findet dieser beneidenswerte Fortschritt seine Bestätigung in der alljährlichen Zunahme von Gefängnissen, Branntweinschenken und öffentlichen Häusern.

Indem wir also hungrig den Speichel schluckten und uns bemühten, durch freundschaftliche Gespräche die Schmerzen im Leibe zu unterdrücken, gingen wir durch die leere und stumme Steppe, gingen in den roten Strahlen der scheidenden Sonne, von dunklen Hoffnungen auf etwas erfüllt; vor uns versank die Sonne langsam in weiche, von ihren Strahlen gefärbte Wolken, während rechts und links und hinter uns ein bläulicher Nebel von der Steppe in den Himmel stieg und den uns umgebenden unfreundlichen Horizont einengte.

»Brüder, sammelt Material für ein Feuer«, sagte der Soldat, indem er von der Straße ein Holzscheit aufhob. »Wir werden in der Steppe nächtigen müssen ... es wird Tau geben. Nehmt jeden Zweig, Kuhmist, alles, was ihr findet!«

Wir bogen von der Straße ab und fingen an, trockenes Steppengras und alles, was nur brennen konnte, aufzulesen. Sooft ich mich zur Erde bückte, fühlte ich im ganzen Körper ein leidenschaftliches Verlangen, auf sie hinzufallen, unbeweglich auf ihr zu liegen, sie, die schwarze und fette Erde zu essen, bis zur Erschöpfung zu essen und dann einzuschlafen. Wenn auch für ewig einzuschlafen, aber nur essen, kauen und fühlen, wie der warme und dicke Brei aus dem Munde durch die eingetrocknete

Speiseröhre langsam in den lechzenden, eingeschrumpften Magen hinabfließt, der vom Wunsche brennt, irgend etwas in sich aufzunehmen.

»Wenn wir doch wenigstens irgendwelche Wurzeln finden könnten ...« seufzte der Soldat. »Es gibt solche eßbare Wurzeln.«

Aber in der schwarzen gepflügten Erde gab es keinerlei Wurzeln. Die südliche Nacht senkte sich schnell herab, und kaum war der letzte Sonnenstrahl erloschen, als am dunkelblauen Himmel schon die Sterne aufleuchteten und um uns her dunkle Schatten immer dichter zusammenflossen, die unendliche Weite der Steppe einengend.

»Brüder«, sagte leise der Student, »dort links liegt ein Mensch ...«

»Ein Mensch?« zweifelte der Soldat. »Was soll er dort liegen?«

»Geh und frag. Er hat gewiß Brot bei sich, wenn er sich in der Steppe niedergelegt hat ...« erklärte der Student. Der Soldat blickte auf die Stelle, wo der Mensch lag, spuckte aus und sagte entschlossen: »Gehen wir zu ihm!«

Nur die scharfen grünen Augen des Studenten vermochten zu unterscheiden, daß der dunkle Haufen, der an die fünfzig Klafter links von der Straße lag, ein Mensch war. Wir gingen schnell auf ihn zu, über die Schollen des Ackers schreitend, und fühlten, wie die in uns erwachte Hoffnung, etwas zu essen zu bekommen, die Schmerzen des Hungers verschärfte. Wir waren schon ganz nahe – der Mensch rührte sich nicht.

»Vielleicht ist es gar kein Mensch«, sagte der Soldat düster, unseren gemeinsamen Gedanken aussprechend.

Unser Zweifel zerstreute sich aber im gleichen Moment, denn der Haufen auf der Erde regte sich und wuchs, und wir sahen, daß es ein wirklicher lebendiger Mensch war, der auf den Knien lag und uns die Hand entgegenstreckte. Er sagte mit dumpfer, zitternder Stimme: »Kommt nicht näher, ich schieße!«

In der trüben Luft erklang ein kurzes, trockenes Knacken. Wir blieben wie auf Kommando stehen und schwiegen einige Sekunden, von diesem unfreundlichen Empfang überrascht.

»Ist das ein Schurke!« brummte der Soldat ausdrucksvoll.

»Tja«, versetzte nachdenklich der Student. »Mit einem Revolver zieht er herum, der Fisch hat offenbar viel Rogen ...«

»He!« rief der Soldat, der offenbar etwas beschlossen hatte. Der Mensch änderte seine Stellung nicht und schwieg. »He, du! Wir tun dir nichts ... gib uns nur Brot ... hast wohl welches? Gib's, Bruder, um Christi willen ...! Verflucht sollst du werden!«

Die letzten Worte brummte der Soldat in den Bart.

Der Mensch schwieg.

»Hörst du!« begann der Soldat wieder mit vor Bosheit und Verzweiflung zitternder Stimme. »Gib uns Brot. Wir kommen nicht näher ... wirf es uns zu ...«

»Gut ...« sagte der Mensch kurz.

Er hätte uns auch »meine geliebten Brüder« sagen können; wenn er aber in diese drei christlichen Worte auch die heiligsten und reinsten Gefühle hineingelegt hätte, so hätten sie uns unmöglich so erregen und zu Menschen machen können, wie dieses dumpfe und kurze: »Gut!«

»Fürchte dich nicht, Freund«, begann der Soldat sanft und mit einem süßen Lächeln, obwohl der Mensch dieses Lächeln gar nicht sehen konnte, da er von uns zwanzig Schritte entfernt war.

»Wir sind friedliche Leute ... wandern aus Rußland nach Kubanj ... haben unterwegs das ganze Geld und alles verzehrt ... und haben schon den zweiten Tag nichts gegessen ...«

»Fang auf!« sagte der Mensch und holte mit der Hand aus. Ein schwarzes Stück flog durch die Luft und fiel nicht weit von uns auf den Acker. Der Student stürzte zu ihm hin.

»Fang noch einmal! Noch! Mehr habe ich nicht ...«

Als der Student die originelle Spende eingesammelt hatte, zeigte es sich, daß wir vier Pfund trockenes Weizenbrot hatten. Es war mit Erde beschmutzt und sehr hart. Trockenes Brot sättigt besser als frisches und enthält weniger Feuchtigkeit.

»So ... und so ... und so!« sagte der Soldat, indem er die Stücke sorgfältig verteilte. »Halt ... es stimmt nicht! Man muß von deinem Stück etwas abknipsen, du Gelehrter, sonst hat er zu wenig ...«

Der Student fügte sich widerspruchslos dem Verluste eines Stückchens Brot von zwei Lot; ich bekam dieses und stopfte es mir in den Mund.

Ich begann zu kauen, langsam zu kauen und konnte nur mit Mühe die krampfhafte Beweglichkeit der Kiefer unterdrücken, die bereit wären, einen Stein zu zermalmen. Es war mir ein brennender Genuß, die krampfhaften Zuckungen der Speiseröhre zu fühlen und sie ganz langsam, stückweise zu befriedigen. Ein Bissen nach dem anderen, warm und unsagbar, unbeschreiblich schmackhaft, drangen mir in den Magen, wo sie sich, wie es mir schien, sofort in Blut und Hirn umsetzten. Eine Freude, eine eigentümliche stille und belebende Freude erwärmte mir das Herz in dem Maße, als sich der Magen füllte, und mein allgemeiner Zustand ähnelte einem Halbschlaf. Ich hatte die verfluchten Tage des chronischen Hungers vergessen, hatte meine Genossen vergessen und war ganz in das Genießen der Empfindungen, die ich durchkostete, vertieft. Als ich aber die letzten Brotkrümel von der Handfläche in den Mund tat, fühlte ich, daß ich einen mörderischen Hunger hatte.

»Der Verdammte hat noch Speck oder Fleisch ...« brummte der Soldat, auf der Erde mir gegenüber sitzend und sich mit den Händen den Bauch reibend.

»Gewiß, denn das Brot roch nach Fleisch ... Ich meine, er hat auch noch Brot ...« sagte der Student und fügte leise hinzu: »Wenn nicht der Revolver ...«

»Wer mag er wohl sein? Wie?«

»Wohl ein Vagabund wie wir ...«

»Der Hund!« sagte der Soldat.

Wir saßen eng aneinandergedrängt und schielten nach der Stelle, wo unser Wohltäter mit dem Revolver saß. Von dort drang zu uns kein Ton, kein Lebenszeichen.

Die Nacht sammelte ringsum ihre dunklen Heere. Eine Grabesstille herrschte in der Steppe, wir hörten einander atmen. Ab und zu ertönte irgendwo das melancholische Pfeifen einer Steppenmaus ... Die Sterne, die lebendigen Blumen des Himmels, leuchteten über uns ... Wir wollten essen.

Ich sage es mit Stolz: ich war weder besser noch schlechter als meine Genossen in dieser eigentümlichen Nacht. Ich schlug ihnen vor, aufzustehen und an diesen Menschen heranzugehen. Wir brauchten ihn doch nicht anzurühren, wir würden nur alles verzehren, was wir bei ihm fänden. Er wird schießen – soll er nur! Er kann ja nur einen von dreien treffen, wenn er überhaupt trifft; und selbst dann kann so eine Revolverkugel wohl kaum töten.

»Gehen wir!« sagte der Soldat und sprang auf.

Der Student erhob sich etwas langsamer.

Wir gingen, oder liefen fast hin. Der Student hielt sich in einiger Entfernung hinter uns.

»Genosse!« rief ihm der Soldat vorwurfsvoll zu.

Wir hörten vor uns ein dumpfes Murmeln und das Knacken eines Revolverhahns. Ein Flämmchen blitzte auf, dann kam ein trockener Knall.

»Gefehlt!« rief der Soldat freudig aus, indem er mit einem Sprung den Mann erreichte. »Wart, Teufel, ich werde dir schon zeigen ...«

Der Student stürzte sich über den Quersack.

Aber der »Teufel« fiel von den Knien auf den Rücken, warf die Arme nach rechts und links und röchelte ...

»Der Teufel auch!« wunderte sich der Soldat, der schon ein Bein erhoben hatte, um diesem Menschen einen Fußtritt zu versetzen. »Hat er sich gar selbst niedergeknallt?! Du! Was ist mit dir? He! Hast du dich erschossen oder was?«

»Es ist Fleisch dabei, auch irgendein Gebäck, und Brot ... es ist viel, Brüder!« jubelte der Student.

»Nun, hol' dich der Teufel, verrecke nur ... Wollen wir essen, Freunde!« rief der Soldat. Ich nahm den Revolver aus der Hand des Menschen, der nicht mehr röchelte und unbeweglich da lag. Im Magazin war noch eine Patrone. Wir aßen wieder, wir aßen schweigend. Der Mann lag auch da und schwieg und rührte kein Glied. Wir schenkten ihm keine Beachtung.

»Brüder, habt ihr wirklich nur das Brot haben wollen?« ertönte plötzlich eine heisere und zitternde Stimme.

Wir fuhren alle zusammen. Dem Studenten blieb sogar ein Bissen in der Kehle stecken, er blickte sich zur Erde und begann zu husten.

Der Soldat kaute seinen Bissen zu Ende und begann zu fluchen.

»Du Hundeseele, zerspringen sollst du, wie ein trockener Klotz! Meinst du vielleicht, daß wir dir deine Haut abschinden? Was brauchen wir sie? Du dumme Schnauze, du unsauberer Geist! Hat man so was gesehen: hat sich bewaffnet und schießt auf Menschen! Verdammter, du ...« Er fluchte und aß weiter, und seine Flüche büßten daher ihre Ausdruckskraft ein ...

»Wart, wenn wir fertig gegessen haben, rechnen wir schon mit dir ab«, drohte der Student.

Nun erklang in der Stille der Nacht ein Schluchzen, das uns erschreckte.

»Brüder ... hab' ich es denn gewußt? Ich schoß ... weil ich mich fürchte. Ich gehe aus dem Neuen Athos-Kloster ins Smolensker Gouvernement ... ach, Gott! Das Fieber bringt mich um ... sobald die Sonne untergeht – das ist mein Unglück! Wegen dieses Fiebers bin ich aus dem Kloster gegangen ... ich habe dort Tischlerarbeit gemacht ... Tischler bin ich ... Daheim habe ich eine Frau ... zwei Mädelchen ... drei Jahre habe ich sie nicht gesehen ... Brüder! Eßt alles auf ...«

»Wir werden schon aufessen, brauchst uns nicht zu bitten«, sagte der Student.

»Herrgott! Wenn ich wüßte, daß ihr friedliche, gute Menschen seid ... würde ich dann schießen? Ich bin doch hier in der Steppe, Brüder, es ist Nacht ... ist es meine Schuld? Wie?«

Er sprach und weinte oder gab vielmehr eigentümliche zitternde, ängstliche Töne von sich.

»Wie der winselt!« sagte der Soldat verächtlich.

»Er muß Geld bei sich haben«, erklärte der Student.

Der Soldat kniff die Augen zusammen, sah ihn an und lächelte.

»Du bist aber schlau ... Nun wollen wir ein Feuer anmachen und schlafen ...«

»Und er?« erkundigte sich der Student.

»Hol' ihn der Teufel! Sollen wir ihn vielleicht braten oder was?«

»Das sollte man«, sagte der Student, indem er seinen spitzen Kopf schüttelte.

Wir holten das gesammelte Brennmaterial, das wir dort liegen gelassen, wo uns der Tischler mit seinem Schrei überrascht hatte, und saßen bald um das Feuer herum. Es brannte still in der windlosen Nacht und erleuchtete das Stück Raum, wo wir saßen. Wir waren alle schläfrig, obwohl wir gut noch einmal zu Abend hätten essen können.

»Brüder!« rief uns der Tischler an. Er lag nur drei Schritte von uns, und zuweilen kam es mir vor, als ob er etwas flüsterte.

»Ja?« sagte der Soldat.

»Darf ich zu euch ... zum Feuer? Mein Tod kommt ... alle meine Knochen tun weh ... Gott! Ich komme wohl nicht mehr nach Hause ...«

»Kriech her«, erlaubte der Student.

Der Schreiner rückte langsam, als fürchtete er, einen Arm oder ein Bein zu verlieren, ans Feuer. Er war ein langer und furchtbar magerer Mensch; alles schien an ihm zu hängen, und seine großen trüben Augen spiegelten den Schmerz, der ihn verzehrte. Sein verzerrtes Gesicht war knochig und hatte selbst im Scheine des Feuers eine gelblich-graue, tote Farbe. Er zitterte am ganzen Leibe und erregte verächtliches Mitleid. Er streckte seine langen mageren Hände zum Feuer aus und rieb sich seine knochigen Finger, deren Gelenke sich langsam und träge bogen. Zuletzt war es uns wieder widerlich, ihn anzusehen. »Was gehst du denn wirklich in diesem Zustand zu Fuß? Ist es vielleicht der Geiz?« fragte der Soldat düster.

»Man gab mir den Rat ... fahr nicht, sagte man mir, mit dem Wasser ... sondern geh zu Fuß durch die Krim, die Luft, sagte man mir ... Ich kann aber nicht gehen ... ich sterbe, Brüder! Ich werde allein in der Steppe sterben ... die Vögel werden meinen Leib zerreißen, und niemand wird es erfahren ... Mein Weib ... die Töchter werden warten, ich hab' ihnen geschrieben ... aber meine Knochen wird der Regen in der Steppe waschen ... Gott, Gott!« Er heulte traurig wie ein angeschossener Wolf.

»Teufel!« fuhr der Soldat wütend auf, indem er aufsprang. »Was winselst du? Was gibst du uns keine Ruhe? Du verreckst? Also verreck und schweig ... Wer braucht dich? Schweig!«

»Gib ihm eins auf den Kopf«, schlug der Student vor.

»Legen wir uns doch schlafen«, sagte ich. »Und wenn du am Feuer bleiben willst, so heul doch wirklich nicht ...«

»Hast du es gehört?« sagte der Soldat wütend. »Merk es dir. Du glaubst wohl, daß wir dich bemitleiden und uns mit dir viel abgeben werden, weil du uns mit Brot beworfen und auf uns geschossen hast? Du saurer Teufel! Andere an unserer Stelle ... pfui ...«

Der Soldat verstummte und streckte sich auf der Erde aus. Der Student lag schon. Auch ich legte mich hin. Der eingeschüchterte Tischler rollte sich zusammen, rückte nahe an das Feuer heran und begann schweigend in die Flammen zu starren. Ich lag rechts von ihm und hörte, wie seine Zähne klapperten. Der Student legte sich links von ihm hin und schlief wohl sofort ein. Der Soldat lag, die Hände im Nacken, mit dem Gesicht nach oben und blickte auf den Himmel.

»Ist das eine Nacht! Was? So viele Sterne ... und wie warm ...« wandte er sich nach einer Weile an mich. »Was für ein Himmel: eine Bettdecke ist es und kein Himmel. So gern habe ich dieses Vagabundenleben, Freund. Man leidet zwar Kälte und Hunger, dafür aber diese Freiheit ... Man hat keine Obrigkeit über sich ... man ist selbst Herr seines Lebens ... Kannst dir selbst den Kopf abbeißen – niemand wird dir ein Wort sagen ... Herrlich ... So viel gehungert habe ich in diesen Tagen, hab' mich so viel ärgern müssen ... und jetzt liege ich da und schau' in den Himmel ... Die Sterne blinzeln mir zu, als wollten sie sagen: Tut nichts, Lakutin, wandere nur auf der Erde herum und ergib dich niemand ... Ja ... und so wohl ist's mir ums Herz ... Und du ... wie heißt du? He, Tischler! Sei mir nicht böse und fürchte dich nicht ... Daß wir dein Brot aufgegessen haben, macht doch nichts: du hast Brot gehabt, und wir nicht, darum haben wir deines aufgegessen ... Was schießt du auch mit Kugeln, du wilder Mensch ...! Verstehst du denn nicht, daß man mit einer Kugel einem Menschen schaden kann? Großen Zorn habe ich vorhin auf dich gehabt, Bruder, und wärest du nicht hingefallen, so hätte ich dich für deine Frechheit verprügelt. Und was das Brot betrifft, so kommst du morgen nach Perekop und kaufst dir welches – Geld hast du ja, das weiß ich ... Ist es lange her, daß du dir dein Fieber geholt hast?«

Lange noch klangen in meinen Ohren die Baßstimme des Soldaten und die zitternde Stimme des kranken Tischlers. Die dunkle, fast schwarze Nacht senkte sich immer tiefer auf die Erde herab, und die frische, feuchte Luft strömte in die Brust.

Das Feuer verbreitete gleichmäßiges Licht und belebende Wärme ... Die Augen fielen mir zu.

»Steh auf! Schneller! Wir gehen!«

Erschrocken schlug ich die Augen auf und sprang schnell auf die Beine, wobei mir der Soldat half, indem er mich am Arme heftig in die Höhe zog.

»Nun, schneller, marsch!«

Sein Gesicht war ernst und besorgt. Ich sah mich um. Die Sonne ging auf, und ein rosa Strahl lag schon auf dem regungslosen und blauen Gesicht des Tischlers. Sein Mund stand offen, die Augen waren aus ihren Höhlen weit hervorgetreten und blickten glasig, und entsetzt. Seine Kleidung war an der Brust ganz zerfetzt, und er lag in einer unnatürlich verrenkten Pose. Der Student war nicht da.

»Nun, hast dich vergafft! Geh, sag ich dir!« sagte der Soldat eindringlich, mich an der Hand fortziehend.

»Ist er gestorben?« fragte ich, vor der Frische des Morgens zusammenschauernd.

»Gewiß. Wenn man dich erwürgt, wirst du auch sterben«, erklärte der Soldat.

»War es der ... Student?« rief ich aus.

»Wer denn sonst? Vielleicht du? Oder ich? Ja ... Da haben wir den Gelehrten ... Schön hat er den Menschen zugerichtet ... und seine Freunde hereingelegt. Wenn ich's gestern gewußt hätte, hätt' ich den Studenten erschlagen. Ich hätte ihn mit einem einzigen Hieb erschlagen. Mit der Faust auf die Schläfe ... und schon ist der Schurke nicht mehr auf der Welt! Verstehst du, was er getan hat? Jetzt müssen wir so wandern, daß uns in der Steppe kein Menschenauge sieht. Hast du's verstanden? Denn man wird den Tischler heute finden und sehen, daß er erwürgt und ausgeplündert ist. Und man wird auf unsereins aufpassen ... wo kommst du her? Wo hast du übernachtet? Nun, und sie werden uns fangen … Obwohl wir nichts bei uns haben … aber seinen Revolver hab’ ich im Busen! Eine Bescherung!«

»Wirf ihn weg«, riet ich dem Soldaten.

»Wegwerfen?« sagte er nachdenklich. »Das Ding hat doch einen Wert … Vielleicht wird man uns auch nicht fangen … Nein, ich werf ihn nicht weg … wer weiß, daß der Tischler einen Revolver gehabt hat? Ich werf ihn nicht weg … Er ist wohl seine drei Rubel wert. Eine Kugel ist auch noch drin … ach, ja! Wenn man diese Kugel unserem lieben Freund ins Ohr schießen könnte! Wieviel Geld mag wohl der Hund gestohlen haben? Der Verdammte!«

»Da haben wir die Tischlerstöchter …« sagte ich.

»Töchter? Was für Töchter? Ach so, die von jenem … Nun, die werden heranwachsen, uns wird man sie nicht zu Frauen geben, davon ist keine Rede … Komm, Bruder, schneller … Wo wollen wir hin?«

»Ich weiß nicht … Es ist gleich.«

»Auch ich weiß es nicht und weiß, daß es gleich ist. Gehen wir nach rechts, dort muß das Meer liegen.«

Wir gingen nach rechts.

Ich sah mich um. Fern von uns ragte in der Steppe ein dunkler Hügel, und über ihm leuchtete die Sonne.

»Du schaust, ob er nicht auferstanden ist? Hab keine Angst, er wird uns nicht einholen … Der Gelehrte ist wohl ein geübter Bursche, hat die Sache gründlich besorgt … Ein guter Freund! Ordentlich hat er uns hereingelegt! Ach, Bruder! Die Menschen werden immer schlechter, von Jahr zu Jahr werden sie verdorbener!« sagte traurig der Soldat.

Die Steppe, stumm und leer, ganz von der hellen Morgensonne übergossen, dehnte sich um uns und floß am Horizont mit dem Himmel zusammen, mit einem so heiteren, so liebesvollen und so freigebig sein Licht spendenden Himmel, daß jede schwarze und ungerechte Tat in den weiten Räumen dieser freien Ebene unter der blauen Kuppel des Himmels unmöglich schien.

»So furchtbar will ich fressen, Bruder!« sagte mein Genosse, indem er sich eine Zigarette drehte.

»Was werden wir heute essen, wo und wie?«

Eine schwierige Frage!

So schloß der Erzähler, mein Bettnachbar im Krankenhause, seinen Bericht. Dann sagte er mir: »Das ist alles. Ich befreundete mich mit diesem

Soldaten, und wir kamen zusammen bis in die Gegend von Kars. Er war ein gutmütiger und sehr erfahrener Kerl, ein typischer Barfüßler. Ich achtete ihn sehr. Bis nach Kleinasien gingen wir zusammen, und dort verloren wir uns aus den Augen.«

»Denken Sie noch manchmal an den Tischler?« fragte ich.

»Wie Sie es eben gesehen oder vielmehr gehört haben.«

»Und das ... macht Ihnen nichts?«

Er lachte.

»Was soll ich dabei empfinden? Ich bin unschuldig daran, daß es mit ihm so gekommen ist, wie auch Sie unschuldig sind, daß es mir so gegangen ist ... Niemand hat schuld, denn wir sind alle die gleichen Tiere.«

Einst im Herbst

Einst im Herbst befand ich mich in einer höchst unangenehmen und unbehaglichen Lage; ich war eben in eine Stadt gekommen, wo ich keinen einzigen Menschen kannte, und hatte keine Kopeke in der Tasche und auch keine Wohnung.

Nachdem ich in den ersten Tagen alle Bestandteile meines Anzuges, ohne die ich mich behelfen konnte, verkauft hatte, ging ich aus der Stadt in eine Gegend, welche »Mündung« hieß und wo sich die Anlegeplätze der Dampfer befanden. In der Schiffahrtssaison herrschte hier ein reges Arbeiterleben, jetzt war es aber leer und still, denn die Sache spielte sich in den letzten Oktobertagen ab.

Mit den Füßen durch den nassen Sand schlürfend und diesen Sand mit großer Aufmerksamkeit betrachtend, in der Hoffnung, darin irgendwelche Reste von Nahrungsstoffen zu entdecken, irrte ich einsam zwischen den leeren Gebäuden und Schuppen umher.

Beim heutigen Zustand der Kultur ist es viel leichter, den Hunger der Seele als den des Körpers zu stillen. Man irrt durch die Straßen, man sieht Häuser, die äußerlich recht hübsch sind und von denen man mit Sicherheit annehmen kann, daß sie auch innen ebenso hübsch ausgestattet sind – und dies kann erfreuliche Gedanken über Architektur, Hygiene und andere weise und erhabene Dinge wecken. Man begegnet bequem und warm gekleideten Menschen, sie gehen uns höflich aus dem Wege und wollen aus lauter Feingefühl die traurige Tatsache unserer Existenz gar nicht sehen. Bei Gott, die Seele eines Hungernden nährt sich immer viel besser und gesünder als die eines Satten …!

Der Abend brach an, es regnete, und vom Norden her kam stoßweise ein durchdringender Wind. Er pfiff durch die leeren Schuppen und Läden, klopfte an die mit Brettern vernagelten Fenster der Gasthäuser, und die Wellen des Flusses schäumten unter seinen Stößen, schlugen laut aufbrausend gegen das sandige Ufer, warfen ihre weißen Kämme hoch empor und enteilten eine nach der andern, übereinanderspringend, in die trübe Ferne … Der Strom schien die Nähe des Winters zu ahnen und voller Angst vor den Fesseln des Eises zu fliehen, in die ihn der Nordwind vielleicht schon in der nächsten Nacht schlagen würde. Der Himmel war schwer und düster, winzige, mit dem Auge kaum wahrnehmbare Regentröpfchen fielen von ihm herab, und zwei verkrüppelte Weiden mit abgebrochenen Ästen und ein bei ihren Wurzeln mit dem Boden nach oben gewendetes Boot vervollständigten die traurige Elegie der Natur um mich her.

Ein umgekehrtes Boot mit durchlöchertem Boden und vom kalten Wind ihres Laubes beraubte elende, alte Bäume ... Alles ringsum war zerstört, menschenleer und tot, und der Himmel vergoß unversiegbare Tränen. Einsam und düster war es ringsum, und mir schien es, als liege alles im Sterben, als sei ich allein noch am Leben, aber auch mir drohe der kalte Tod.

Ich war damals erst achtzehn Jahre alt – eine selige Zeit! Ich ging und ging über den kalten, nassen Sand und klapperte vor Hunger und Kälte mit den Zähnen. Als ich aber, auf der vergeblichen Suche nach Eßbarem, hinter einen der Verkaufsstände trat, erblickte ich plötzlich eine auf der Erde zusammengekauerte Gestalt in Frauenkleidern, die vom Regen durchnäßt an den gebeugten Schultern zu kleben schienen. Ich blieb stehen und sah ihr zu: sie grub mit den Händen ein Loch im Sande, um in einen der Verkaufsstände zu gelangen.

»Was machst du da?« fragte ich sie, mich neben sie hinhockend.

Sie stieß einen leisen Schrei aus und sprang auf. Jetzt, wo sie vor mir stand und mich mit ihren weit aufgerissenen grauen Augen erschrocken anblickte, konnte ich sehen, daß es ein Mädchen in meinem Alter war, auf dessen niedlichem Gesicht leider drei große blaue Flecken saßen. Die Flecken entstellten sie, obwohl sie in wunderbarer Symmetrie verteilt waren; je einer unter den beiden Augen und ein dritter, etwas größerer, mitten auf der Stirne über der Nasenwurzel. Diese Symmetrie ließ auf das Werk eines Künstlers schließen, der sich gut auf das Verunstalten menschlicher Gesichter verstand.

Das Mädchen sah mich an, und die Angst in ihren Augen erlosch allmählich ... Da schüttelte sie sich schon den Sand von den Händen, rückte das Kopftuch zurecht und sagte nach einer Weile: »Du willst wohl auch essen? ... Grab jetzt du; mir sind die Hände schon müde geworden. Da drin« – sie zeigte mit dem Kopf auf den Verkaufsstand – »gibt es sicher Brot, vielleicht auch Wurst. Dieser Laden ist noch in Betrieb ...«

Ich fing zu graben an. Sie wartete eine Weile, sah mir zu, setzte sich dann neben mich und begann mit mir zu graben.

Wir arbeiteten schweigend. Ich weiß heute wirklich nicht mehr, ob ich damals an das Strafgesetzbuch, an die Moral, an das Eigentum und an alle die anderen Dinge dachte, an die man, nach Ansicht gutunterrichteter

Menschen, in allen Lebenslagen denken muß. Um der Wahrheit möglichst nahe zu kommen, will ich gestehen, daß ich damals in die Grabarbeit dermaßen vertieft war, daß ich an nichts dachte, außer an die Dinge, die ich vielleicht vorfinden würde … Der Abend brach an. Eine feuchte, kalte, durchdringende Dunkelheit verdichtete sich immer mehr um uns herum. Die Wellen schienen etwas dumpfer zu rauschen als vorher, und der Regen prasselte immer lauter und öfter gegen die Bretter … Irgendwo ließ sich schon die Knarre des Nachtwächters vernehmen.

»Hat er einen Boden oder nicht?« fragte mich leise meine Gehilfin. Ich verstand nicht, was sie meinte, und schwieg.

»Ich frage: hat der Laden einen Boden? Wenn er einen hat, so graben wir umsonst. Wir graben ein Loch und stoßen vielleicht auf dicke Bretter … Wie soll man die Bretter aufbrechen? Es ist gescheiter, das Schloß herunterzureißen, das Schloß ist ja ganz schlecht …«

Gute Ideen kommen Frauen selten in den Sinn; aber sie kommen ihnen, wie man sieht, manchmal doch. Ich habe immer gute Ideen geschätzt und sie nach Möglichkeit auszunützen gesucht.

Ich fand das Schloß, rüttelte daran und riß es mit beiden Ringen heraus. Meine Mitschuldige beugte sich und glitt wie eine Schlange in die viereckige Öffnung, die sich nun auftat. Und gleich darauf hörte ich sie anerkennend rufen: »Das hast du fein gemacht!«

Auch das leiseste Lob aus weiblichem Munde ist mir mehr wert als ein ganzer Dithyrambus von einem Mann, und selbst wenn er die Beredsamkeit aller alten und neuen Redner zusammengenommen besitzt. Damals war ich aber weniger galant als jetzt und schenkte dem Kompliment meiner Freundin gar keine Beachtung. Ich fragte sie nur kurz und voller Angst: »Ist etwas drin?«

Sie begann mit eintöniger Stimme alle ihre Entdeckungen aufzuzählen: »Ein Korb mit Flaschen … Leere Säcke … Ein Schirm … Ein Blecheimer …«

Das war alles nicht eßbar. Ich fühlte meine Hoffnungen erlöschen … Da schrie sie aber erregt auf: »Aha! Da ist er ja!«

»Wer?«

»Ein Brotlaib … Er ist nur naß … Hier, fang ihn!« Vor meine Füße rollte der Brotlaib, und ihm folgte meine tapfere Freundin. Ich brach mir ein Stück vom Brot ab, steckte es in den Mund und begann zu kauen …

»Nun, gib auch mir … Wir müssen aber von hier fort. Wohin sollen wir gehen?« Sie blickte prüfend nach allen vier Himmelsrichtungen … Es war dunkel, feucht, und der Strom rauschte …

»Da liegt ein umgedrehtes Boot … Sollen wir nicht hin?«

»Gut!« Und wir gingen hin, im Gehen Stücke von unserer Beute abbrechend und in den Mund stopfend … Es regnete immer stärker, der Strom heulte, und von irgendwoher klang ein langgedehnter höhnischer Pfiff – wie wenn jemand Großer und Furchtloser alle irdischen Zustände, den bösen Herbstabend und uns, die beiden Helden dieses Abends, auspfiffe … Das Herz tat von diesem Pfeifen weh; desungeachtet aß ich mit großer Gier, und das junge Mädchen, das an meiner linken Seite ging, stand mir darin nicht nach.

»Wie heißt du?« fragte ich sie, ich wußte selbst nicht, warum.

»Natascha«, antwortete sie kurz, laut kauend.

Ich blickte sie an, und mein Herz krampfte sich zusammen; ich blickte in die Finsternis vor mir, und es war mir, als ob mir die ironische Fratze meiner Zukunft rätselhaft und kalt zulächelte …

Der Regen prasselte unaufhörlich gegen die Bretter des Bootes, und das weiche Geräusch flößte mir traurige Gedanken ein. Der Wind drang pfeifend durch den durchlöcherten Boden, und in einer der Ritzen zitterte mit unruhigem, klagendem Summen ein Span. Die Wellen des Flusses plätscherten gegen das Ufer so eintönig und hoffnungslos, als erzählten sie von etwas Langweiligem und Bedrückendem, wovor sie sich schon selbst ekelten, was sie fliehen wollten, wovon sie aber dennoch immerzu erzählen mußten. Das Rauschen des Regens floß mit dem Plätschern zusammen, und über dem umgedrehten Boote schwebte ein Seufzen – das gedehnte, unendliche, schwere Seufzen der vom ewigen Wechsel zwischen dem grellen, warmen Sommer und dem kalten, nebligen und feuchten Herbst ermüdeten Erde. Und über das leere Ufer und den schäumenden Fluß jagte der Wind und sang seine traurigen Lieder …

Der Raum unter dem Boot war aller Bequemlichkeiten bar: es war darin eng und feucht, durch die Löcher im Boden drangen kleine kalte Regentropfen, und es zog … Wir saßen schweigend da und zitterten vor Kälte. Ich kann mich noch erinnern, daß ich schlafen wollte. Natascha saß an die Wand des Bootes gelehnt, zu einem kleinen Knäuel zusammengeschrumpft. Die Knie mit den Armen umschlingend und das Kinn auf sie gestützt, starrte sie mit weit aufgerissenen Augen auf den Fluß … Die

Augen erschienen auf dem weißen Gesicht infolge der blauen Flecken unter ihnen riesengroß. Sie bewegten sich nicht. Diese Unbeweglichkeit und das Schweigen flößten mir eine Angst vor meiner Genossin ein ... Ich wollte mich mit ihr in ein Gespräch einlassen, wußte aber nicht, womit anzufangen.

Sie brach aber selbst das Schweigen.

»Ist das ein verfluchtes Leben!« sagte sie laut und deutlich mit tiefer Überzeugung in der Stimme.

Das war aber keine Klage. Der Ton war viel zu gleichgültig. Der Mensch hat sich einfach etwas gedacht, wie er es eben konnte, ist zu einem gewissen Schluß gelangt und hat diesen letzteren laut ausgesprochen; ich aber konnte gegen diesen Ausspruch nichts einwenden, ohne mit mir selbst in Widerspruch zu geraten. Darum schwieg ich. Und sie saß unbeweglich da und schien mich gar nicht zu beachten.

»Wenn man doch wenigstens verrecken könnte ...« sagte Natascha wieder, diesmal leise und nachdenklich. Und auch in diesen Worten klang kein klagender Ton. Der Mensch hat offenbar an sein Leben gedacht, hat sich selbst betrachtet und ist zur Überzeugung gelangt, daß er, um sich vor dem Hohne des Lebens zu schützen, nichts anderes tun kann als »verrecken«.

Diese Klarheit des Denkens tat mir unsagbar weh, und ich fühlte, daß ich, wenn ich noch länger schwiege, unbedingt weinen würde ... Da müßte ich mich aber vor dem Mädchen schämen, um so mehr, als sie selbst gar nicht weinte, und ich entschloß mich, sie anzusprechen.

»Wer hat dich so zugerichtet?« fragte ich sie, da mir nichts Gescheiteres und Liebenswürdigeres einfallen wollte.

»Immer derselbe Paschka ...« antwortete sie laut und ruhig.

»Wer ist das?«

»Mein Geliebter ... Ein Bäcker ...«

»Prügelt er dich oft?«

»Sooft er betrunken ist, prügelt er mich ... Sehr oft!« Sie rückte plötzlich nahe an mich heran und begann von sich, von Paschka und den zwischen ihnen bestehenden Beziehungen zu erzählen. Sie war also ein Mädel »von liederlichem Lebenswandel«. Er war Bäcker, hatte einen roten Schnurrbart und spielte gut die Ziehharmonika. Er besuchte sie im »Etablissement« und gefiel ihr sehr gut, da er lustig war und sich sauber kleidete. Er trug eine Weste, die fünfzehn Rubel kostete, und Schaftstiefel mit Fältchen ... Aus diesem Grunde verliebte sie sich in ihn, und er wurde zu ihrem »Herzensfreund«. Und als er ihr »Herzensfreund« geworden war, fing er an, ihr das Geld, das sie von anderen Besuchern »für Konfekt« bekam, wegzunehmen und sich dafür zu betrinken. Und wenn er betrunken war, prügelte er sie nicht nur, was noch nicht das schlimmste wäre, sondern ließ sich auch vor ihren Augen mit den anderen Mädchen ein ...

»Kränkt mich denn so was nicht? Ich bin doch nicht ärger als die anderen ... Der Schuft tut es also nur, um sich über mich lustig zu machen. Vorgestern bat ich die Wirtin um Ausgang und kam zu ihm; da sitzt bei ihm aber die Dunjka, ist ganz besoffen. Auch er ist nicht ganz nüchtern. Ich sage ihm: ›Schuft, Gauner!‹ Und er fängt mich gleich zu prügeln an. Stößt mich mit den Füßen, zerrt mich an den Haaren ... Das wäre noch nicht so schlimm: Aber er zerriß mir die Kleider ... Was fang' ich nun an? Wie soll ich der Wirtin vor die Augen treten? Alles hat er mir zerrissen: das Kleid und die Jacke, ganz neu war die Jacke, fünf Rubel hat sie gekostet! Und auch das Tuch riß er mir vom Kopfe ... Mein Gott! Was soll ich jetzt anfangen?« heulte sie plötzlich mit gequälter, gesprungener Stimme.

Auch der Wind heulte und wurde immer kälter und durchdringender. Meine Zähne klapperten wieder. Auch sie zitterte vor Kälte und rückte so nahe zu mir heran, daß ich im Dunkeln ihre Augen glänzen sah ...

»Was für Schurken seid doch ihr Männer alle! Ich könnte euch zertreten, zu Krüppeln schlagen. Wenn ich einen von euch verrecken sehe, so werde ich ihm ins Gesicht spucken und gar kein Mitleid mit ihm haben! Verdammte Fratzen ...! Ihr bettelt und bettelt und wedelt mit den Schwänzen wie die gemeinen Hunde, und wenn eine dumme Gans darauf hereinfällt, dann ist's um sie geschehen! Gleich gerät sie euch unter die Füße ... Räudige Halunken ...«

Sie schimpfte sehr abwechslungsreich, aber in all ihren Schimpfworten war keine Kraft: ich hörte in ihnen weder Bosheit noch Haß gegen die »räudigen Halunken«. Der Ton ihrer Worte war im Widerspruch zu ihrem Inhalt auffallend ruhig, und ihre Stimme zeigte eine traurige Tonarmut ...

Das alles wirkte aber auf mich viel stärker als die schönsten und überzeugendsten pessimistischen Bücher und Reden, die ich vorher und auch später in großer Anzahl gelesen und gehört habe und auch jetzt noch täglich lese und höre. Das kommt daher, weil die Agonie eines

Sterbenden immer viel natürlicher und stärker wirkt als die genaueste und künstlerischste Schilderung des Sterbens.

Es war mir sehr übel zumute – das machte wohl mehr die Kälte als die Reden meiner Nachbarin. Ich stöhnte leise auf und knirschte mit den Zähnen.

Fast im gleichen Augenblick spürte ich die Berührung zweier kalter kleiner Hände: die eine berührte meinen Hals, die andere legte sich mir aufs Gesicht, und zugleich hörte ich die besorgte leise, zärtliche Frage: »Was hast du?«

Ich hätte glauben können, daß mich jemand anders und nicht Natascha fragte, die ja erst eben erklärt hatte, daß alle Männer Schurken seien und daß sie ihnen alles Schlechte wünsche. Sie fuhr aber in großer Hast fort: »Was hast du? Ist dir kalt? Friert es dich? Was bist du für einer! Sitzt da und schweigst wie ein Uhu! Hättest du mir doch längst gesagt, daß dir kalt ist ... Nun, leg dich auf die Erde, streck dich aus ... auch ich leg mich hin ... so! Umarme mich jetzt ... fester ...! Jetzt mußt du es schon wärmer haben ... Und später legen wir uns mit den Rücken gegeneinander ... Irgendwie verbringen wir schon die Nacht ... Hast wohl zu trinken angefangen? Hat man dich aus der Stellung gejagt? ... Das macht alles nichts ...!«

Sie tröstete mich ... Sie sprach mir Mut zu.

Ich will dreimal verdammt sein! Wieviel Ironie steckt in dieser Tatsache! Man denke sich nur: ich war damals ernsthaft um die Geschicke der Menschheit besorgt, dachte an die Reorganisierung der ganzen sozialen Ordnung und an politische Umstürze, las allerlei verteufelt schwierige Bücher, deren Gedanken wohl auch für ihre Verfasser selbst viel zu tief waren, und stellte alles Mögliche an, um aus mir eine »bedeutsame aktiv-soziale Kraft« zu machen. Ich glaubte sogar meine Aufgabe zum Teil erfüllt zu haben und gestand mir in meiner Vorstellung schon ein ausschließliches Existenzrecht als einer Erscheinung zu, die für das Leben notwendig ist und berufen, darin eine große historische Rolle zu spielen! Und nun wärmte mich mit ihrem Körper ein Dirne, ein unglückliches, verprügeltes, gehetztes Wesen, das im Leben weder einen Platz noch einen Wert hatte; und ich hatte gar nicht daran gedacht, ihr Hilfe zu bringen, ehe sie mir selbst zu Hilfe kam; und hätte ich ihr auch helfen wollen, so wüßte ich wohl gar nicht, wie es anzufangen.

Ach, ich hätte glauben können, daß ich alles im Traume, in einem dummen, schweren Traume erlebte ...

Aber wehe ...! Ich konnte es gar nicht denken, weil auf mich kalte Regentropfen niederprasselten und an meine Brust sich die warme Brust eines Mädchens schmiegte, das mich mit seinem warmen Atem anhauchte; der Atem roch zwar etwas nach Schnaps, aber wie belebend war er! Der Wind stöhnte und heulte, der Regen prasselte gegen das Boot, die Wellen plätscherten, wir hielten uns beide umschlungen und zitterten doch vor Kälte. Das war alles unzweifelhaft Realität, und ich bin überzeugt, daß doch niemand einen so schweren Traum gehabt hat, wie diese Wirklichkeit war.

Natascha sprach aber immer noch so freundlich und teilnahmsvoll, wie nur Frauen zu sprechen verstehen. Unter dem Eindruck ihrer naiven und freundlichen Worte entbrannte in meinem Innern ein stilles Flämmchen, das in meinem Herzen etwas zum Schmelzen brachte.

Und aus meinen Augen stürzten Tränen, und sie spülten von meinem Herzen die ganze Kruste von Bosheit, Gram, Dummheit und Schmutz weg, die sich darauf vor dieser Nacht festgesetzt hatte ... Natascha aber redete mir zu: »Genug, Liebster, weine nicht! Genug! Mit Gottes Hilfe kommst du wieder auf die Beine und kriegst eine neue Stelle ... und auch alles andere wird gut ...«

Und sie küßte mich immerzu ... viel und heiß und ohne zu zählen ...

Das waren die ersten Frauenküsse, die mir das Leben schenkte, und es waren die besten Küsse, denn alle die späteren kamen mich teuer zu stehen und gaben mir nichts.

»Weine nicht, Närrchen! Ich will dir morgen Unterkunft verschaffen, wenn du nicht weißt, wo du hin sollst ...« hörte ich wie im Schlafe ihr leises, überzeugendes Geflüster ...

Bis zum Morgengrauen lagen wir uns in den Armen ...

Und als es Tag geworden war, krochen wir unter dem Boot hervor und gingen in die Stadt. Dann nahmen wir voneinander freundschaftlich Abschied und sahen uns nie wieder, obwohl ich nachher ein halbes Jahr lang in allen Spelunken diese liebe Natascha suchte, mit der ich einst im Herbst die geschilderte Nacht verbracht hatte ...

Ist sie schon tot – wie gut wäre das für sie! –, so ruhe sie in Frieden! Und ist sie noch am Leben, so möge ihre Seele Frieden finden! Möge nur in ihrer Seele niemals das Bewußtsein ihres Gefallenseins erwachen, denn das wäre für sie ein überflüssiges und für das Leben fruchtloses Leid ...

Malva

Das Meer lachte.

Unter dem leichten Wehen des glühenden Windes erzitterte es und lächelte, von einem feinen Gekräusel, das blendend hell die Sonne spiegelte, bedeckt, mit tausendfachem silbernem Lächeln dem blauen Himmel zu. In den tiefen Räumen zwischen Meer und Himmel schwebte das lustige und laute Plätschern der Wellen, die eine nach der anderen an das flache Ufer der sandigen Landzunge heranliefen. Dieser Laut und das vom Meere tausendfach zurückgeworfene Leuchten der Sonne flossen harmonisch zu einer ununterbrochenen, von lebender Freude erfüllten Bewegung zusammen. Die Sonne war glücklich darüber, daß sie leuchtete, das Meer, daß es dieses jubelnde Licht widerspiegelte.

Der Wind streichelte zärtlich die mächtige atlasne Brust des Meeres, die Sonne wärmte sie mit ihren heißen Strahlen, und das Meer atmete schlaftrunken unter der zarten Gewalt dieser Liebkosungen und füllte die heiße Luft mit dem salzigen Dufte seiner Dünste. Die grünlichen Wellen liefen auf den gelben Sand und warfen auf ihm den weißen Schaum ihrer üppigen Mähnen ab, und der Schaum schmolz mit einem leisen Laut und befeuchtete den heißen Sand.

Die schmale und lange Landzunge glich einem riesengroßen Turm, der vom Ufer ins Meer gestürzt war. Indem er mit seiner Spitze in die grenzenlose Wüste des mit der Sonne spielenden Wassers hinausragte, verlor sich seine Grundfeste dort, wo der trübe und glühende Nebel die Erde einhüllte. Von dort kam mit dem Winde ein dumpfer Geruch, der hier mitten im leeren, reinen Meere, unter der blauen, heiteren Decke des Himmels unverständlich und beleidigend erschien.

In dem mit Fischschuppen besäten Sande der Landzunge steckten Holzpfähle, und auf ihnen hingen Netze, die ein Spinngewebe von feinen Schatten warfen. Einige große Boote und ein kleineres lagen nebeneinander auf dem Sande, und die Wellen, die an das Ufer heranliefen, schienen sie zu sich locken zu wollen. Schiffshaken, Ruder, große Knäuel von Stricken, Körbe und Fässer lagen unordentlich auf der Landzunge herum, und in ihrer Mitte erhob sich ein aus Weidenzweigen, Baumrinde und Bastgeflecht zusammengefügtes Zelt. Vor dem Eingang ragten zwei auf einen knorrigen Stock gesteckte Filzstiefel mit den Sohlen in den Himmel.

Und über diesem ganzen Chaos erhob sich eine lange Stange mit einem roten Fetzen an der Spitze, der im Winde flatterte.

Im Schatten eines der Boote lag Wassilij Legostjew, der Wächter auf dieser Landzunge, die einen Vorposten der Fischereibetriebe des Kaufmanns Grebjenschtschikow bildete. Er lag auf der Brust und blickte, den Kopf in die Handflächen gestützt, unverwandt in die Ferne des Meeres, auf den kaum sichtbaren Uferstreifen. Dort bewegte sich im Wasser ein kleiner schwarzer Punkt, und Wassilij war es angenehm zu sehen, wie der Punkt immer größer wurde und näher kam.

Er kniff die Augen vor dem grellen Spiel der Sonnenstrahlen auf den Wellen zusammen und lächelte zufrieden: er sah ja Malva kommen. Sie wird kommen und auflachen, so daß ihre Brust verführerisch erbebt, wird ihn mit ihren starken, doch weichen Armen umschlingen, wird ihn abküssen und dann so laut, daß die Möwen erschrecken, von den Neuigkeiten drüben am Ufer erzählen. Sie werden eine gute Fischsuppe kochen, Branntwein trinken und sich, plaudernd und zärtlich miteinander spielend, auf dem Sande wälzen; dann, wenn es dunkelt, eine Kanne Tee kochen, ihn trinken, schmackhafte Brezeln dazu essen und schlafen gehen ... So ist es jeden Sonntag und auch jeden Feiertag in der Woche. Am frühen Morgen wird er sie über das noch schläfrige Meer in der frischen Morgendämmerung ans Ufer bringen. Sie wird verschlafen am Steuer sitzen, er aber wird rudern und auf sie sehen. So drollig pflegt sie dabei zu sein, so drollig und so lieb wie eine satte Katze. Vielleicht wird sie von der Bank auf den Boden des Bootes gleiten und dort zu einem Knäuel zusammengerollt einschlafen. Oft macht sie es so ...

An diesem Tage sind selbst die Möwen von der Hitze ermattet. Sie sitzen reihenweise auf dem Sande mit offenen Schnäbeln und gesenkten Flügeln, oder wiegen sich träge auf den Wellen, ohne zu schreien und ohne ihre gewöhnliche raubgierige Lebhaftigkeit zu zeigen.

Unter der heißen Liebkosung des Meeres hebt sich die Brust des Meeres so wollüstig, und die Luft ist von einer berauschenden Ermattung erfüllt ...

Wassilij schien es, als wäre Malva nicht allein im Boote. Hat sich etwa wieder Sserjoschka zu ihr gesellt? Wassilij drehte sich schwerfällig auf dem Sande um, setzte sich auf, hielt die Hand vor die Augen und begann unzufrieden auszuspähen, wer da noch mitfahre. Malva sitzt auf dem Hinterteil des Bootes und steuert. Der Ruderer ist aber nicht Sserjoschka;

er rudert kräftig, aber ungeschickt; auch würde Malva, wenn Sserjoschka ruderte, gar nicht steuern.

»Hallo!« rief Wassilij ungeduldig.

Die Möwen auf dem Sande fuhren auf und horchten.

»Hallo! Hallo!«, klang vom Boote Malvas helle Stimme.

»Mit wem bist du?«

Als Antwort kam nur ein Lachen.

»Die Teufelsdirne!« schimpfte Wassilij halblaut und spuckte aus.

Er wollte gerne wissen, mit wem sie da fuhr, und während er sich eine Zigarette drehte, blickte er unverwandt auf den Rücken und Nacken des Ruderers, der sich ihm schnell näherte. Das laute Plätschern des Wassers unter den kräftigen Ruderschlägen schallt durch die Luft, und der Sand knirscht unter den bloßen Füßen des Wächters, der seine ungeduldige Neugier zu unterdrücken sucht.

»Wer ist da bei dir?« rief er, als er schon das ihm bekannte Lächeln auf dem hübschen, vollen Gesicht Malvas unterscheiden konnte.

»Wart ... wirst es schon erfahren!« gab sie ihm lachend zurück.

Der Ruderer wandte sein Gesicht dem Ufer zu und sah Wassilij gleichfalls lachend an.

Der Wächter runzelte die Stirne und suchte sich zu erinnern, wer wohl dieser Bursche sei, der ihm so bekannt vorkam.

»Rudere schneller!« kommandierte Malva.

Das Boot glitt im Schwunge zugleich mit einer Welle fast bis zur Hälfte auf den Sand hinauf, neigte sich auf eine Seite und blieb liegen, aber die Welle rollte lachend wieder ins Meer zurück. Der Ruderer sprang ans Ufer, kam auf Wassilij zu und sagte: »Guten Tag, Vater!«

»Jakow!« rief Wassilij bestürzt, mehr erstaunt als erfreut. Sie umarmten sich und küßten sich dreimal auf den Mund und auf die Wange, worauf in Wassilijs Gesicht das Erstaunen sich mit Freude und Verlegenheit mischte.

»Ich schaue hinaus ... und, und ... mir zuckt so das Herz ... Ach, du ... wie kommst du her? So was! Ich schau' hin und denke mir: ist es nicht Sserjoschka? Nein, ich sehe, es ist nicht Sserjoschka! Und doch bist du's!« Wassilij streichelte sich mit der einen Hand den Bart und fuhr mit der anderen durch die Luft. Er wollte Malva anschauen, doch die lächelnden Augen seines Sohnes starrten ihm ins Gesicht, und ihr Glanz machte ihn verlegen. Das Gefühl der Selbstzufriedenheit, daß er einen so kräftigen und hübschen Sohn hatte, kämpfte in ihm mit dem Gefühl der Verlegenheit, in die ihn die Anwesenheit der Geliebten brachte. Er trat von einem Fuß auf den andern, immer vor Jakow stehend, warf ihm eine Frage nach der anderen hin und wartete seine Antworten gar nicht ab. In seinem Kopfe war alles durcheinandergekommen, und besonders unbehaglich wurde es ihm, als er die spöttischen Worte Malvas hörte: »Spring nicht so herum ... vor Freude! Führe ihn doch ins Zelt und gib ihm was zu essen ...«

Er wandte sich zu ihr um. Auf ihren Lippen spielte ein Lächeln, das ihm wieder unbekannt war, und sie selbst, rundlich, weich und frisch wie immer, war zugleich irgendwie neu und gleichsam fremd. Sie richtete ihre grünlichen Augen bald auf den Vater und bald auf den Sohn und knabberte mit ihren kleinen weißen Zähnchen Melonenkerne. Jakow betrachtete die beiden auch lächelnd, und während der ersten, für Wassilij recht unangenehmen Sekunden schwiegen sie alle drei.

»Sofort!« begann Wassilij plötzlich mit großer Hast, indem er auf das Zelt zuging. »Geht aus der Sonne, ich werde Wasser holen ... Fischsuppe wollen wir kochen! Mit einer feinen Fischsuppe werd' ich dich traktieren, Jakow! Macht es euch hier ... bequem, ich bin gleich wieder da.«

Er hob vom Boden neben dem Zelte einen kleinen Kessel auf, ging hinter die Netze und verschwand in der grauen Masse ihrer Falten.

Malva und sein Sohn gingen auch zum Zelte.

»So, lieber Bursch', da hab' ich dich zum Vater gebracht«, sagte Malva, indem sie die stämmige Gestalt Jakows von der Seite betrachtete.

Er wandte ihr sein Gesicht mit dem lockigen dunkelblonden Vollbart zu, blinzelte mit den Augen und sagte: »Ja, wir sind da ... Schön ist es aber hier ... dieses Meer!«

»Ein weites Meer ... Nun ... ist der Vater sehr alt geworden?«

»Nein, nicht so alt. Ich dachte, er sei viel grauer, aber er hat wenig graue Haare ... Und dann ist er ... noch so kräftig.«

»Wie lang, sagst du, habt ihr euch nicht gesehen?«

»Ich mein', an die fünf Jahre ... Als er aus dem Dorfe ging, war ich im siebzehnten Jahr ...«

Sie traten in das Zelt, wo es schwül war und die Bastdecken nach Salzfischen rochen, und setzten sich dort: Jakow auf einen dicken Baumstumpf, Malva auf einen Haufen von Säcken. Zwischen ihnen stand ein in der Mitte durchgesägtes Faß, dessen Boden Wassilij als Tisch diente. Als sie sich hingesetzt hatten, sahen sie einander schweigend und durchdringend an.

»Du willst also hier arbeiten?« fragte Malva.

»Ja, siehst du … Ich weiß es nicht … Wenn sich etwas findet, werde ich arbeiten.«

»Bei uns findet sich schon was!« versprach Malva überzeugt, ihn immer mit ihren grünen, rätselhaft zusammengekniffenen Augen betastend.

Er aber sah sie nicht an und trocknete sich mit dem Ärmel seines Hemdes das schweißige Gesicht.

Plötzlich fing sie zu lachen an.

»Die Mutter hat wohl durch dich Aufträge und Grüße für den Vater bestellt?«

Jakow blickte sie an, runzelte die Stirne und entgegnete kurz: »Gewiß … warum?«

»Nichts!« sagte sie und lachte.

Ihr Lachen mißfiel Jakow, es schien ihn necken zu wollen. Jakow wandte sich von diesem Weibe ab und erinnerte sich der Aufträge der Mutter.

Als sie ihn bis vors Dorf begleitete, stützte sie sich auf einen Zaun und sagte schnell, mit ihren trockenen Augen zwinkernd: »Sag es ihm, Jascha … Sag es, um Christi willen, dem Vater. Sag ihm, die Mutter ist allein … fünf Jahre sind vergangen, und sie ist immer allein! Sie wird alt … sag es ihm, Jakow, um Gottes willen. Bald wird die Mutter eine alte Frau sein … immer allein, immer allein … Immer bei der Arbeit. Um Christi willen, sag es ihm …«

Und dann hat sie, das Gesicht in die Schürze vergraben, lautlos geweint.

Damals hatte Jakow mit ihr kein Mitleid gehabt, aber jetzt tat sie ihm leid … Und er sah Malva an, zuckte streng mit den Brauen und war bereit, sie ordentlich auszuschelten.

»So, da bin ich!« rief Wassilij, mit einem zappelnden Fisch in der einen Hand und einem Messer in der anderen im Zelte erscheinend.

Er war mit seiner Verlegenheit schon fertig geworden und hatte sie tief in sein Inneres versteckt. Jetzt sah er die beiden ruhig und zufrieden an, nur seine Bewegungen zeigten eine ihm sonst nicht eigene Geschäftigkeit.

»Gleich werde ich ein Feuer machen … und zu euch kommen, und … wir werden reden! Ja! Ach, Jakow! Was bist du doch für ein strammer Kerl geworden!«

Und er ging wieder aus dem Zelte.

Malva knabberte unaufhörlich Melonenkerne und betrachtete ganz ungeniert Jakow; er aber bemühte sich, sie nicht anzusehen, obwohl er es gern täte, und dachte bei sich: ›Sie leben hier wohl gut und satt ... so rund ist sie, und der Vater auch.‹

Da ihn das Schweigen bedrückte, sagte er laut: »Meinen Sack habe ich im Boote gelassen ... ich will ihn mal holen.«

Er stand langsam auf und ging hinaus, und statt seiner trat ins Zelt Wassilij. Er beugte sich über Malva und begann eilig und böse:

»Na, warum bist du mit ihm gekommen? Was soll ich ihm von dir sagen? Was bist du mir?«

»Ich bin eben gekommen und fertig!« entgegnete Malva kurz.

»Ach du ... dummes Frauenzimmer! Machst immer solche dumme Geschichten ... wozu? Was soll ich jetzt machen? Darf man es denn ihm zeigen ... auf einmal ... und ich habe doch eine Frau zu Haus! Sie ist seine Mutter ... Du solltest doch daran denken!«

»Was brauch' ich daran zu denken! Habe ich vielleicht Angst vor ihm? Oder vor dir?« fragte sie, die grünlichen Augen verächtlich zusammen-kneifend. »Und wie du dich eben vor ihm gedreht hast! Ach, war das zum Lachen!«

»Dir war das zum Lachen! Und was soll ich tun?«

»Hast du mal früher daran gedacht?«

»Hab' ich denn gewußt, daß ihn das Meer so auf einmal ausspeien wird?«

Unter Jakows Füßen knirschte der Sand, und sie brachen ihr Gespräch ab. Jakow brachte seinen leichten Sack, warf ihn in die Ecke und schielte mit bösen Augen zu dem Weibe hinüber.

Sie knackte ganz hingerissen ihre Melonenkerne; Wassilij setzte sich aber auf den Baumstumpf, rieb sich mit den Händen die Knie und begann mit einem verlegenen Lächeln: »So bist du also gekommen ... wie ist dir das bloß eingefallen ...?«

»Ja, so ... wir haben dir doch geschrieben ...«

»Wann? Ich habe keinen Brief bekommen ...!«

»So? Wir haben dir aber geschrieben ...«

»Der Brief ist wohl verlorengegangen«, sagte Wassilij betrübt. »Sieh mal an, daß ihn der Teufel! Wenn man den Brief braucht, geht er verloren ...«

»Du weißt also nichts von unseren Sachen?« fragte Jakow mit einem mißtrauischen Blick auf den Vater.

»Woher denn? Ich hab' keinen Brief bekommen!«

Nun erzählte ihm Jakow, daß ihr Pferd eingegangen sei, daß sie ihr ganzes Brot schon Anfang Februar aufgegessen und nichts zu verdienen gehabt hätten. Auch das Heu hätte nicht gereicht, die Kuh wäre vor Hunger beinahe verreckt. Sie hätten mit Mühe bis zum April durchgehalten und dann beschlossen, Jakow solle, wenn er mit dem Ackern fertig ist, zum Vater fahren, um etwas zu verdienen, und dort drei Monate bleiben. Dies alles hätten sie ihm geschrieben, dann drei Schafe verkauft, Getreide und Heu gekauft, und nun ist Jakow da.

»So ist es!« rief Wassilij. »So ... und ... wie ist es denn ... ich hab' euch ja Geld geschickt ...«

»War es denn viel? Das Haus haben wir ausgebessert, die Marja verheiratet ... einen Pflug hab' ich gekauft ... Es sind ja fünf Jahre ... eine lange Zeit!«

»Ja! Es hat also nicht gereicht? So ist die Sache. Die Fischsuppe läuft mir über!« Er stand auf und ging hinaus. Vor dem Feuer, über dem der brodelnde Kessel hing, kauernd und den abgeschöpften Schaum ins Feuer werfend, versank Wassilij in seine Gedanken. Alles, was ihm der Sohn erzählt hatte, rührte ihn wenig, weckte aber in ihm ein unangenehmes Gefühl gegen seine Frau und gegen Jakow. So viel Geld hat er ihnen schon in diesen fünf Jahren geschickt, und sie sind mit der Wirtschaft doch nicht fertig geworden. Wäre nicht Malva da, hätte er Jakow schon einiges gesagt. Eigenmächtig, ohne Erlaubnis des Vaters, war er aus dem Dorfe fortgezogen – dazu hatte ihm der Verstand gereicht – aber mit der Wirtschaft hat er nicht fertig werden können. Und diese Wirtschaft, an die Wassilij, der bis zum heutigen Tage so leicht und angenehm gelebt hatte, sehr selten dachte, erschien ihm jetzt plötzlich als ein bodenloses Loch, in das er fünf Jahre lang sein Geld hineingeworfen hatte, als etwas in seinem Leben Überflüssiges, was er gar nicht brauchte. Und während er die Fischsuppe im Kessel mit einem Löffel umrührte, seufzte er.

Im Sonnenscheine schien das kleine gelbliche Feuer so armselig und blaß. Die blauen und durchsichtigen Rauchwölkchen zogen vom Feuer zum Meere, den Wellenspritzern entgegen. Wassilij verfolgte sie mit den Augen und dachte an seinen Sohn, an Malva und daran, daß nach Jakows Erscheinen sein Leben schlechter und nicht mehr so frei wie bisher sein würde ... Jakow war doch schon sicher dahintergekommen, wer Malva war ...

Sie saß aber im Zelte und machte den Burschen mit ihren herausfordernden Augen verlegen, in denen fortwährend ein Lächeln spielte.

»Hast wohl eine Braut im Dorfe zurückgelassen?« fragte sie plötzlich, Jakow ins Gesicht blickend.

»Vielleicht hab' ich eine zurückgelassen«, antwortete er unwillig.

»Ist sie hübsch?« fragte sie nachlässig.

Jakow schwieg.

»Was schweigst du? Ist sie hübscher als ich oder nicht?«

Er blickte ihr, ohne es zu wollen, ins Gesicht. Sie hatte gebräunte und volle Wangen und saftige Lippen; sie waren jetzt von einem herausfordernden Lächeln halb geöffnet und zitterten. Die rosa Kattunjacke saß ihr besonders gut am Körper und umspannte die runden Schultern und die hohe, pralle Brust. Aber ihre listig zusammengekniffenen, grünen, lachenden Augen mißfielen ihm.

»Warum sprichst du so?« fragte er, indem er aus unbekanntem Grunde aufseufzte, mit bittender Stimme, obwohl er mit ihr streng und ernst sprechen wollte.

»Wie soll man denn sprechen?« fragte sie lachend.

»Und du lachst auch … worüber?«

»Über dich lache ich …«

»Nun, was bin ich dir?« fragte er verlegen und beleidigt und schlug unter ihrem Blicke wieder die Augen nieder.

Sie antwortete ihm nicht.

Jakow ahnte schon, was sie dem Vater sei, und das hinderte ihn, unbefangen mit ihr zu sprechen. Dieser Gedanke verblüffte ihn nicht: er hatte gehört, daß die Leute, die aus dem Dorfe fortziehen, ausgelassen leben, und sah ein, daß ein so kräftiger Mensch wie sein Vater schwerlich so lange ohne ein Weib hätte auskommen können. Und doch genierte er sich vor ihr und vor dem Vater. Dann erinnerte er sich auch an seine Mutter, an eine erschöpfte, mürrische Frau, die dort im Dorfe unermüdlich arbeitete …

»Die Fischsuppe ist fertig!« rief Wassilij, wieder im Zelte erscheinend. »Hol mal die Löffel, Malva!«

Jakow sah seinen Vater an und dachte sich: Sie kommt wohl oft zu ihm, wenn sie weiß, wo die Löffel liegen!

Als sie die Löffel gefunden hatte, sagte sie, daß sie sie im Meere spülen müsse und daß sie im Hinterteile des Bootes auch etwas Schnaps habe.

Vater und Sohn blickten ihr nach und schwiegen, als sie allein waren, eine Weile.

»Wo hast du sie getroffen?« fragte Wassilij.

»Als ich im Kontor nach dir fragte, war sie dort ... Und sie sagte: ›Statt zu Fuß durch den Sand zu gehen, komm lieber mit dem Boot hin, ich will auch zu ihm.‹ So sind wir hergekommen.«

»Ja ... Ich dachte mir aber oft: wie mag jetzt mein Jakow sein?«

Der Sohn lächelte dem Vater gutmütig ins Gesicht, und dieses Lächeln machte Wassilij Mut.

»Nun ... was sagst du zum Frauenzimmer?«

»Nicht übel ...« erwiderte Jakow unbestimmt und zwinkerte mit den Augen.

»Da hilft kein Teufel, Bruder!« rief Wassilij aus und fuhr mit beiden Händen durch die Luft. »Erst habe ich mich beherrscht ... aber ich kann es nicht! Die Gewohnheit. Ich bin ein verheirateter Mann. Dann bessert sie mir auch die Kleider aus und alles andere ... Und überhaupt ... ach ja! Dem Weibe kann man wie dem Tode niemals entrinnen!« schloß er offenherzig seine Erklärung.

»Was geht es mich an?« sagte Jakow. »Es ist deine Sache, und ich bin nicht dein Richter.«

Dabei dachte er sich: ›Ja, so eine wird dir ... die Hose flicken ...‹

»Dann bin ich erst fünfundvierzig Jahre alt ... Sie kostet mich nicht viel Geld und ist auch nicht meine Frau«, sprach Wassilij.

»Gewiß ...« stimmte ihm Jakow bei und dachte sich: ›Aber sie rupft dich wohl ordentlich!‹

Malva kam mit einer Flasche Schnaps und einem Kranz Brezeln in den Händen, und sie machten sich an die Fischsuppe. Sie aßen schweigend, sogen laut die Gräten aus und spuckten sie aus dem Munde auf den Sand bei der Tür. Jakow aß viel und gierig; dies schien Malva zu gefallen: sie lächelte freundlich, als sie sah, wie seine gebräunten Wangen sich blähten und wie schnell seine feuchten, vollen Lippen sich bewegten. Wassilij aß ohne Appetit, bemühte sich aber, so zu tun, als wäre er mit dem Essen eifrig beschäftigt; er brauchte das, um ungestört, ohne vom Sohn und von Malva beobachtet zu werden, über sein Verhältnis zu ihnen nachzudenken.

Die lustige und zärtliche Musik der Wellen wurde von den gierigen und triumphierenden Schreien der Möwen unterbrochen. Die Hitze war weniger glühend, und ab und zu drang ins Zelt ein kühler, vom erfrischenden Geruche des Meeres erfüllter Lufthauch.

Nach der schmackhaften Fischsuppe und mehreren Portionen Schnaps wurden Jakows Augen schwer. Er fing an, blöde zu lächeln, zu rülpsen, zu gähnen und Malva mit solchen Augen anzuschauen, daß Wassilij es für nötig hielt, ihm zu sagen: »Leg dich hier hin, Jascha, bis zum Tee ... dann werden wir dich wecken.«

»Das können wir machen ...« willigte Jakow ein und fiel auf die Säcke nieder. »Und ... ihr, wo wollt ihr hin? Haha!«

Wassilij ging, von seinem Lachen peinlich berührt, schnell hinaus, Malva aber preßte die Lippen zusammen, runzelte die Stirne und antwortete Jakow: »Wohin wir gehen, ist nicht deine Sache! Was fällt dir ein? Du bist noch ein Lämmchen! Ja, das bist du, Bursche!« Und sie ging hinaus.

»Ich? Das ist gut!« rief ihr Jakow nach. »Wart! Ha, ha, ha! Ich werd's dir zeigen! Schon gut! Was bist du für eine ... Mamsell!«

Er brummte noch eine Weile und schlief mit einem trunkenen und satten Lächeln auf seinem geröteten Gesichte ein. Wassilij steckte drei Bootshaken in den Sand, band die oberen Enden zusammen, warf eine Bastdecke darüber und legte sich, nachdem er auf diese einfache Weise ein schattiges Obdach hergestellt hatte, hinein; dann verschränkte er die Hände im Nacken und blickte in den Himmel. Als Malva zu ihm kam und sich auf den Sand neben ihm niederließ, wandte er ihr sein Gesicht zu, und sie las darin den Ausdruck von Gekränktheit und Unzufriedenheit.

»Nun, Alterchen?« fragte sie und lachte. »Bist wohl wenig froh über den Sohn?«

»Er ... lacht mich aus ... Und warum? Alles nur deinetwegen ...« sagte Wassilij mürrisch.

»So? Meinetwegen?« fragte sie mit schelmischem Erstaunen.

»Warum denn sonst? Natürlich ...«

»Ach, du Ärmster! Was soll ich jetzt machen? Soll ich vielleicht nicht mehr zu dir kommen? Wie? Nun, dann nicht ...«

»Was bist du aber für eine Hexe!« sagte Wassilij vorwurfsvoll. »Was seid ihr für Menschen! Er lacht, und du auch – und ihr seid mir dabei doch die Nächsten! Und warum lacht ihr mich aus? Teufel!« Er wandte sich von ihr weg und verstummte.

Sie aber umschlang ihre Knie mit den Armen, wiegte den Körper leise hin und her, blickte mit ihren grünen Augen unverwandt auf das leuchtende lustige Meer und lächelte auf eine der vielen triumphierenden Arten, die jeder Frau eigen sind, die sich der Macht ihrer Schönheit bewußt ist.

Ein Segelschiff glitt über das Wasser wie ein großer plumper Vogel mit grauen Flügeln. Es war weit vom Ufer entfernt und zog noch weiter fort, dorthin, wo Himmel und Meer in ein Ganzes zusammenflossen, in eine blaue Unendlichkeit, die mit ihrer feierlichen Stille zu sich lockte.

»Was schweigst du?« fragte Wassilij.

»Ich denke ...« entgegenete Malva.

»An was?«

»So ...« Sie bewegte die Brauen und fügte nach einer Pause hinzu: »Dein Sohn ist ein ganzer Kerl ...«

»Was geht dich das an?« rief Wassilij eifersüchtig.

»Nun, warum nicht ...«

»Du ... paß auf!« Er maß sie mit einem strengen, mißtrauischen Blick. »Mach keine Dummheiten! Ich bin zwar ein ruhiger Mensch, aber reize mich nicht ... Ja!«

Er preßte die Zähne zusammen, ballte die Fäuste und fuhr fort: »Gleich wie du heute hergekommen bist, hast du ein Spiel angefangen ... Ich verstehe es noch nicht ... aber, paß auf, wenn ich mal drauf komme, wirst du es bereuen! Du hast auch so ein Lächeln ... und manches andere ... Ich versteh' schon mit euch Weibern umzugehen ... wenn was passiert ...!«

»Erschreck mich nicht, Wassja ...« bat sie gleichgültig, ohne ihn anzusehen.

»Also paß auf! Spiel nicht mit mir ...«

»Mach mir doch keine Angst ...«

»Ich werde dich vermöbeln, wenn du was anstellst«, drohte Wassilij böse.

»Wirst du mich schlagen?« fragte sie, indem sie sich zu ihm umwandte und sein erregtes Gesicht neugierig betrachtete.

»Was bist du für eine Gräfin? Ich werde dich auch durchbleuen ...«

»Was bin ich dir, deine Frau vielleicht?« fragte Malva ruhig und überzeugend und fuhr, ohne eine Antwort abzuwarten, fort: »Da du gewohnt bist, deine Frau so mir nichts, dir nichts zu prügeln, so glaubst du wohl, daß du auch mich so behandeln darfst? Nein, das geht nicht. Ich bin frei. Ich bin mir selbst Herrin und fürchte niemand. Du aber fürchtest deinen Sohn; wie du vorhin vor ihm herumgesprungen bist – eine Schande war es! Und mir drohst du noch!«

Sie schüttelte verächtlich den Kopf und schwieg. Ihre kalten, gering-schätzigen Worte erstickten Wassilijs Zorn. Noch nie hatte er sie so schön gesehen, und er staunte, als er sie so sah.

»Wie die ins Krächzen gekommen ist ...« sagte er ärgerlich und zugleich entzückt.

»Und ich will dir noch das sagen. Du hast vor Sserjoschka geprahlt, daß ich ohne dich wie ohne Brot nicht leben kann! Das solltest du nicht ... Vielleicht liebe ich gar nicht dich und komme auch nicht zu dir, vielleicht liebe ich nur diesen Ort ...« Sie beschrieb mit der Hand einen weiten Bogen um sich. »Vielleicht gefällt es mir, daß es hier so leer ist – Meer und Himmel und keine gemeinen Menschen. Und daß du hier bist – das ist mir gleich ... Das ist wie Eintrittsgeld für den Ort ... Wäre Sserjoschka hier, so ginge ich zu ihm; wird dein Sohn hier sein, so werde ich zu ihm kommen. Am besten wär' es aber, wenn hier niemand von euch wäre, ich habe euch alle satt! Wenn ich aber nur will, kann ich mit meiner Schönheit jeden Mann, der mir paßt, aussuchen ... Noch einen ganz anderen als du ...«

»So?!« zischte Wassilij wütend und packte sie plötzlich bei der Kehle. »So?«

Er schüttelte sie, sie aber wehrte sich nicht, obwohl ihr Gesicht rot geworden war und die Augen sich mit Blut füllten. Sie legte einfach ihre beiden Hände auf seine Hand, die ihre Kehle zusammenpreßte, und blickte ihm unverwandt ins Gesicht.

»Also das ist in dir?« röchelte Wassilij, immer wütender werdend. »Und du hast immer geschwiegen, du Teufelshaut ... hast mich umarmt ... hast mich liebkost ... ich werde dir's zeigen!«

Er drückte sie zur Erde nieder und schlug sie mit Wollust auf den Nacken, einmal ... zweimal ... mit den schweren Schlägen seiner fest zusammengeballten muskulösen Faust. Es war ihm angenehm, wenn seine Hand im Schwunge ihren vollen prallen Hals traf.

»Da! Was, du Schlange?« sagte er triumphierend und schleuderte sie von sich.

Sie fiel, ohne einen Ton von sich zu geben, stumm und ruhig auf den Rücken, zerzaust, rot und trotzdem schön. Ihre grünen Augen sahen ihn unter den Wimpern an und brannten vor kaltem, drohendem Haß. Er aber atmete schwer vor Erregung, durch den Ausfluß seines Zornes ange-nehm befriedigt, und sah ihren Blick nicht; und als er sie triumphierend und verächtlich anblickte, lächelte sie leise. Zuerst erbebten kaum merklich ihre vollen Lippen, dann leuchteten ihre Augen auf, an den Wangen erschienen Grübchen, und sie lachte auf. Wassilij sah sie erstaunt an, wie sie so laut und zufrieden lachte, als hätte er sie gar nicht geschlagen.

»Was hast du … Teufel!« rief er unruhig, indem er sie roh bei der Hand zog.

»Wassja …! Hast du mich geschlagen?« fragte sie flüsternd.

»Nun, ja, ich … wer denn sonst?« Er sah sie verständnislos an und wußte nicht recht, was er jetzt tun sollte. Sollte er sie noch einmal schlagen? Er fühlte aber keinen Zorn mehr in sich, und seine Hand wollte sich nicht gegen sie erheben.

»Du liebst mich also?« fragte sie wieder, und von ihrem Flüstern wurde es ihm ganz heiß.

»Schon gut … Teufel!« sagte er mürrisch. »Man hätte dich noch ganz anders schlagen müssen!«

»Wassja! Ich glaubte schon, du liebst mich nicht mehr … ich dachte mir: da ist zu ihm sein Sohn gekommen … er wird mich des Sohnes wegen davonjagen …«

Und sie lachte noch immer mit dem seltsamen, viel zu lauten Lachen.

»Dumme Gans!« sagte Wassilij lächelnd. »Der Sohn … was hat der zu sagen?«

Er schämte sich vor ihr, und sie tat ihm leid; als er sich aber an ihre Worte erinnerte, begann er wieder streng: »Der Sohn hat damit gar nichts zu tun … Und daß ich dich geschlagen habe, daran bist du selbst schuld, warum hast du mich gereizt?«

»Ich hab' es absichtlich getan, nur um dich zu prüfen …!« Sie lächelte beruhigend und schmiegte Ihre Schulter an ihn. Er schielte nach dem Zelte hinüber und umarmte sie. »Ach, du, prüfen wolltest du mich! Was gibt's da zu prüfen? Das hast du damit erreicht!«

»Macht nichts!« sagte Malva überzeugt und kniff die Augen zusammen. »Ich bin nicht böse … du hast mich doch aus Liebe geschlagen? Ich werde es dir heimzahlen …« Sie sah ihn durchdringend an, fuhr zusammen und wiederholte mit gedämpfter Stimme: »Ach, wie ich es dir heimzahlen werde!«

Wassilij hörte aus diesen Worten ein ihm angenehmes Versprechen heraus; es erregte ihn süß, und er fragte mit einem zufriedenen Lächeln:

»Wie denn? Nun, sag!«

»Wirst es schon sehen«, antwortete Malva ruhig. Sie sagte es sehr ruhig, aber ihre Lippen zitterten. »Ach du, mein Lieb!« rief Wassilij aus und preßte sie mit den Händen eines Verliebten fest zusammen. »Weißt du, nachdem ich dich geschlagen habe, bist du mir noch teurer geworden! Wirklich! Lieber ... oder so ...«

Die Möwen flogen über ihnen. Der freundliche Seewind brachte die Spritzer der Wellen fast bis an ihre Füße, und das unermüdliche Lachen des Meeres wollte nicht verstummen ...

»Ach ... unser Leben!« seufzte Wassilij erleichtert auf, nachdenklich das Weib liebkosend, das sich an ihn schmiegte. »Wie ist es nur so in der Welt eingerichtet: was sündhaft ist, das ist auch süß. Du verstehst wohl nichts ... Aber ich denke manchmal über das Leben nach ... und es wird mir sogar ängstlich zumute. Besonders in der Nacht ... wenn ich nicht einschlafen kann ... Ich sehe vor mir das Meer, über mir den Himmel, ringsum ist es so dunkel und unheimlich ... und ich bin allein. Und dann komme ich mir so klein, so ganz klein vor, und es ist mir, als schwankte die Erde unter mir und als sei niemand auf ihr außer mir. Wenn du wenigstens zu einer solchen Zeit bei mir wärest ... man ist dann immerhin zu zweien ...«

Malva lag mit geschlossenen Augen bei ihm auf dem Schoß und schwieg. Das etwas grobe, doch gutmütige, von Sonne und Wind gebräunte Gesicht Wassilijs beugte sich über sie, und sein langer, ausgeblichener Bart kitzelte ihren Hals. Das Weib bewegte sich nicht, nur ihre Brust hob sich hoch und gleichmäßig. Wassilijs Augen irrten bald auf dem Meere und hefteten sich bald auf diese Brust, die ihm so nahe war. Und er erzählte ihr, wie langweilig es sei, allein zu leben, und wie qualvoll die schlaflosen Nächte voller dunkler Gedanken über das Leben seien. Dann begann er sie auf den Mund zu küssen; er machte es ohne Übereilung und schmatzte mit seinen Lippen so laut, als äße er einen heißen, mit viel Butter zubereiteten Brei. An die drei Stunden verbrachten sie hier, und als die Sonne sich schon dem Meer zuneigte, sagte Wassilij mit gleichgültiger Stimme: »Nun, ich gehe den Tee kochen ... der Gast wird bald aufwachen.«

Malva rückte mit der trägen Gebärde einer wonnetrunkenen Katze zur Seite; er aber stand ungern auf und ging ins Zelt. Das Weib sah ihm unter den kaum gehobenen Wimpern nach und seufzte so, wie Menschen unter einer ermüdenden Last zu seufzen pflegen.

Es verging noch eine Stunde, und nun saßen sie alle drei um das Feuer herum, tranken Tee und unterhielten sich.

Die Sonne färbte schon das Meer in die lebhaften Farben des Abendrotes, und die grünlichen Wellen erstrahlten unter der Zaubermacht ihrer Strahlen in Purpur und in den zartesten Tönen einer Rose.

Wassilij trank den Tee aus einem weißen Tonbecher, fragte den Sohn über das Dorf aus und frischte auch seine eigenen Erinnerungen auf. Malva mischte sich nicht hinein und hörte ihren langsamen Reden zu.

»Sie leben also, die Bauern?«

»Sie leben immerhin ...« antwortete Jakow.

»Braucht denn unsereins viel? Ein Haus und genug Brot ... und ein Glas Schnaps am Feiertag ... Ja. Aber dort haben wir auch das nicht ... Wäre ich denn fortgegangen, wenn's zu Hause etwas zu essen gäbe? Im Dorfe bin ich mir selbst Herr, allen gleich ... hier bin ich aber Knecht ...«

»Dafür kann man sich hier sattessen, und die Arbeit ist leichter ...«

»Sage das nicht! Es kommt vor, daß alle Knochen schmerzen, als wären sie zerquetscht ... auch arbeite ich hier für einen Fremden und dort für mich selbst.«

»Dafür verdienst du hier mehr«, entgegnete Jakow ruhig. Innerlich stimmte Wassilij allen Gründen, die Jakow vorbrachte, zu: Auf dem Lande ist das Leben und die Arbeit schwerer als hier; das stimmt; aber er wollte aus irgendeinem Grunde nicht, daß Jakow es wisse. Und er sagte streng: »Hast du den hiesigen Verdienst gezählt? Im Dorfe, Bruder ...«

»Ist es wie in einer Grube, finster und eng ...« wandte Malva lächelnd ein. »Und besonders das Weiberleben ist nichts als Tränen.«

»Das Weiberleben ist überall das gleiche ... auch die Welt ist überall gleich, auch die Sonne ...« sagte Wassilij finster und sah sie an.

»Na, das ist nicht wahr!« rief sie aus und wurde lebhafter. »Im Dorfe muß ich, ob ich will oder nicht, heiraten. Eine verheiratete Frau ist aber eine ewige Sklavin: muß nähen, spinnen, das Vieh versorgen und Kinder kriegen. Was bleibt für sie selbst? Nichts als die Prügel und das Geschimpfe des Mannes ...«

»Es sind nicht immer Prügel ...« unterbrach sie Wassilij. »Aber hier«, fuhr sie fort, ohne auf ihn zu hören, »hier gehöre ich niemand. Bin frei ... wie eine Möwe! Wohin ich will, dorthin fliege ich! Niemand kann mir den Weg versperren! Niemand darf mich anrühren ...!«

»Und wenn dich doch wer anrührt?« fragte Wassilij lächelnd, als wollte er sie an etwas erinnern.

»Nun ... ich zahle es schon heim!« sagte sie leise, und ihre leuchtenden Augen erloschen.

Wassilij lachte herablassend.

»Ach du ... frech bist du schon, aber schwach! Es sind Weiberworte, die du da redest. Im Dorfe ist das Weib ein für das Leben wichtiger Mensch, aber hier ... lebt sie nur zum Vergnügen ...« Er schwieg eine Weile und fügte hinzu: »Für die Sünde.« Als dieses Gespräch stockte, seufzte Jakow nachdenklich und sagte: »Gar kein Ende scheint dieses Meer zu haben ...«

Alle drei blickten schweigend auf die Wasserwüste vor ihnen. »Wenn das doch alles Erde wäre!« rief Jakow mit einer breiten Handbewegung. »Gute schwarze Erde! Und wenn man sie dann pflügen könnte!«

»So was!« lachte Wassilij mit einem beifälligen Blick auf das Gesicht des Sohnes, das von der Kraft des ausgesprochenen Wunsches sich sogar gerötet hatte. Es war ihm angenehm, in den Worten des Sohnes die Liebe zur Scholle zu hören, und er dachte sich, daß diese Liebe ihn vielleicht bald und zwingend von den Versuchungen des freien Lebens in der Fischersiedlung ins Dorf zurückrufen würde. Er aber wird hier mit Malva bleiben, und alles wird seinen alten Gang gehen.

»Das hast du gut gesagt, Jakow! Ein Bauer muß auch so sprechen. Die Kraft des Bauern steckt in der Erde: solange er auf ihr sitzt, lebt er, wenn er sich aber von ihr losreißt, ist er verloren! Der Bauer ohne Land ist wie ein Baum ohne Wurzel: zur Arbeit taugt er noch, aber lange leben kann er nicht – er verfault! Auch seine ganze Waldschönheit ist dahin – er ist abgenagt, abgeschält, ganz unansehnlich! Da hast du eben ein gutes Wort gesagt, Jakow ...«

Das Meer nahm die Sonne in seinen Schoß auf und begrüßte sie mit der freundlichen Musik seiner plätschernden Wellen, die von den Abschiedsstrahlen mit wunderbaren, an Tönen unsagbar reichen Farben geschmückt waren. Die göttliche Quelle des lebenspendenden Lichtes verabschiedete sich vom Meere mit der beredten Harmonie ihrer Farben, um irgendwo ferne von diesen drei Menschen, die sie beobachteten, die schlafende Erde durch das freudige Aufleuchten der Morgenstrahlen zu wecken.

»Mir schmilzt gleichsam die Seele, wenn ich die Sonne untergehen sehe ... wirklich, bei Gott!« sagte Wassilij, sich an Malva wendend.

Sie schwieg. Die blauen Augen Jakows lächelten, über die Ferne des Meeres schweifend. Alle drei blickten lange nachdenklich dorthin, wo die letzten Minuten dieses Tages erloschen. Vor ihnen glommen die Kohlen unter dem Teekessel. Hinter ihnen entrollte schon die Nacht auf dem Himmel ihre Schatten. Der gelbe Sand wurde dunkel, die Möwen waren irgendwohin verschwunden, alles ringsum wurde so still, träumerisch und sanft. Selbst die unermüdlichen Wellen rauschten, den Sand hinauflaufend, nicht mehr so laut und lustig wie bei Tage.

»Was sitze ich noch da?« sagte Malva. »Ich muß gehen.«

Wassilij fuhr zusammen und blickte auf seinen Sohn.

»Wohin eilst du denn?« murmelte er unzufrieden. »Wart, gleich geht der Mond auf ...«

»Was brauch' ich den Mond? Ich hab' auch so keine Angst ... es ist nicht das erstemal, daß ich bei Nacht von hier weggehe!«

Jakow sah seinen Vater an und kniff die Augen zusammen, um ein Lächeln, das in ihnen leuchtete, zu verbergen; dann sah er Malva an – auch sie sah ihn an – und er wurde verlegen.

»Nun, geh. Geh ...« stimmte Wassilij unzufrieden und verstimmt zu.

Sie stand auf, verabschiedete sich und ging langsam das Ufer der Landzunge entlang, und die Wellen rollten ihr unter die Füße, als wollten sie mit ihr spielen. Am Himmel leuchteten zitternd die Sterne auf – seine goldenen Blumen. Malvas grelle Jacke entfernte sich von Wassilij und seinem Sohn, die sie mit den Augen begleiteten, und verblich in der Dämmerung.

»Meine Wonne, ... meine Lust ...
Schmiege dich an meine Brust!«

sang Malva mit hoher und schriller Stimme.

Wassilij kam es vor, als wäre sie stehengeblieben und warte. Er spuckte erbittert aus und dachte sich: Das tut sie absichtlich, um mich zu reizen, die Teufelin!

»Sieh mal an, sie singt ...«, versetzte Wassilij mit einem Lächeln. Für ihre Augen war sie nur noch ein dunkler Fleck in der Dämmerung.

»Meine Brüste, warm und weich,
Sind zwei weißen Schwänen gleich!«

tönte ihre Stimme über dem Meere.

»Sieh nur an!« rief Jakow und strebte mit seinem ganzen Körper dorthin, von wo die verführerischen Worte kamen.

»Also bist du mit der Wirtschaft nicht fertig geworden?« fragte die strenge tiefe Stimme Wassilijs.

Jakow sah ihn verständnisvoll an und sank wieder in seine frühere Stellung zurück.

Im Wellenrauschen versinkend, schlugen einzelne, abgerissene Worte des herausfordernden Liedes an ihr Ohr:

»Ach ... in dieser Nacht ... allein
Schlafe ich ... nicht ein!«

»So heiß!« rief Wassilij traurig aus und rückte auf dem Sande hin und her. »Es ist schon Nacht, und noch immer so heiß! So eine verfluchte Gegend ...«

»Das macht ... der Sand ... er ist über Tag heiß geworden ...« sagte Jakow; er wandte sich ab und schien zu stocken.

»Was hast du? Lachst du gar?« fragte der Vater streng.

»Ich?« fragte Jakow unschuldig. »Worüber denn?«

»Das will ich meinen, daß es da nichts zum Lachen gibt.«

Und sie verstummten.

Und durch das Rauschen der Wellen hindurch drangen zu ihnen halb Seufzer, halb leise, zärtlich rufende Töne.

Es vergingen zwei Wochen, und wieder kam ein Sonntag. Wassilij Legostjew lag wieder auf dem Sande neben dem Zelte, blickte aufs Meer und erwartete Malva. Und das leere Meer spielte lachend mit der sich spiegelnden Sonne, und Legionen von Wellen wurden geboren, um den Sand hinaufzulaufen, den Schaum ihrer Mähnen auf ihn abzuwerfen, wieder ins Meer hinabzurollen und in ihm zu zerschmelzen. Alles war genauso wie vor vierzehn Tagen. Bloß daß Wassilij, der seine Geliebte sonst immer mit ruhiger Sicherheit erwartet hatte, sie heute mit Ungeduld erwartete. Am vorigen Sonntag war sie nicht dagewesen, heute mußte sie kommen. Jakow wird heute nicht stören: Vorgestern war er mit den anderen Arbeitern dagewesen, um ein Netz zu holen, und hatte gesagt, er werde am Sonntag gleich am Morgen in die Stadt fahren, um sich Hemden zu kaufen. Er hatte eine Stellung als Fischer bekommen, war schon einigemal zum Fischfang ausgefahren und sah jetzt munter und lustig aus. Er roch wie alle Arbeiter nach Salzfischen und war wie alle schmutzig und abgerissen. Beim Gedanken an den Sohn mußte Wassilij seufzen.

»Wenn er hier nur unverdorben bleibt ... er wird Geschmack am lustigen Leben bekommen und nicht mehr ins Dorf zurückkehren wollen ... Dann werde ich wohl selbst hin müssen ...«

Außer den Möwen war auf dem Meere niemand zu sehen. Dort, wo es durch einen schmalen sandigen Uferstreifen vom Himmel getrennt war, erschienen zuweilen auf diesem Streifen schwarze kleine Punkte, die sich bewegten und dann wieder verschwanden. Das Boot war aber noch immer nicht da, obwohl die Sonnenstrahlen das Meer schon fast senkrecht trafen. Zu dieser Stunde pflegte Malva schon längst dazusein.

Zwei Möwen sind in der Luft aneinandergeraten und kämpfen so, daß die Federn fliegen. Ihre wütenden Schreie zerreißen den lustigen Gesang der Wellen, der so beständig ist und so harmonisch mit der feierlichen Stille des strahlenden Himmels zusammenfließt, daß er vom freudigen Spiel der Sonnenstrahlen auf der Fläche des Wassers erzeugt zu sein scheint. Die Möwen stürzen ins Wasser und bearbeiten dort einander mit den Schnäbeln, wütend vor Haß und Schmerz schreiend; dann steigen sie, einander verfolgend, wieder in die Luft ... Und ihre Schwestern – eine große Schar – scheinen den wütenden Kampf nicht zu sehen und fangen gierig Fische, sich im grünlichen, durchsichtigen, spielenden Wasser überschlagend. Auf dem Meere war aber nichts zu sehen. Der bekannte dunkle Punkt dort weit am Ufer wollte nicht erscheinen.

»Du kommst nicht?« sagte Wassilij laut. »Also nicht! Was denkst du dir bloß ...?«

Und er spuckte verächtlich in der Richtung nach dem Ufer aus.

»So, jetzt! Nun ... schlag mich doch! Nun ... was?«

Das Meer lachte.

Wassilij stand auf und ging ins Zelt mit der Absicht, sich sein Mittagessen zu kochen; aber er besann sich plötzlich, daß er keinen Hunger hatte, kehrte auf seinen früheren Platz zurück und legte sich dort wieder hin.

»Wenn doch wenigstens Sserjoschka käme!« rief er innerlich aus und zwang sich, an Sserjoschka zu denken. Der ist ein giftiger Kerl. Alle lacht er aus, geht auf alle mit seinen Fäusten los. Kräftig ist er, kann lesen und schreiben, ist viel in der Welt herumgekommen ... ist aber ein Säufer. Mit ihm ist es lustig ... Die Weiber sind alle in ihn verschossen und laufen ihm alle nach, obwohl er erst vor kurzem hergekommen ist. Nur

Malva allein hält sich von ihm fern ... Sie will nicht kommen. So ein verdammtes Weibsbild! Zürnt sie ihm vielleicht, weil er sie geschlagen hat? Aber ist ihr denn das neu? Die anderen haben sie wohl noch ganz anders geschlagen. Auch er wird es ihr zeigen.

Indem er so bald an den Sohn, bald an Sserjoschka und bald an Malva dachte, rückte Wassilij auf dem Sande hin und her und wartete immer. Die unruhige Stimmung ging allmählich in einen dunklen Verdacht über, aber er wollte bei diesem Gedanken nicht stehenbleiben. Und so verheimlichte er diesen Verdacht vor sich selbst und schlug die Zeit bis zum Abend tot, indem er bald aufstand, bald auf dem Sande auf und ab ging und sich bald wieder hinlegte. Das Meer war schon dunkel geworden, er aber blickte noch immer in die Ferne und erwartete das Boot. Aber Malva kam an diesem Tage nicht.

Beim Schlafengehen fluchte Wassilij düster auf seinen Dienst, der ihm nicht erlaubte, ans Ufer zu gehen, und sprang beim Einschlafen immer wieder auf: im Halbschlummer glaubte er ferne Ruderschläge zu hören. Dann hielt er sich die Hand vor die Augen und blickte ins dunkle, trübe Meer hinaus. Drüben am Ufer, bei der Fischerei, brannten zwei Feuer, aber auf dem Meere war niemand.

»Schon gut, Hexe!« drohte Wassilij ... Dann versank er in einen schweren Schlaf.

In der Fischersiedlung hatte sich aber an diesem Tage folgendes zugetragen:

Jakow war früh am Morgen aufgestanden, als die Sonne noch nicht so heiß brannte und vom Meere ein erfrischender kühler Hauch kam. Er ging aus der Baracke zum Meer, um sich zu waschen, und erblickte, als er ans Ufer trat, Malva. Sie saß auf dem Hinterteil einer großen Barkasse, die am Ufer lag, ließ die nackten Beine über den Bord herabhängen und kämmte sich ihr nasses Haar. Jakow blieb stehen und begann sie mit neugierigen Augen zu betrachten. Die Kattunjacke, die an der Brust offenstand, war von der einen Schulter heruntergerutscht, und diese Schulter war so weiß und appetitlich.

Gegen das Hinterteil der Barkasse schlugen die Wellen, und Malva wurde bald hoch über das Meer gehoben und sank bald wieder so tief hinab, daß ihre bloßen Füße beinahe das Wasser berührten.

»Hast du gebadet, oder was?« rief ihr Jakow zu.

Sie wandte sich zu ihm um, streifte mit einem Blick ihre Füße und antwortete, immer noch das Haar kämmend: »Ich habe gebadet ... Was bist du so früh aufgestanden?«

»Du bist aber noch früher aufgestanden ...«

»Was bin ich dir für ein Beispiel?«

Jakow antwortete nicht.

»Wenn du auf meine Manier lebst, wird es dir schwerfallen, den Kopf zu behalten ...« sagte sie.

»Oho? So schrecklich bist du!« lächelte Jakow. Er hockte sich hin und begann sich zu waschen.

Er schöpfte das Wasser mit den Händen, goß es sich aufs Gesicht und ächzte ab und zu vor Kälte. Als er sich später mit dem Schöße seines Hemdes abtrocknete, fragte er Malva: »Was machst du mir immer solche Angst?«

»Und warum glotzt du mich so an?«

Jakow konnte sich nicht entsinnen, daß er sie mehr angeschaut hätte als die anderen Weiber in der Fischersiedlung. Trotzdem sagte er ihr: »Nun, wenn du ... so appetitlich bist!«

»Wenn der Vater von deinen Manieren hört, wird er dir den Buckel vollhauen!«

Sie sah ihm schelmisch und herausfordernd ins Gesicht. Jakow lachte und kletterte auf die Barkasse. Er wußte zwar nicht, was für Manieren sie meinte; wenn sie es aber sagte, so hatte er sie wohl wirklich irgendwie besonders angegafft. Und ihm war es plötzlich, er wußte selbst nicht warum, so lustig zumute.

»Was ist mit dem Vater?« sagte er, indem er über das Deck der Barkasse auf sie zuging. »Hat er dich denn gekauft oder was?«

Er setzte sich neben sie und heftete die Augen auf ihre nackte Schulter, die halbentblößte Brust und ihren ganzen frischen, kräftigen, nach dem Meere duftenden Körper.

»Was bist du für ein Weißfisch!« rief er entzückt aus, nachdem er sie genau betrachtet hatte.

»Aber nicht für dich ...« entgegnete sie kurz, ohne ihn anzusehen und ohne ihr offenherziges Kostüm in Ordnung zu bringen.

Jakow seufzte.

Vor ihnen breitete sich in den Strahlen der Morgensonne das grenzenlose Meer. Kleine spielerische Wellen, vom freundlichen Atmen des Windes erzeugt, schlugen leise an den Bord der Barkasse. Weit auf dem

Meere lag wie eine Schramme auf einer Atlasbrust die Landzunge. Auf ihr ragte die Stange als feiner Strich in den weichen Hintergrund des blauen Himmels, und man konnte sehen, wie der Fetzen an ihrer Spitze im Winde flatterte.

»Ja, Bürschlein ...« begann Malva, ohne Jakow anzusehen. »Ich bin wohl zum Anbeißen, aber nicht für dich ... Niemand hat mich gekauft, und ich bin auch deinem Vater nicht untertan. Ich lebe für mich ... Laß mich in Ruhe, denn ich will nicht zwischen dir und Wassilij stehen ... Ich will keinen Streit und Zank ... Verstanden?«

»Was tue ich denn?« rief Jakow erstaunt. »Ich rühr' dich ja nicht an ... ich dachte mir nichts dabei!«

»Du wagst aber nicht, mich anzurühren!« sagte Malva. Sie sagte das mit einer solchen Geringschätzung gegen Jakow, daß er sich zugleich als Mann und als Mensch beleidigt fühlte. Ihn erfaßte ein kampflustiges, beinahe böses Gefühl, und seine Augen blitzten auf.

»Oho!? Ich wage es nicht?« rief er aus und rückte näher.

»Du wagst es nicht!«

»Wirklich? Und wenn ich dich anrühre?«

»Versuch's nur!«

»Was wird dann geschehen?«

»Daß ich dir eins auf den Kopf gebe und du ins Wasser purzelst.«

»Na, gib mir doch eins auf den Kopf!«

»Rühr mich nur an!«

Er maß sie mit brennenden Augen und umfaßte sie plötzlich von der Seite mit seinen kräftigen Tatzen und preßte ihr Brust und Rücken zusammen. Von der Berührung ihres heißen, kräftigen Körpers flammte er ganz auf, und seine Kehle krampfte sich wie beim Ersticken zusammen.

»So, jetzt! Nun ... schlag mich doch! Nun ... was?«

»Laß mich, Jaschka!« sagte sie ruhig und versuchte, sich aus seinen zitternden Händen zu befreien.

»Du wolltest mich doch schlagen?«

»Laß los! Paß auf, es wird dir schlecht gehen!«

»Nun ... mach mir keine Angst! Ach du ... Himbeere!«

Er schmiegte sich an sie und drückte seine dicken Lippen an ihre rote Wange.

Sie lachte keck auf, packte Jakow kräftig bei den Händen und stürzte plötzlich mit einem heftigen Ruck ihres ganzen Körpers vornüber. Sie fielen beide umschlungen als schwere Masse ins Wasser und verschwanden im Schaum und im Wasserstaub. Dann erschien aus dem bewegten Wasser der nasse Kopf Jakows mit dem erschrockenen Gesicht, und neben ihm tauchte wie eine Möwe Malva auf. Jakow arbeitete verzweifelt mit den Armen, schlug das Wasser um sich, heulte und brüllte, während Malva laut lachend um ihn herumschwamm, ihm mit den Händen das salzige Wasser ins Gesicht spritzte und untertauchte, um sich vor den schweren Schlägen seiner Tatzen zu retten.

»Teufel!« schrie Jakow pustend. »Ich ertrinke! Genug ...! Bei Gott ... ich ertrinke! Das Wasser ... ist bitter ... Ach du ... ich ertrinke!«

Sie hatte aber schon von ihm abgelassen und schwamm, so kräftig wie ein Mann mit den Armen rudernd, ans Ufer. Dort kletterte sie geschickt auf die Barkasse, stellte sich auf das Hinterteil und blickte lachend Jakow entgegen, der eilig heranschwamm. Die nassen Kleider klebten an ihrem Körper und umspannten seine festen Formen von den Knien bis zu den Schultern, und Jakow, der ans Schiff herangeschwommen war und sich mit einer Hand festhielt, starrte mit gierigen Augen auf dieses nasse, fast nackte Weib, das über ihn lustig lachte.

»Nun, komm heraus ... Seehund!« sagte sie lachend. Sie kniete nieder und reichte ihm eine Hand, während sie sich mit der anderen auf den Bord der Barkasse stützte. Jakow packte ihre Hand und rief begeistert: »Nun ... Jetzt paß auf! Jetzt werd' ich dich baden ...!« Er zog sie, bis an die Schultern im Wasser stehend, zu sich herab; die Wellen liefen ihm über den Kopf, zerschellten am Schiffe und spritzten Malva ins Gesicht. Sie kniff die Augen zusammen, lachte, kreischte plötzlich auf und sprang ins Wasser, wobei sie Jakow durch die Schwere ihres Körpers umwarf.

Und sie spielten wieder wie zwei große Fische im grünlichen Wasser, einander anspritzend, kreischend, pustend, brüllend und untertauchend.

Die Sonne sah lachend auf sie herab, und die Fensterscheiben in den Fischereigebäuden lachten gleichfalls, indem sie die Sonne widerspiegelten. Die von ihren starken Armen geschlagenen Wellen rauschten, und die Möwen flogen, durch dieses Balgen der beiden Menschen erschreckt, mit durchdringenden Schreien über ihren Köpfen, die ab und zu unter den aus der Ferne des Meeres heranrollenden Wellen verschwanden ...

Schließlich, als sie ermattet waren und genug Wasser geschluckt hatten, stiegen sie ans Ufer und setzten sich in die Sonne, um auszuruhen.

»Pfui Teufel!« schimpfte Jakow. Er spuckte und verzog das Gesicht. »Ist das ein gemeines Wasser! Jetzt weiß ich, warum es so viel davon gibt!«

»Gemeines gibt es viel auf der Welt ... zum Beispiel Burschen ... Herrgott, wieviel!« lachte Malva, indem sie sich das Wasser aus den Haaren drückte.

Ihre Haare waren dunkel, und wenn auch nicht lang, so doch dicht und lockig.

»Darum hast du dir auch einen Alten ausgesucht«, lächelte Jakow spöttisch, indem er sie mit dem Ellbogen in die Seite stieß.

»Mancher Alte ist besser als ein Junger.«

»Wenn der Vater gut ist, so muß der Sohn noch besser sein ...«

»Was du nicht sagst! Wo hast du das Prahlen gelernt?«

»Die Mädels im Dorf haben mir oft gesagt, ich sei kein so übler Bursche.«

»Verstehen denn die Mädels was? Frag doch mich ...«

»Und was bist du? Vielleicht kein Mädel?«

Sie sah ihn durchdringend an, er lachte frech. Nun wurde sie plötzlich ernst und sagte ihm zornig: »Das war ich einmal ... bis ich ein Kind kriegte.«

»Gut, aber nicht wahr«, sagte Jakow und lachte.

»Narr!« warf ihm Malva schroff hin und wandte sich von ihm ab.

Jakow erschrak, preßte die Lippen zusammen und verstummte.

Eine halbe Stunde schwiegen sie beide und wandten sich so der Sonne zu, daß ihre nassen Kleider schneller trockneten. In den Baracken – langen, schmutzigen Scheunen mit einseitigen Dächern – erwachten die Arbeiter. Aus der Ferne – bis zu den Baracken waren mehr als hundertfünfzig Klafter – sahen alle die Arbeiter einander ähnlich, alle waren gleich zerlumpt, zerzaust und barfuß ... Ihre heiseren Stimmen klangen zum Ufer herüber, jemand klopfte auf den Boden eines leeren Fasses, und die dumpfen Töne klangen wie das Dröhnen einer großen Trommel. Zwei Frauen stritten mit kreischenden Stimmen, und ein Hund bellte.

»Sie wachen schon auf«, sagte Jakow. »Und ich wollte heute ganz früh in die Stadt hinausfahren ... nun habe ich die Zeit mit dir vertrödelt ...«

»Mit mir erlebst du nichts Gutes«, sagte sie halb im Scherz und halb im Ernst.

»Was machst du mir immer Angst?« fragte Jakow erstaunt und lächelte.

»Nun, du wirst schon sehen, wenn dich der Vater erwischt ...«

Die Erinnerung an den Vater machte ihn plötzlich wütend. »Was ist mit dem Vater? Nun?« rief er roh aus. »Der Vater! Ich bin doch kein Kind ... Eine wichtige Sache ... Hier sind andere Sitten ... ich bin nicht blind, ich sehe alles … Er ist selbst kein Heiliger … er legt sich keinen Zwang auf … Also darf er auch mich nicht anrühren.«

Sie blickte ihm spöttisch ins Gesicht und fragte neugierig: »Man soll dich nicht anrühren? Was hast du denn vor?«

»Ich?« Er blies die Wangen auf und reckte die Brust, als wollte er eine Last heben. »Ich? Ich kann vieles! Die reine Luft hat mich schon genug umweht und den Dorfstaub von mir abgeblasen.«

»Das ist schnell gegangen!« rief Malva spöttisch.

»Was denn? Ich werde dich noch mal dem Vater wegschnappen.«

»Nein, wirklich?«

»Werde ich vielleicht wen fürchten?«

»Was du nicht sagst!«

»Hör mal«, sagte Jakow erstaunt und leidenschaftlich, »reiz mich nicht! Paß auf!«

»Was denn?« fragte sie ruhig.

»Nichts!«

Nun wandte er sich von ihr ab und verstummte mit der Miene eines kühnen und selbstbewußten Burschen.

»Bist du aber keck! Der Verwalter hat hier einen kleinen schwarzen Hund, hast du ihn gesehen? Er ist ganz wie du. Aus der Ferne bellt er, verspricht zu beißen, kommt man aber näher, zieht er den Schwanz ein und läuft davon!«

»Schon gut!« rief Jakow erbittert. »Warte nur! Du wirst schon sehen, wie ich bin!« Sie aber lachte nur.

Ihnen näherte sich mit langsamen Schritten und den Körper hin und her wiegend ein großer, sehniger, wie aus Bronze gegossener Mann mit einem ganzen Wald zerzauster feuerroter Haare auf dem Kopfe. Sein Kattunhemd ohne Gürtel war im Rücken fast bis zum Kragen zerrissen, und damit ihm die Ärmel nicht von den Armen herunterrutschten, hatte er sie bis zu den Schultern hinaufgekrempelt. Die Hose stellte eine Sammlung der verschiedensten Löcher dar, die Füße waren bloß. In seinem dicht mit Sommersprossen besäten Gesicht leuchteten große blaue Augen, und die breite Stupsnase verlieh seiner ganzen Gestalt einen zügellos frechen Ausdruck. Als er sich ihnen genähert hatte, blieb er stehen, und sein bloßer Körper, der aus den zahllosen Löchern seiner leichten Kleidung hervorguckte, leuchtete in der Sonne. Er schnaubte laut mit der Nase, sah die beiden fragend an und schnitt eine komische Fratze.

»Sserjoschka hat gestern ein wenig getrunken, sein ganzes Geld ist ins Meer versunken ... Pumpt mir zwanzig Kopeken! Ich geb' es euch ja sowieso nicht zurück ...«

Jakow lachte gutmütig über die kecken Worte, und Malva betrachtete lächelnd die abgerissene Gestalt.

»Gebt doch, ihr Teufel! Ich will euch für die zwanzig Kopeken trauen – wollt ihr?«

»Ach du Schwätzer! Bist du denn ein Pope?« fragte Jakow.

»Narr! Ich bin in Uglitsch bei einem Popen Hausknecht gewesen ... gib die zwanzig Kopeken her!«

»Ich will mich aber von dir nicht trauen lassen!« weigerte sich Jakow.

»Ganz gleich, gib's her! Ich will dafür deinem Vater nicht sagen, daß du seinem Liebchen nachläufst«, drang Sserjoschka in ihn ein, indem er sich seine trockenen, gesprungenen Lippen mit der Zunge beleckte.

»Lüge nur, der wird es dir gleich glauben ...!«

»Ich werd' es ihm schon so vorlügen, daß er es glaubt«, versprach Sserjoschka. »Und dann prügelt er dich durch, und wie!«

»Ich fürchte mich nicht!« sagte Jakow lächelnd.

»Dann werd' ich dich selbst verprügeln!« erklärte Sserjoschka ruhig und kniff die Augen zusammen.

Jakow war es schade um die zwanzig Kopeken, aber man hatte ihn schon darauf aufmerksam gemacht, daß man sich mit dem Sserjoschka lieber nicht einlassen solle und daß es immer besser sei, sein Verlangen zu erfüllen. Viel verlangte er ja nicht; wenn man ihm aber nichts gäbe, könne er bei der Arbeit irgendeine Gemeinheit anstellen oder einen so ohne Grund verprügeln. Jakow erinnerte sich dieser Belehrungen, seufzte und griff in die Tasche.

»So«, lobte ihn Sserjoschka, indem er sich auf den Sand neben ihn setzte. »Wenn du immer auf mich hörst, wirst du klug sein. Und du«, wandte er sich an Malva, »wirst du mich bald heiraten? Mach dich schnell fertig ... ich will nicht lang warten.«

»Du bist so abgerissen ... flick dir erst deine Löcher, dann wollen wir reden«, antwortete Malva.

Sserjoschka musterte kritisch seine Löcher und schüttelte den Kopf.

»Gib mir lieber deinen Rock.«

»So!« sagte Malva und lachte.

»Nein, wirklich! Gib mir einen ... hast wohl einen alten?«

»Kauf dir doch lieber eine Hose«, riet Malva.

»Nein, ich vertrinke das Geld lieber ...«

»Lieber!« lachte Jakow, der vier Fünfkopekenstücke in der Hand hielt.

»Aber gewiß! Der Pope hat mir gesagt, daß der Mensch nicht um sein Fell sorgen soll, sondern um seine Seele. Aber meine Seele verlangt Schnaps und keine Hose. Gib das Geld her! Jetzt werde ich trinken ... Dem Vater werde ich aber doch noch von dir erzählen.«

»Erzähl nur!« Jakow winkte ihm mit der Hand und blinzelte Malva keck zu, indem er sie in die Schulter stieß. Sserjoschka merkte das, spuckte aus und versprach noch: »Ich werde auch nicht vergessen, dich zu verprügeln. Wenn ich nur mal freie Zeit habe, werde ich dich schon durchbleuen!«

»Wofür denn?« fragte Jakow besorgt.

»Das weiß ich schon selbst, wofür ... Nun, wirst du mich bald heiraten?« wandte sich Sserjoschka an Malva.

»Erzähl mir erst, was wir tun und wie wir leben werden ... dann werde ich es mir überlegen ...« antwortete sie ernst.

Sserjoschka blickte mit zusammengekniffenen Augen aufs Meer, befeuchtete sich die Lippen und erklärte: »Nichts werden wir tun ... werden in der Welt herumspazieren.«

»Und woher nehmen wir was zu essen?«

»Nun«, Sserjoschka fuhr mit der Hand durch die Luft. »Du redest genauso wie meine Mutter. Wie und was? Ein langweiliges Volk seid ihr Frauenzimmer! Weiß ich denn, was und wie? Ich geh' hin und trinke eins ...«

Er stand auf und verließ sie, von einem eigentümlichen Lächeln Malvas und von einem feindseligen Blicke des Burschen begleitet.

»Wie der 'rumkommandiert!« sagte Jakow, als Sserjoschka schon weit war. »Bei uns im Dorfe hätte man so einen Prahler bald gezähmt ... Man hätte ihm eine ordentliche Tracht Prügel gegeben, und fertig ... Hier hat man aber Angst ...«

Malva sah ihn an und sagte durch die Zähne: »Ach du, Ferkel! Weißt du auch, was er wert ist?«

»Was ist da zu verstehen? Solche kriegt man das Bündel um einen Fünfer, und das auch nur, wenn im Bündel hundert Stück sind.«

»So!« rief Malva spöttisch. »Das ist dein Preis ... Er aber ... er ist überall herumgekommen, ist durch die ganze Welt gegangen und fürchtet niemand ...«

»Und wen fürchte ich?« fragte Jakow tapfer.

Sie gab keine Antwort und verfolgte nachdenklich das Spiel der Wellen, die das Ufer heraufrollten und die schwere Barkasse schaukelten. Der Mast schwankte von Seite zu Seite, das Hinterteil hob und senkte sich und schlug auf das Wasser. Es war ein lauter und ärgerlicher Ton: es klang, als wollte die Barkasse sich vom Ufer losreißen und ins weite freie Meer hinausschwimmen, als ärgerte sie sich über das Tau, das sie festhielt.

»Nun, was gehst du nicht weg?« fragte Malva Jakow.

»Wo soll ich hin?« erwiderte er.

»Du wolltest doch in die Stadt ...«

»Ich geh' nicht hin!«

»Nun, dann fahr zum Vater.«

»Und du?«

»Was, ich?«

»Fährst du auch hin?«

»Nein ...«

»Dann fahre ich auch nicht hin.«

»Wirst du den ganzen Tag bei mir herumstehen?« fragte Malva.

»Ich brauche dich gar nicht ...« antwortete Jakow beleidigt. Er stand auf und ging von ihr fort.

Aber er irrte sich, als er sagte, daß er sie nicht brauche. Ohne sie langweilte er sich. Ein sonderbares Gefühl regte sich in ihm nach diesem Gespräch mit ihr – ein dunkler Protest gegen den Vater, eine dumpfe Unzufriedenheit mit ihm. Gestern war das nicht so, auch heute nicht vor der Begegnung mit Malva ... Jetzt schien ihm aber, der Vater sei ihm irgendwie im Wege, obwohl er dort weit im Meere, auf dem kaum sichtbaren Sandstreifen war ... Dann kam ihm vor, als fürchte sich Malva vor dem Vater. Wenn sie sich aber nicht fürchtete ... dann würde die Sache ganz anders gehen. Doch ohne sie langweilte er sich, obwohl er des Morgens an sie gar nicht gedacht hatte.

Er trieb sich in der Fischersiedlung herum, betrachtete gleichgültig die Leute, die ihm in den Weg kamen, und wechselte mit ihnen träge zwei, drei Worte.

Da sitzt im Schatten einer Baracke auf einem Fasse dieser selbe Sserjoschka; er klimpert auf einer Balalaika und singt, komische Grimassen schneidend:

»Ach, Herr Schutzmann, bitte sehr,
Machen Sie mir doch die Ehr',

Führen Sie mich aufs Revier,
Daß ich nicht versumpfe hier ...«

Ihn umringen an die zwanzig ebenso zerlumpte Kerle wie er, und sie alle riechen, wie alles hier, nach gesalzenen Fischen und Salpeter. Vier unschöne schmutzige Weiber sitzen in der Nähe auf dem Sande und trinken Tee, den sie sich aus einer großen Blechkanne einschenken. Ein Arbeiter ist schon trotz der frühen Morgenstunde betrunken und zappelt im Sande, indem er aufzustehen versucht, aber immer wieder hinfällt. Irgendwo weint in hohen Tönen eine Frau, von irgendwoher klingt eine verstimmte Ziehharmonika ... und überall schimmern Fischschuppen.

Um die Mittagsstunde fand Jakow ein schattiges Plätzchen inmitten eines Haufens leerer Fässer; er legte sich hin und schlief bis zum Abend; als er aber erwachte, begann er wieder durch die Siedlung zu irren, ohne ein klares Ziel vor sich zu haben, aber von einer dunklen Sehnsucht nach etwas ergriffen.

Nachdem er zwei Stunden so herumgeirrt war, fand er Malva weit von der Siedlung unter dem Schatten junger Weiden. Sie lag auf der Seite, hielt ein zerfetztes Buch in der Hand und blickte ihm lächelnd entgegen.

»Ach, da bist du!« sagte er, indem er sich neben sie setzte.

»Suchst du mich schon lange?« fragte sie mit Sicherheit. »Hab' ich dich denn gesucht?« rief Jakow aus, der plötzlich einsah, daß es tatsächlich so war: er hatte sie ja wirklich, ohne es selbst zu merken, gesucht. Er schüttelte erstaunt den Kopf.

»Verstehst du zu lesen?« fragte sie ihn.

»Ja, aber schlecht ... hab' schon alles verlernt ...«

»Auch ich kann es schlecht ... Hast du's in der Schule gelernt?«

»Ja, in der Semstwo-Schule.«

»Und ich hab's selbst gelernt ...«

»Wirklich?«

»Ja ... Ich bin in Astrachan Köchin bei einem Advokaten gewesen, und sein Sohn hat's mich gelehrt.«

»Hast es also nicht selbst gelernt ...« erklärte Jakow.

Sie sah ihn an und fragte wieder: »Und möchtest du gern Bücher lesen?«

»Ich? Nein ... was hab' ich davon?«

»Ich aber lese gern ... ich hab' mir jetzt von der Verwaltersfrau ein Buch geben lassen und lese ...«

»Was denn?«

»Vom heiligen Alexej, dem Menschen Gottes.«

Und sie erzählte ihm nachdenklich, wie der Jüngling, ein Sohn reicher und vornehmer Eltern, sie und sein Glück verlassen hatte und dann arm und zerlumpt zu ihnen zurückgekehrt war, auf ihrem Hofe mit den Hunden lebte und ihnen bis zu seinem Tode nicht gesagt hatte, wer er sei; dann fragte Malva Jakow leise: »Warum hat er das getan?«

»Wer kann das wissen?« antwortete Jakow gleichgültig.

Ringsum lagen Sandhügel, die der Wind und die Wellen zusammengefegt hatten. Aus der Ferne kam ein dumpfes undeutliches Brausen – in der Siedlung lärmte man. Die Sonne ging unter, und auf dem Sande lag der rosa Widerschein ihrer Strahlen. Verkümmerte Weidenbüsche zitterten im leichten Seewind.

Malva schwieg und lauschte auf etwas.

»Warum bist du heute nicht hingefahren ... auf die Landzunge?«

»Was geht's dich an?«

Jakow pflückte sich ein Blatt und begann daran zu kauen, das Weib mit gierigen Augen von der Seite anblickend und überlegend, wie er ihr das, was er brauchte, sagen sollte.

»Wenn ich allein bin ... und es so still ist ... will ich immer weinen ... oder singen. Aber ich kenne keine schönen Lieder, und zu weinen schäme ich mich ...«

Jakow hörte ihre saftige, zärtliche Stimme, aber das, was sie sagte, berührte in ihm nichts und verlieh nur seinen Wünschen eine bestimmtere Form.

»Hör mal ...« begann Jakow mit dumpfer Stimme, an sie näher heranrückend, aber ohne sie anzusehen. »Hör mal, was ich dir sage ... Ich bin ein junger Bursch' ...«

»Und dumm, ach, wie dumm!« sagte Malva gedehnt und mit Überzeugung und schüttelte den Kopf.

»Gut, mag ich dumm sein!« rief Jakow geärgert. »Braucht man denn Verstand dazu? Ich bin dumm, gut! Ich will dir aber dieses sagen: willst du mit mir ...«

»Brauchst es nicht zu sagen ... Ich will nicht ...!«

»Was denn?«

»Nichts!«

»Rede keinen Unsinn ...« Er faßte sie vorsichtig bei den Schultern. »Bedenke doch ...«

»Geh weg, Jaschka!« sagte sie streng und schüttelte seinen Arm ab. »Geh!«

Er stand auf und sah sich um.

»Nun ... wenn du so bist, dann spucke ich drauf! Euer gibt es hier genug ... Glaubst du, du bist besser als die anderen?«

»Du junger Hund«, sagte sie ruhig, indem sie sich erhob und den Sand von ihrem Kleide abschüttelte.

Und sie gingen nebeneinander der Siedlung zu. Sie gingen langsam, denn ihre Füße sanken im Sande ein. Jakow suchte sie bald mit rohen Worten zu überreden, seinem Wunsche nachzugeben, bald erklärte er ihr geringschätzig, sie sei nicht die einzige in der Siedlung und nicht die beste unter den Weibern; sie aber lächelte ruhig und kalt und antwortete ihm mit bissigen Worten.

Als sie schon bei den Baracken waren, blieb er plötzlich stehen und packte sie bei der Schulter.

»Du reizt mich doch mit Absicht?! Wozu tust du das? Ich werde dich ... paß auf!«

»Laß mich in Ruh!« sagte sie. Sie entwand sich seinen Händen und ging, aber hinter der Ecke der Baracke kam ihnen plötzlich Sserjoschka entgegen. Er schüttelte seine zerzauste feuerrote Mähne und sagte drohend:

»Ihr seid spazierengegangen? Gut!«

»Schert euch alle zum Teufel!« rief Malva böse.

Jakow blieb aber vor Sserjoschka stehen und sah ihn finster an. Zwischen ihnen waren etwa zehn Schritte.

Sserjoschka starrte Jakow an. Nachdem sie eine Minute so gestanden hatten, wie zwei Hammel, die bereit sind, mit den Stirnen gegeneinander zu rennen, gingen sie schweigend nach verschiedenen Richtungen auseinander.

Das Meer war still und vom Abendrot übergossen, und über der Siedlung schwebte ein dumpfer Lärm, von dem sich grell eine trunkene Frauenstimme abhob, die hysterisch sinnlose Worte sang.

Die unverständlichen Worte des Liedes krochen ekelhaft wie Asseln über die vom Geruch von Salz und faulen Fischen erfüllte Siedlung und schändeten die weiche Musik der Wellen, die durch die Luft schwebte.

Die Ferne des Meeres schlummerte ruhig im zarten Scheine des Morgenrotes und spiegelte die perlmutterfarbenen Wolken wider. Auf der

Landzunge regten sich schon die schläfrigen Fischer, die die Fischereigeräte in die Barkasse brachten.

Die gewohnte Arbeit wurde schnell und schweigend gemacht. Die graue Masse des Netzes kroch über den Sand in die Barkasse und legte sich in einem Haufen auf ihren Boden.

Sserjoschka, wie immer ohne Mütze und halbnackt, stand auf dem Hinterteil der Barkasse und trieb die Fischer mit heiserer, trunkener Stimme zur Eile an. Der Wind spielte mit den Fetzen seines Hemdes und mit seiner roten Mähne.

»Wassilij! Wo sind die grünen Ruder?« schrie jemand.

Wassilij, so finster wie ein Oktobertag, brachte das Netz in der Barkasse unter, und Sserjoschka blickte auf seinen gebeugten Rücken und befeuchtete sich die Lippen – das war ein Anzeichen seines Wunsches, sich nach dem gestrigen Rausche durch einen neuen Trunk zu stärken.

»Hast du Schnaps?« fragte er.

»Ich habe welchen«, sagte Wassilij dumpf.

»Nun, dann fahr' ich nicht mit ... ich bleibe am trockenen Flügel des Netzes.«

»Fertig!« schrie man von der Landzunge.

»Stoßt ab!« kommandierte Sserjoschka, von der Barkasse steigend. »Fahrt ... ich bleibe hier. Paßt auf, führt das Netz breit, damit es sich nicht verwickelt ... Werft es gleichmäßig ins Wasser, daß es keine Schlingen gibt ...! Marsch!«

Man stieß die Barkasse ins Wasser, die Fischer stiegen an den Borden ein, verteilten unter sich die Ruder und hoben sie in die Höhe, bereit, zum ersten Ruderschlage auszuholen.

»Eins!«

Die Ruder schlugen einträchtig aufs Wasser, und die Barkasse stürmte vorwärts, in die weite Fläche des sonnenbeschienenen Wassers.

»Zwei!« kommandierte der Steuermann, und die Ruder hoben sich wie die Füße einer gigantischen Schildkröte zu den Borden ... »Eins! Zwei!«

Am Ufer, beim trockenen Flügel des Netzes, blieben fünf Mann zurück: Sserjoschka, Wassilij und noch drei andere. Einer von den dreien ließ sich auf den Sand nieder und sagte: »Will noch etwas schlafen ...«

Die beiden anderen folgten seinem Beispiel, und auf dem Sande rollten sich drei Körper in schmutzigen Lumpen zu Knäueln zusammen.

»Warum warst du am Sonntag nicht hier?« fragte Wassilij Sserjoschka, sich mit ihm ins Zelt begebend.

»Ich konnte nicht ...«

»Warst du betrunken?«

»Nein. Ich habe auf deinen Sohn und seine Stiefmutter achtgegeben ...« teilte Sserjoschka ruhig mit.

»Hast eine neue Sorge!« lächelte Wassilij mit schiefem Munde. »Sind sie vielleicht kleine Kinder?«

»Schlimmer als das ... Der eine ist ein Narr, und die andere eine Verrückte ...«

»Ist Malva die Verrückte?« fragte Wassilij, und in seinen Augen leuchtete dumpfer Haß.

»Ja, sie ...«

»Ist sie das lange schon?«

»Sie war es immer. Ihre Seele paßt nicht in ihren Leib, Bruder Wassja ... kannst du es verstehen?«

»Ich hab' es schon verstanden ... eine gemeine Seele hat sie.«

Sserjoschka sah ihn von der Seite an und lachte spöttisch auf.

»Eine gemeine Seele! Ach ihr ... stumpfschnäuzigen Erdfresser! Gar nichts versteht ihr vom Leben ... Ihr verlangt vom Weibe nur dicke Brüste ... aber ihren Charakter braucht ihr nicht ... Im Charakter liegt aber die ganze Farbe des Menschen ... ein Weib ohne Charakter ist wie Brot ohne Salz. Kann dir eine Balalaika ohne Saiten Vergnügen machen? Hund ...!«

»Was für Reden hast du dir angetrunken ...« stichelte Wassilij.

Er wollte gerne fragen, wo und wie Sserjoschka gestern Jakow und Malva gesehen hatte, aber er schämte sich. Als sie ins Zelt kamen, schenkte er Sserjoschka ein ganzes Teeglas Schnaps ein, in der Hoffnung, Sserjoschka würde von einer solchen Portion gleich betrunken werden und ihm alles ungefragt erzählen.

Aber Sserjoschka trank aus, räusperte sich, nahm einen heiteren Gesichtsausdruck an und setzte sich gähnend und sich reckend an den Eingang des Zeltes.

»Wenn man eins trinkt, ist es, als hätte man Feuer geschluckt ...« sagte er.

»Wie du aber trinkst!« rief Wassilij, über die Schnelligkeit, mit der Sserjoschka den Schnaps heruntergestürzt hatte, erstaunt.

»Ich kann's ...« sagte jener und nickte mit seinem roten Kopf. Dann wischte er sich mit der Hand den nassen Schnurrbart ab und sagte belehrend und stolz: »Ich kann es, Bruder! Ich mache alles schnell und geradeaus. Ohne Schliche, immer aufs Ganze! Und was ich treffe, ist mir gleich! Von der Erde kann man doch nirgends hinspringen als in die Erde ...«

»Du wolltest doch nach dem Kaukasus?« fragte Wassilij, sich langsam seinem Ziele nähernd ...

»Ich geh' hin, wenn ich Lust habe. Wenn ich mal etwas sehr will, so geh' ich gleich drauflos, eins, zwei und fertig! Entweder habe ich das Meinige erreicht, oder habe mir eine Beule in die Stirne geschlagen ... Sehr einfach!«

»Was könnte einfacher sein! Es ist, wie wenn du ohne Kopf lebtest ...« Sserjoschka blickte Wassilij spöttisch von der Seite an.

»Und du bist gescheit! Wie oft hast du schon im Dorfgericht deine Prügel bekommen?«

Wassilij sah ihn an und schwieg.

»Wohl oft genug ... Das ist aber gut, daß unsere Obrigkeit den Verstand mit Ruten von rückwärts nach vorn treibt ... Ach, du! Was kannst du mit deinem Kopf anstellen? Und wohin kannst du mit ihm geraten? Und was kannst du dir mit deinem Verstand ausdenken? Na also! Ich aber gehe ohne Kopf geradeaus, da gibt's nichts! Und komme dabei sicher weiter als du ...«

»Das kann stimmen ...« entgegnete Wassilij lächelnd. »So kommst du vielleicht auch nach Sibirien ...«

»Ach, wie schrecklich!«

Und Sserjoschka lachte herzlich.

Er wurde nicht betrunken, so sehr Wassilij es auch wollte, und das ärgerte jenen. Ihm noch ein Glas zu reichen, war ihm zu schade, und vom nüchternen Sserjoschka war wohl nichts herauszubekommen ... Aber Sserjoschka kam ihm selbst zuhilfe.

»Nun, warum fragst du mich nicht nach Malva?«

»Was brauch' ich das?« sagte Wassilij gleichgültig und gedehnt, zuckte aber in seiner Vorahnung zusammen.

»Sie war ja am Sonntag nicht hier ... Frag doch, wie sie diese Tage gelebt hat ... Du bist wohl eifersüchtig, alter Teufel!«

»Es sind genug Weiber da!« Wassilij winkte geringschätzig mit der Hand.

»Ja, viel!« spottete Sserjoschka. »Ach, ihr dummen Bauern! Man mag euch Honig geben, man mag euch Teer geben, es ist für euch immer der gleiche Brei ...«

»Was lobst du sie immer so? Bist du vielleicht hergekommen, um sie mir zuzufreien? Das hab' ich schon selbst längst besorgt ...« sagte Wassilij höhnisch.

Sserjoschka sah ihn an, schwieg eine Weile und sagte dann eindringlich, indem er seine Hand auf Wassilijs Schulter legte: »Ich weiß es ... Ich weiß, daß sie mit dir lebt. Ich hab' dich nicht gestört, ich wollte es nicht, ich brauchte es nicht ... Aber jetzt springt dieser Jaschka, dein Sohn, immer um sie herum; prügele ihn doch mal durch, bis er rot wird! Hörst du? Sonst prügele ich ihn durch ... Du bist ein braver Kerl, aber auch ein großer Dummkopf ... Ich störte dich nicht, vergiß das nicht ...«

»So, so! Und jetzt ... bist du auch hinter ihr her?« fragte Wassilij mit dumpfer Stimme.

»Auch! Wenn ich nur daran dächte, würde ich euch alle mir aus dem Wege jagen, und fertig ...! Was fang' ich aber mit ihr an?«

»Warum mischst du dich dann in die Sache ein?« fragte Wassilij.

Diese einfache Frage verblüffte wohl Sserjoschka.

Er sah Wassilij mit weit aufgerissenen Augen an und lachte auf.

»Warum ich mich einmische? Das weiß der Teufel, warum ... Sie ist so ein Frauenzimmer ... mit Pfeffer ... Sie gefällt mir ... Vielleicht tut sie mir auch leid, das ist auch möglich ...«

Wassilij sah ihn mißtrauisch an, fühlte aber, daß Sserjoschka aufrichtig, von Herzen lachte und daß er wirklich keinerlei Absichten auf Malva hatte. Und dennoch sagte er ihm: »Wenn sie wenigstens ein unberührtes, ehrliches Mädel wäre, dann könnte sie noch einem leid tun. So ist es aber wirklich zum Lachen!«

Sserjoschka schwieg und beobachtete, wie die Barkasse weit im Meere einen weiten Bogen machte und den Bug dem Ufer zuwandte. Das von roten Haaren umrahmte Gesicht Sserjoschkas hatte einen offenen Ausdruck und blickte gutmütig und einfach.

Wassilij wurde irgendwie sanfter, als er ihn ansah.

»Das hast du wahr gesagt ... sie ist ein feines Weibsbild ... nur leichtsinnig ...! Und Jaschka ... nun, dem werd' ich es schon zeigen! So ein junger Hund ...«

»Ich mag ihn nicht ...« erklärte Sserjoschka.

»Macht er sich an sie heran?« fragte Wassilij durch die Zähne und streichelte seinen Bart.

»Und wie! Er wird noch, du wirst es sehen, wie ein Keil zwischen euch eindringen«, sagte Sserjoschka überzeugt.

»Ich werd' ihm schon eindringen.«

In der Ferne des Meeres flammte der rosa Strahlenfächer des Sonnenaufganges auf. Der Rand der Sonne blickte schon auf dem vergoldeten Wasser hervor. Durch das Rauschen der Wellen hindurch klang von der Barkasse im Meere der schwache Schrei herüber: »Packt an …!«

»Steht auf, Kinder! He! Stellt euch ans Netz!« kommandierte Sserjoschka, indem er sich erhob.

Bald zogen sie alle fünf den Rand des Netzes; ein langer, wie eine Saite gespannter Strick zog sich aus dem Wasser ans Ufer, und die Fischer schlangen die Riemen um ihn und zogen ihn ächzend ans Ufer.

Die Barkasse führte, über die Wellen gleitend, den anderen Rand des Netzes ans Ufer, und ihr Mast durchschnitt die Luft, sich von Seite zu Seite wiegend.

Die Sonne erhob sich majestätisch und grell über dem Meere.

»Wenn du Jakow siehst, sage ihm, er soll zu mir kommen«, bat Wassilij Sserjoschka.

»Gut.«

Die Barkasse stieß ans Ufer, die Fischer sprangen aus ihr auf den Sand und zogen ihren Netzflügel an. Die beiden Gruppen kamen immer näher aneinander, und die Schwimmhölzer des Netzes hüpften auf dem Wasser und bildeten einen regelmäßigen Halbkreis.

Spät am Abend, als die Arbeiter in der Siedlung schon gegessen hatten, saß Malva müde und nachdenklich auf einem zerschlagenen Boot, das mit dem Boden nach oben lag, und blickte in das schon vom Nebel verschleierte Meer. Dort, in der Ferne leuchtete ein Feuer, und Malva wußte, daß es bei Wassilij brannte. Einsam, wie in der dunklen Ferne des Meeres verirrt, leuchtete das Feuer bald hell auf und erlosch bald wie erschöpft. Malva wurde es traurig zumute beim Anblick dieses roten Punktes, der in der Wüste verloren schien und im unermüdlichen und unverständlichen Gemurmel der Wellen schwach zitterte.

»Was sitzt du da!?« ertönte Sserjoschkas Stimme hinter ihrem Rücken.

»Und was geht es dich an?« fragte sie trocken, ohne ihn anzublicken.

»Ich möcht's wissen.«

Er sah sie schweigend an, holte eine Zigarette heraus, steckte sie an und setzte sich rittlings aufs Boot. Als er merkte, daß sie keinen Wunsch hatte, mit ihm zu sprechen, sagte er freundlich: »Du bist ein merkwürdiges Frauenzimmer: bald läufst du von allen fort und bald fällst du jedem um den Hals.«

»Falle ich vielleicht dir um den Hals?« fragte sie gleichgültig.

»Nicht mir, aber Jaschka.«

»Bist du neidisch?«

»Hm ... Wollen wir doch offen miteinander reden, ja?« schlug Sserjoschka vor und klopfte ihr auf die Schulter. Sie saß seitwärts zu ihm, und er sah ihr Gesicht nicht, als sie ihm kurz hinwarf: »Sprich!«

»Hast du Wassilij den Laufpaß gegeben?«

»Ich weiß nicht«, sagte sie nach einem Schweigen. »Was brauchst du das zu wissen?«

»Nun, so ... aus Langeweile.«

»Ich bin ihm jetzt böse.«

»Warum?«

»Er hat mich geschlagen.«

»Wie? ... Er? So einer ... pfui Teufel! Und du hast es dir gefallen lassen? Ei, ei!«

Sserjoschka war über ihre Mitteilung erstaunt. Er blickte ihr von der Seite ins Gesicht und schnalzte ironisch mit den Lippen.

»Wenn ich wollte, hätte ich es ihm schon gezeigt«, entgegnete sie wütend.

»Also wie war es denn?«

»Nun, ich wollte es eben nicht.«

»Du liebst also den grauen Kater sehr?« fragte Sserjoschka spöttisch und blies sie mit dem Rauche seiner Zigarette an. »Das sind Sachen! Und ich glaubte schon, du seist vom andern Schlag ...«

»Ich liebe niemand von euch«, sagte sie wieder gleichgültig, den Rauch mit der Hand abwehrend.

»Du lügst wohl?«

»Was soll ich lügen?« fragte sie, und Sserjoschka konnte an ihrer Stimme erkennen, daß sie wirklich nicht zu lügen brauchte.

»Und wenn du ihn nicht liebst, was läßt du dich dann von ihm schlagen?« fragte er ernst.

»Weiß ich es denn? Was willst du von mir?«

»Sonderbar!« sagte Sserjoschka und schüttelte den Kopf. Und sie schwiegen beide lange.

Die Nacht nahte. Aufs Meer legten sich die Schatten von den Wolken, die langsam über den Himmel glitten. Die Wellen tönten.

Das Feuer auf der Landzunge bei Wassilij war erloschen, aber Malva sah noch immer hin. Und Sserjoschka sah auf sie.

»Hör!« sagte er. »Weißt du, was du willst?«

»Wenn ich's wüßte!« antwortete Malva mit einem tiefen Seufzer.

»Also weißt du's nicht? Das ist schlimm!« erklärte Sserjoschka mit Überzeugung. »Ich weiß es immer, aber«, fügte er traurig hinzu, »ich will nur selten etwas.«

»Ich will immer etwas«, begann Malva nachdenklich. »Aber was? – Das weiß ich nicht. Manchmal möcht' ich ins Boot steigen und weit, weit ins Meer hinausfahren! Weit! Und nie wieder Menschen zu Gesicht bekommen. Und manchmal will ich jeden Menschen wie einen Kreisel um mich herumlaufen lassen. Ich würde aber ihm zuschauen und lachen. Bald habe ich mit allen Mitleid, und am meisten mit mir selbst und bald wäre ich imstande, alle umzubringen. Und dann auch selbst sterben … einen schrecklichen Tod … Und es ist mir traurig und auch lustig zumute … Die Menschen sind aber alle wie aus Holz.«

»Ein durchfaultes Volk«, stimmte ihr Sserjoschka leise zu. »Jetzt versteh' ich es; immer schau' ich dich an und sehe, du bist weder Katze noch Fisch … noch Vogel … Und doch steckt das alles in dir … Du siehst den andern Weibern gar nicht ähnlich.«

»Nun, wenigstens dafür muß ich Gott danken!« lächelte Malva.

Hinter der Kette der Sandhügel links von ihnen ging der Mond auf und übergoß die beiden Gestalten und das Meer mit seinem silbernen Lichte. Groß und mild stieg er langsam die blaue Himmelskuppel hinauf, und das helle Licht der Sterne erblaßte und schmolz in seinem gleichmäßigen, verträumten Scheine.

Malva lächelte.

»Weißt du? Manchmal denk' ich mir: wenn man diese Baracke bei Nacht anzünden wollte … das gäbe einen schönen Spektakel!«

»Und was für einen!« rief Sserjoschka. »Weißt du … ich will dir was raten … wir wollen ein feines Stück aufführen! Willst du?«

»Nun?« fragte Malva interessiert.

»Hast du diesen Jaschka ordentlich heiß gemacht?«

»Er brennt wie Feuer …« antwortete sie lächelnd.

»So? Hetz ihn und den Vater gegeneinander! Bei Gott! Das wird ein Spaß sein … Sie werden sich wie die Bären anpacken … Hetz den Alten auf und auch ihn … und dann lassen wir sie aufeinander los … was?«

Malva wandte sich zu ihm um und blickte ihm durchdringend in sein sommersprossenübersätes, lustig lächelndes Gesicht. Vom Monde beleuchtet, schien es weniger bunt als am Tage bei Sonnenlicht. Man sah keine

Bosheit darin, nichts außer einem gutmütigen, etwas schalkhaften Lächeln und der Erwartung ihrer Antwort.

»Warum magst du sie nicht?« fragte Malva mißtrauisch.

»Ich? Wassilij ... der ist nicht schlecht, ist ein braver Bauer. Jaschka aber ist ein Ekel. Siehst du, ich kann alle Bauern nicht leiden ... sie sind ein Gesindel! Sie stellen sich arm und verwaist und kriegen dafür Brot ... und das übrige ... Sie haben ihr Semstwo, und das tut für sie alles ... Sie haben die Landwirtschaft, Land, Vieh ... Ich hab' bei einem Semstwo-Arzt als Kutscher gedient, da hab' ich genug davon gesehen ... Und dann trieb ich mich lange als Vagabund im Lande herum. Wenn man in so ein Dorf kommt und um Brot bittet, gleich packen sie einen! Wer bist du, und was willst du, und zeig deinen Paß her ... Wie oft haben sie mich geprügelt! Oder sie halten einen für einen Pferdedieb oder so ... und sperren einen ins Loch ... Sie jammern und heucheln, können aber leben: sie haben ihr Land, an dem sie sich festhalten können. Und was bin ich gegen sie?«

»Bist du denn nicht vom Bauernstande?« unterbrach ihn Malva, die seiner schnellen Rede aufmerksam zugehört hatte.

»Ich bin Kleinbürger!« sagte sich Sserjoschka mit einem gewissen Stolz vom Bauernstande los. »Ich bin Kleinbürger der Stadt Uglitsch.«

»Und ich bin aus Pawlisch«, teilte Malva nachdenklich mit.

»Für mich sorgt niemand! Aber die Bauern ... diese Teufel können schon leben. Sie haben ihr Semstwo und alles andere.«

»Was ist das, Semstwo?« fragte Malva.

»Was es ist? Das weiß der Teufel! Es ist für die Bauern eingesetzt, eine Obrigkeit für sie ... Spuck drauf! ... Rede doch von der Sache ... Willst du sie aufeinanderhetzen, was? Es wird ja nichts geschehen, sie werden sich nur prügeln ... Und ich will dir helfen! Wassilij hat dich doch geschlagen? Nun, soll ihm sein Sohn diese Schläge heimzahlen!«

»Warum nicht?« lächelte Malva. »Das wäre schön ...«

»Denk dir nur ... ist es nicht angenehmen, zu sehen, wie Menschen sich deinetwegen die Rippen brechen? Bloß wegen deiner Worte? Du hast nur einmal die Zunge gerührt ... eins, zwei, und fertig!«

Sserjoschka schilderte ihr lange mit glühender Begeisterung die Vorzüge ihrer Rolle. Er scherzte und sprach zugleich ernsthaft und war von seinem Plan selbst aufrichtig hingerissen. »Ach, wenn ich ein hübsches Weib wäre! Was für einen Brei hätte ich dann auf der Welt eingebrockt!« rief er schließlich aus. Dann preßte er seinen Kopf mit den Händen zusammen, schloß die Augen und verstummte. Der Mond stand schon hoch am Himmel, als sie auseinandergingen. Ohne sie wurde die Schönheit der Nacht noch gewaltiger. Jetzt blieb nur noch das grenzenlose, feierliche, vom Monde versilberte Meer unter dem blauen, sternenbesäten Himmel zurück. Es waren noch Sandhügel da, Weidenbüsche zwischen ihnen und zwei schmutzige Gebäude im Sande, die wie zwei riesengroße, roh gezimmerte Särge aussahen. Doch das alles war armselig und nichtig vor dem Antlitz des mächtigen Meeres, und die Sterne, die das sahen, funkelten kalt.

Vater und Sohn saßen sich im Zelt gegenüber und tranken Schnaps. Den Schnaps hatte der Sohn mitgebracht, um sich mit dem Vater nicht so zu langweilen und um ihn milder zu stimmen. Sserjoschka hatte Jakow gesagt, der Vater zürne ihm wegen Malva und habe gedroht, Malva halbtot zu schlagen; daß Malva von dieser Drohung wisse und daher sich ihm, Jakow, nicht ergeben wolle. Sserjoschka lachte ihn böse aus: »Du wirst schon für deine Streiche von ihm was kriegen! Er wird dich so bei den Ohren ziehen, daß sie einen Arschin lang werden. Komm ihm lieber nicht unter die Augen!«

Die Sticheleien dieses rothaarigen, unangenehmen Burschen weckten in Jakow eine brennende Wut gegen den Vater. Dabei stand auch noch immer Malva herum, blickte ihn bald herausfordernd und bald traurig an und steigerte damit seinen Wunsch, sie zu besitzen, bis zur Qual … Und auch sie sprach immer vom Vater.

Nun ist Jakow zum Vater gekommen und sieht ihn wie einen Stein auf seinem Wege an, wie einen Stein, den er weder überspringen noch umgehen kann. Er fühlt aber, daß er den Vater nicht im geringsten fürchtet, und blickt ihm tapfer in seine finsteren und bösen Augen, als wollte er sagen: Nun, rühr mich nur an!

Sie haben schon zweimal getrunken, aber noch nichts zu einander gesagt, außer ein paar gleichgültiger Worte über das Leben in der Siedlung. So saßen sie unter vier Augen mitten im Meere, sammelten in sich die Erbitterung gegeneinander an und wußten, daß sie bald aufflammen und sie versengen würde.

Die Bastmatten des Zeltes raschelten im Winde, die Rindenstücke, mit denen es bekleidet war, klopften gegeneinander, und der rote Fetzen am Ende der Stange flüsterte etwas. Alle diese Töne klangen ängstlich und wie ein fernes Flüstern, das zusammenhanglos und unentschlossen um etwas flehte. Und die Meereswellen rauschten wie immer – frei und leidenschaftslos.

»Sserjoschka trinkt wohl noch immer?« fragte Wassilij finster.

»Er trinkt ... jeden Abend ist er besoffen«, antwortete ihm der Sohn, indem er noch Schnaps einschenkte.

»Er wird zugrunde gehen ... So ist dieses freie Leben, wenn man nichts fürchtet ... auch du wirst so werden ...«

Jakow antwortete kurz: »Ich werde nicht so sein!«

»Du wirst es nicht!?« sagte Wassilij und runzelte die Brauen. »Ich weiß, was ich sage ... Wie lange wohnst du hier? Es ist schon der dritte Monat, bald mußt du nach Hause zurückkehren, und wieviel Geld wirst du heimbringen?« Er goß sich zornig den vom Sohne eingeschenkten Schnaps aus der Tasse in den Mund, packte den Bart mit der Hand und riß so stark daran, daß sein Kopf wackelte.

»In einer so kurzen Zeit kann man hier gar nicht viel verdienen ...« erwiderte Jakow vernünftig.

»Und wenn es so ist, dann brauchst du dich hier nicht herumzutreiben, geh ins Dorf zurück!«

Jakow lächelte stumm.

»Was schneidest du Gesichter?« rief Wassilij drohend. Die Ruhe des Sohnes machte ihn wütend. »Der Vater spricht, und du lachst! Paß auf, ob du nicht zu früh angefangen hast, deinen eigenen Willen zu zeigen! Daß ich dich nur nicht am Zaume nehme ...«

Jakow schenkte sich noch Schnaps ein und trank ihn aus. Diese groben Herausforderungen kränkten ihn, er nahm sich aber zusammen, um nicht so zu sprechen, wie er dachte, und um den Vater nicht wütend zu machen. Jetzt fürchtete er sich ein wenig vor seinen Augen, die streng und hart leuchteten.

Als aber Wassilij sah, daß der Sohn die letzte Tasse allein getrunken hatte, ohne auch ihm eingeschenkt zu haben, wurde er noch wütender und sprach darum noch ruhiger und schroffer.

»Der Vater sagt dir: geh nach Hause, und du lachst ihn aus? Ich werd' es dir schon zeigen ... Laß dir am Sonnabend deine Abrechnung geben und ... marsch ins Dorf! Hörst du?«

»Ich geh' nicht hin!« sagte Jakow bestimmt, am ganzen Körper zusammenfahrend, und schüttelte trotzig den Kopf.

»Was soll denn das?« brüllte Wassilij und erhob sich von seinem Platz, sich mit den Händen aufs Faß stützend. »Sprech' ich zu dir oder nicht?

Was knurrst du den Vater an, du Hund? Hast wohl vergessen, daß ich mit dir alles machen kann, was ich will? Hast du es vergessen?«

Seine Lippen zitterten, und sein Gesicht verzerrte sich wie im Krampfe; die beiden Adern an seinen Schläfen schwollen an.

»Nichts hab' ich vergessen ...« sagte Jakow halblaut, ohne den Vater anzusehen. »Sieh nur zu, ob du nicht etwas vergessen hast!«

»Es ist nicht deine Sache, mich zu belehren! Ich werde dich in Stücke hauen ...«

Jakow wich der Hand seines Vaters aus, die jener über seinem Kopfe erhoben hatte, biß die Zähne zusammen, da er fühlte, daß in ihm wilder Zorn aufschäumte, und sagte: »Rühr mich nicht an ... Hier sind wir nicht im Dorfe.«

»Schweig! Überall bin ich dein Vater ...«

»Hier kannst du mich nicht im Dorfgericht durchpeitschen lassen ... Es gibt hier kein Dorfgericht ...« Jakow grinste ihm ins Gesicht und erhob sich ebenfalls langsam von seinem Platz.

Sie standen einander gegenüber. Wassilij stand mit blutunterlaufenen Augen, den Hals vorgestreckt, ballte die Fäuste und hauchte seinem Sohn mit seinem heißen, nach Schnaps riechenden Atem ins Gesicht; Jakow aber hatte sich zurückgelehnt und verfolgte mit finsterem Blicke alle Bewegungen seines Vaters, bereit, die Schläge abzuwehren, äußerlich ruhig, doch ganz in heißen Schweiß gebadet. Zwischen ihnen stand das Faß, das ihnen als Tisch diente.

»Ich werde dich nicht durchpeitschen?« fragte Wassilij heiser und krümmte den Rücken wie ein Kater, der sich zu einem Sprunge bereit macht.

»Hier sind alle gleich ... Du bist Arbeiter und ich auch.«

»So-o?«

»Wie denn sonst? Was willst du von mir? Glaubst du, ich versteh' dich nicht? Du hast selbst zuerst ...«

Wassilij brüllte und holte so schnell mit der Hand aus, daß Jakow keine Zeit mehr hatte, auszuweichen. Der Schlag traf ihn auf den Kopf; er wankte und starrte zähnefletschend auf das wilde Gesicht des Vaters, der schon wieder die Hand erhoben hatte.

»Paß auf ...« warnte er ihn, die Fäuste ballend.

»Ich werde dir ... aufpassen!«

»Hör auf, sag' ich dir!«

»Aha du ...! Den Vater? Den Vater? Den Vater? ...« Es war ihnen hier zu eng, ihre Füße verwickelten sich in den leeren Salzsäcken; das umgeworfene Faß und der Baumstumpf waren ihnen im Wege.

Jakow parierte mit den Fäusten die Schläge des Vaters und wich bleich und schweißig, mit zusammengepreßten Zähnen und unheimlich wie bei einem Wolfe brennenden Augen vor dem Vater zurück; dieser aber ging auf ihn los, wild mit den Händen in der Luft fuchtelnd, blind in seinem Zorn, seltsam zerzaust, mit gesträubten Haaren wie ein wildgewordener Eber.

»Laß ... genug ... hör auf!« sagte Jakow drohend und ruhig, indem er aus dem Zelte ins Freie trat.

Der Vater brüllte und rückte ihm auf den Leib, aber seine Schläge trafen nur die Fäuste des Sohnes.

»Sieh mal an ... sieh mal an ...« reizte ihn Jakow, der sich geschickter fühlte und ihn nicht fürchtete.

»Wart ... wart ...«

Aber Jakow sprang zur Seite und rannte zum Meere. Wassilij senkte den Kopf und streckte die Hände vor, im Begriff, ihm nachzulaufen, stolperte aber über etwas und fiel mit der Brust auf den Sand. Er erhob sich rasch auf die Knie und setzte sich auf, sich mit den Händen gegen den Sand stemmend. Diese Balgerei hatte ihn ganz entkräftet, und er heulte jämmerlich vor dem brennenden Gefühl einer ungerächten Kränkung, vor dem bitteren Bewußtsein seiner Schwäche.

»Verflucht sollst du sein!« röchelte er, indem er seinen Hals gegen Jakow reckte und den Wutschaum von den zitternden Lippen spuckte.

Jakow lehnte sich an ein Boot, beobachtete aufmerksam den Vater und rieb sich mit der Hand den geschlagenen Kopf. Der eine Ärmel seines Hemdes war abgerissen und hing nur an einem Faden, auch der Kragen war zerrissen, und die weiße, schweißbedeckte Brust glänzte in der Sonne wie mit Fett eingerieben. Jetzt verachtete er den Vater; er hatte ihn für stärker gehalten, und wie er ihn jetzt zerzaust, unglücklich, mit den Fäusten drohend im Sande sitzen sah, lächelte er das herablassende, kränkende Lächeln des Starken vor dem Schwachen.

»Der Donner soll dich erschlagen! Verflucht bist du von mir!«

Wassilij schrie seinen Fluch so laut hinaus, daß Jakow sich unwillkürlich nach der Siedlung fern im Meere umsah, als glaubte er, daß man dort diesen krankhaften Schrei der Ohnmacht hören könnte.

Dort waren aber nur Wellen und die Sonne. Er spuckte auf die Seite und sagte:

»Schrei nur! Wen ärgerst du damit? Nur dich selbst! Und wenn es zwischen uns soweit gekommen ist, so will ich dir etwas sagen … um allem mit einem Male ein Ende zu machen …«

»Schweig … Geh mir aus den Augen … geh!« schrie Wassilij.

»Ins Dorf geh' ich nicht … ich bleibe über Winter hier …« sagte Jakow, ohne auf diese Schreie zu achten, aber die Bewegungen des Vaters noch immer aufmerksam verfolgend. »Ich hab' es hier besser … ich verstehe das, ich bin nicht so dumm. Hier ist das Leben leichter … Und mehr Freiheit … dort würdest du kommandieren, wie du wolltest, aber hier – da, schau!«

Er zeigte dem Vater eine Feige und lachte nicht laut, doch so, daß Wassilij, in neuer Wut entbrannt, wieder auf die Füße sprang, ein Ruder packte und mit einem heiseren Schrei auf ihn losstürzte: »Dem Vater? Dem Vater? Was? Ich erschlage dich …« Als er aber blind in seiner Wut an das Boot heransprang, war Jakow schon weit von ihm. Er rannte, und der abgerissene Ärmel seines Hemdes flatterte hinter ihm im Winde. Wassilij warf ihm das Ruder nach, traf ihn aber nicht und fiel entkräftet mit der Brust auf das Boot, kratzte mit den Nägeln die Planken und sah auf den Sohn, der ihm aus der Ferne zurief: »Solltest dich doch schämen! Hast schon graues Haar und bist wegen eines Frauenzimmers so wild geworden … Ach, du! Ins Dorf kehre ich aber nicht zurück … ich kehre nicht zurück! Geh selbst hin … hier hast du sowieso nichts mehr zu suchen …«

»Jaschka! Schweig!« brüllte Wassilij auf, seine Stimme übertönend. »Jaschka! Ich erschlage dich noch … Geh! Geh!«

Jener entfernte sich aber schon und lachte.

Wassilij sah mit stumpfen, wahnsinnigen Augen, wie er ging. Da war er schon kleiner geworden, seine Füße schienen in den Sand eingesunken … Er verschwand darin bis zum Gürtel … bis zu den Schultern … mit dem Kopfe. Er ist nicht mehr zu sehen … Aber nach einer Minute tauchte etwas weiter von der Stelle, wo er verschwunden, wieder sein Kopf auf, dann kamen die Schultern, dann der ganze Körper … er ist jetzt kleiner geworden … Er hat sich umgewandt, blickt her und schreit etwas.

»Du bist verflucht! Verflucht, verflucht!« antwortete Wassilij auf den Schrei des Sohnes. Jener aber fuhr mit der Hand durch die Luft, ging weiter und … verschwand hinter einem Sandhügel.

Wassilij sah noch lange in jene Richtung, bis ihm in der unbequemen Lage der Rücken zu schmerzen begann: er lag an das Boot gelehnt und sich mit den Händen auf den Sand stützend. Ganz zerschlagen stand er auf und wankte vor zehrendem Schmerz in den Knochen. Der Gürtel war ihm unter die Arme hinauf gerutscht; er band ihn mit hölzernen Fingern auf, hielt ihn sich vor die Augen und warf ihn auf den Sand. Dann ging er ins Zelt, blieb vor der Vertiefung im Sande stehen und erinnerte sich, daß er auf dieser Stelle hingefallen war; wenn er nicht hingefallen wäre, so hätte er den Sohn vielleicht gepackt. Im Zelte war alles durcheinandergeworfen. Wassilij suchte mit den Augen die Schnapsflasche, fand sie zwischen den Säcken und hob sie auf. Der Stöpsel steckte tief im Flaschenhalse, und kein Tropfen war ausgelaufen. Wassilij stocherte langsam den Stöpsel heraus, steckte sich den Flaschenhals in den Mund und wollte trinken. Aber das Glas klapperte gegen seine Zähne, und der Schnaps floß ihm aus dem Munde auf den Bart und auf die Brust. Der Schnaps schmeckte ihm wie Wasser.

In seinem Kopf war es finster, auf seinem Herzen lag eine Last.

»Ich bin alt geworden …« sagte er laut und setzte sich auf den Sand beim Eingange des Zeltes.

Vor ihm lag das Meer, riesengroß, voller Kraft und Schönheit … Die Wellen, wie immer laut und lustig, lachten. Wassilij sah lange auf das Wasser und erinnerte sich der gierigen Worte des Sohnes: »Wenn das doch alles Erde wäre! Gute schwarze Erde! Und wenn man sie dann pflügen könnte!«

Ein scharfes Unlustgefühl ergriff den Mann. Er rieb sich kräftig die Brust, sah sich um und holte tief Atem. Sein Kopf war tief gesenkt und der Rücken gebeugt, als trüge er eine Last. Die Kehle krampfte sich wie vor Atemnot zusammen. Wassilij räusperte sich und bekreuzte sich mit einem Blick auf den Himmel. Schwere Gedanken hatten ihn umfangen.

Dafür, daß er wegen eines liederlichen Frauenzimmers sein Weib verlassen, mit dem er in ehrlicher Arbeit mehr als anderthalb Jahrzehnte gelebt hatte, hatte ihn der Herr durch die Empörung seines Sohnes gestraft. So ist es, Herr!

Der Sohn hat ihn beschimpft, hat ihn schmerzhaft am Herzen gezerrt … es wäre wenig, ihn dafür zu erschlagen, daß er die Seele seines Vaters so gepeinigt hat! Und weswegen? Wegen eines schlechten Frauenzimmers, das ein liederliches Leben führt! Es war Sünde, daß er alter Mann sich mit ihr eingelassen und ihretwegen sein Weib und den Sohn vergessen hatte.

Und nun hat ihn der Herr in seinem heiligen Zorn daran erinnert und hat sein Herz durch den Sohn mit gerechter Strafe getroffen ... So ist es, Herr!

Wassilij saß gebückt und bekreuzte sich und zwinkerte oft mit den Augen, um mit den Wimpern die Tränen abzuschütteln, die ihn blendeten.

Die Sonne senkte sich schon ins Meer, und am Himmel erlosch langsam das blutige Rot. Ein warmer Wind aus der stummen Ferne strich über das tränenfeuchte Gesicht des Bauern. In reuige Gedanken versunken, saß er lange, bis er einschlief.

Am Tage nach diesem Streite mit dem Vater begab sich Jakow mit anderen Arbeitern in einer von einem Dampfschiff gezogenen Barke dreißig Werst weit in eine Bucht zum Störfang. Er kehrte nach fünf Tagen allein in einem Segelboot in die Siedlung zurück – man hatte ihn geschickt, um Lebensmittel zu holen. Er kam um die Mittagszeit an, als die Arbeiter nach dem Essen ruhten. Es war unerträglich heiß, der glühende Sand versengte ihm die Füße, und die Fischschuppen und Gräten stachen sie. Jakow schritt vorsichtig zu den Baracken und schimpfte auf sich selbst, daß er keine Stiefel angezogen hatte. Zur Barke zurückzukehren war er zu faul, außerdem hatte er Eile, etwas zu essen und Malva wiederzusehen. In der langweiligen Zeit, die er auf dem Meere verbracht hatte, hatte er oft an sie gedacht. Jetzt wollte er erfahren, ob sie seinen Vater gesehen und was er ihr gesagt hatte ... Vielleicht hat er sie verprügelt? Prügel könnten ihr auch gar nicht schaden, sie würde ruhiger werden. So aber ist sie gar zu frech und zu keck ...

In der Siedlung war es still und leer. Die Fenster in den Baracken standen offen, und auch diese großen hölzernen Kästen schienen vor Hitze zu vergehen. Im Kontor des Verwalters, das zwischen den Baracken versteckt lag, schrie aus Leibeskräften ein Kind. Hinter einem Haufen von Fässern tönten leise Stimmen.

Jakow ging mutig hin: er glaubte Malvas Stimme zu hören. Als er aber bei den Fässern war und hinter sie blickte, trat er zurück und blieb mit gerunzelter Stirne stehen.

Hinter den Fässern, in ihrem Schatten lag mit der Brust nach oben, die Hände im Nacken, der rothaarige Sserjoschka. An einer Seite saß Jakows Vater, an der anderen – Malva.

Jakow dachte von seinem Vater: Was hat der hier zu suchen? Hat er sich gar von seinem ruhigen Posten in die Siedlung versetzen lassen, um Malva näher zu sein und ihn an sie nicht heranzulassen? Ach, alter Teufel! Wenn die Mutter alle diese Dinge wüßte! Soll ich an sie herangehen, oder ist es nicht nötig?

»So ...« sagte Sserjoschka. »Also leb wohl! Nun, geh, wühle in der Erde ...« Jakow fuhr zusammen und zwinkerte freudig mit den Augen.

»Ich gehe ...« sagte sein Vater.

Nun trat Jakow tapfer vor und grüßte: »Ich wünsche der ganzen Gesellschaft einen guten Tag!« Der Vater sah ihn flüchtig an und wandte sich ab. Malva zuckte mit keiner Wimper, aber Sserjoschka stieß ein Bein vor und sagte mit tiefer Stimme:

»Da ist unser vielgeliebter Sohn Jaschka aus fernen Ländern zurückgekehrt!« Dann fügte er mit seiner gewöhnlichen Stimme hinzu: »Man sollte ihm die Haut für eine Trommel abschinden ... wie man einem Schaf das Fell abzieht ...«

Malva begann leise zu lachen.

»Heiß ist es!« sagte Jakow und setzte sich zu ihnen.

»Ich warte hier seit dem Morgen auf dich, Jakow. Der Verwalter hat mir gestern gesagt, daß du kommst ...« sagte er.

Seine Stimme erschien Jakow leiser als sonst, und auch sein Gesicht kam ihm irgendwie neu vor.

»Ich bin hierhergekommen, um Lebensmittel zu holen ...« teilte er mit und bat Sserjoschka um Tabak für eine Zigarette.

»Ich habe keinen Tabak – für dich, Dummkopf«, antwortete Sserjoschka, ohne sich zu rühren.

»Ich gehe nach Hause, Jakow«, sagte Wassilij mit Nachdruck, indem er mit dem Finger im Sande wühlte.

»Warum denn?« fragte der Sohn und sah ihn unschuldig an.

»Nun, und du ... bleibst hier?«

»Ja, ich bleibe hier ... Was sollen wir beide zu Hause tun?«

»Nun ... ich will nichts sagen. Wie du willst ... du bist doch kein Kind mehr. Aber ... vergiß nicht, daß ich es nicht mehr lange hinziehen werde. Leben werde ich vielleicht noch, aber wie es mit dem Arbeiten wird, weiß ich nicht. Ich bin von der Erde abgekommen ... Also vergiß nicht, daß du dort eine Mutter hast.«

Das Sprechen fiel ihm anscheinend schwer: die Worte blieben ihm zwischen den Zähnen stecken. Er streichelte seinen Bart, und seine Hand zitterte.

Malva sah ihn unverwandt an ... Sserjoschka kniff das eine Auge zusammen, machte das andere rund und heftete es auf Jakows Gesicht. Jakow war voller Freude, und da er sie nicht verraten wollte, schwieg er und blickte auf seine Füße.

»Vergiß nicht die Mutter, Jakow ... Sieh, du bist doch ihr Einziger«, sagte Wassilij.

»Ja, gewiß«, sagte Jakow ungeduldig. »Ich weiß es.«

»Es ist gut, wenn du es weißt ...« sagte der Vater mit einem mißtrauischen Blick auf ihn. »Ich sage dir nur: vergiß es nicht.«

»Ja ...«

Wassilij seufzte tief auf. Einige lange Minuten schwiegen sie alle vier. Dann sagte Malva: »Man wird gleich zur Arbeit läuten ...«

»Nun, ich gehe ...« erklärte Wassilij, indem er sich erhob. Auch alle anderen standen auf.

»Leb wohl, Sserjej ... Wenn du mal an die Wolga kommst, besuchst du mich vielleicht? Im Ssimbirsker Kreis, Dorf Maslo bei Lykowo-Nikolskoje ...

»Gut«, sagte Sserjoschka, schüttelte ihm die Hand und blickte ihm lächelnd ins traurige und ernste Gesicht, ohne Wassilijs Hand aus seiner sehnigen, rotbehaarten Tatze loszulassen.

»Lykowo-Nikolskoje ist ein großes Kirchdorf ... Es ist weit und breit bekannt, und wir wohnen vier Werst davon«, erklärte Wassilij.

»Nun, ja ... Ich werd' schon mal kommen ... wenn es sich gerade trifft ...«

»Leb wohl!«

»Leb wohl, lieber Mensch!«

»Leb wohl, Malva!« sagte Wassilij dumpf, ohne sie anzusehen.

Sie wischte sich langsam die Lippen mit dem Ärmel ab, legte ihm ihre weißen Arme auf die Schultern und küßte ihn dreimal schweigend und ernst auf die Wangen und auf den Mund.

Er wurde verlegen und brummte etwas Unverständliches. Jakow neigte den Kopf, um sein Lächeln zu verbergen, aber Sserjoschka blieb ruhig und gähnte sogar leicht mit einem Blick auf den Himmel.

»Du wirst einen heißen Weg haben«, sagte er.

»Macht nichts ... Nun, leb wohl, Jakow!«

»Leb wohl!«

Sie standen sich gegenüber und wußten nicht, was anzufangen. Das traurige Wort »Lebwohl«, das in diesen Augenblicken schon so oft und so eintönig geklungen hatte, weckte in Jakows Herzen ein warmes Gefühl für den Vater, aber er wußte nicht, wie es auszudrücken: sollte er den Vater umarmen, wie es Malva getan hatte, oder ihm, wie Sserjoschka, die Hand drücken? Wassilij aber fühlte sich durch die Unentschlossenheit gekränkt, die das Gesicht und die Haltung des Sohnes ausdrückten, und empfand auch noch etwas wie Scham vor Jakow. Dieses Gefühl war in ihm durch die Erinnerung an den Auftritt auf der Landzunge und durch die Küsse Malvas geweckt worden.

»Also ... denk an die Mutter!« sagte endlich Wassilij.

»Schon gut!« rief Jakow mit einem warmen Lächeln. »Mach dir keine Sorgen ... ich werde schon ...!«

Und er schüttelte den Kopf.

»So ... das wäre alles! Lebt hier, Gott gebe euch ... Gedenkt meiner im Guten. Den Kessel hab' ich also im Sande bei dem grünen Boot vergraben, Sserjoschka.«

»Was braucht er den Kessel?« fragte Jakow schnell.

»Er kommt auf meinen Posten ... auf die Landzunge«, erklärte Wassilij.

Jakow sah Sserjoschka voller Neid an, blickte auch Malva an und senkte den Kopf, um das freudige Leuchten in seinen Augen zu verbergen.

»Also lebt wohl, Brüder ... ich gehe!«

Wassilij verbeugte sich und ging. Malva folgte ihm.

»Ich will dich ein Stück begleiten.«

Sserjoschka legte sich auf den Sand und packte Jakow, der schon mit Malva mitgehen wollte, am Bein.

»Halt! Wohin?«

»Wart! Laß mich ...« Jakow versuchte sich loszureißen. Aber Sserjoschka packte ihn auch am andern Bein.

»Sitz eine Weile bei mir ...«

»Laß! Was machst du für Dummheiten?«

»Ich mach' keine Dummheiten ... Setz dich nur!«

Jakow biß die Zähne zusammen und setzte sich.

»Was willst du denn?«

»Wart! Schweig eine Weile, ich will aber nachdenken und es dir dann sagen ...«

Er blickte den Burschen drohend mit seinen frechen Augen an, und Jakow fügte sich ihm.

Malva und Wassilij gingen einige Zeit schweigend. Sie blickte ihm von der Seite ins Gesicht, und ihre Augen leuchteten eigentümlich. Wassilij runzelte mürrisch die Stirne und schwieg. Ihre Füße sanken im Sande ein, und sie gingen sehr langsam.

»Wassja!«

»Was?«

Er sah sie an und wandte sich gleich wieder ab.

»Ich hab' dich doch absichtlich mit Jaschka entzweit ...! Ihr könntet ja auch friedlich hier leben«, sagte sie ruhig und gleichgültig. Ihre Worte zeigten auch nicht den Schatten von Reue.

»Warum hast du das getan?« fragte Wassilij.

»Ich weiß nicht ... So!«

Sie zuckte die Achseln und lächelte.

»Ein gutes Werk hast du getan! Ach, du!« sagte er ihr vorwurfsvoll mit böser Stimme.

Sie sagte nichts.

»Du verdirbst mir noch den Burschen, verdirbst ihn mir ganz! Ach, ja! Eine Hexe bist du, eine Hexe ... Fürchtest Gott nicht ... hast keine Scham im Leibe ... was tust du?«

»Was soll man tun?« fragte sie ihn. In ihrer Frage klang etwas wie Unruhe oder Ärger.

»Was? Ach, du!« rief Wassilij, und heftiger Zorn gegen sie flammte in ihm auf.

Er fühlte ein leidenschaftliches Verlangen, sie zu schlagen, sie sich unter die Füße zu werfen, sie in den Sand zu treten und mit den Stiefeln auf Gesicht und Brust zu schlagen. Er ballte eine Faust und blickte zurück. Dort bei den Fässern ragten noch die Gestalten Jakows und Sserjoschkas, und ihre Gesichter waren ihm zugewandt.

»Geh weg ... geh! Ich könnte dich erschlagen ...«

Er blieb stehen und flüsterte ihr fast Schimpfworte ins Gesicht. Seine Augen waren mit Blut unterlaufen, sein Bart zitterte, und seine Hände zog es unwillkürlich zu den Haaren hin, die ihr aus dem Kopftuch hervorquollen.

Sie aber sah ihn mit ihren ruhigen grünen Augen an.

»Erschlagen sollte ich dich, du Dirne! Wart … du kommst schon mal auf den Richtigen, der dir den Schädel einschlägt …«

Sie lächelte und schwieg; dann seufzte sie tief auf und warf ihm hin: »Nun genug … leb wohl!«

Sie wandte sich schroff um und ging zurück.

Wassilij brüllte ihr nach und knirschte mit den Zähnen. Malva ging zurück und bemühte sich, mit ihren Füßen in die deutlichen tiefen Fußspuren Wassilijs zu treten, die in den Sand eingeprägt waren. Und wenn sie eine solche Spur traf, verwischte sie sie sorgfältig mit ihrem Fuß. So ging sie langsam bis zu den Fässern, wo Sserjoschka sie mit der Frage empfing: »Nun, hast du ihn begleitet?«

Sie nickte bejahend mit dem Kopf und setzte sich neben ihn. Jakow sah sie an, lächelte freundlich und bewegte die Lippen so, als flüstere er etwas, was nur er allein hören konnte.

»Nun … hast ihn begleitet, und jetzt tut er dir leid?« fragte Sserjoschka mit den Worten eines Liedes.

»Wann gehst du hinüber, auf die Landzunge?« antwortete sie ihm mit einer Frage und deutete mit dem Kopf nach dem Meere.

»Abends.«

»Ich geh' mit …«

»Großartig … das liebe ich!«

»Auch ich komm' mit!« erklärte Jakow entschlossen.

»Wer ruft dich?« fragte Sserjoschka, ein Auge zusammenkneifend.

Es ertönte das zittrige Läuten der gesprungenen Glocke – der Ruf zur Arbeit. Die Töne schwebten eilig einer nach dem andern durch die Luft und erstarben im lustigen Rauschen der Wellen.

»Sie wird mich schon rufen!« sagte Jakow mit einem herausfordernden Blick auf Malva.

»Ich? Was brauch' ich dich?« fragte sie erstaunt.

»Wir wollen offen reden, Jaschka …« sagte Sserjej streng, indem er sich erhob. »Wenn du sie nicht in Ruhe läßt, prügele ich dich durch! Und wenn du sie bloß mit dem Finger anrührst, erschlage ich dich wie eine Fliege! Ich geb' dir eins auf den Kopf – und du bist nicht mehr auf der Welt! Bei mir ist alles einfach!«

Sein Gesicht, seine ganze Gestalt und die sehnigen Hände, die sich Jakows Halse näherten, sprachen überzeugend davon, wie einfach es für ihn war, einen Menschen zu erschlagen.

Jakow trat einen Schritt zurück und sagte kleinlaut: »Wart! Sie hat doch selbst ...«

»Halt's Maul, das ist alles! Was denkst du dir eigentlich? Nicht du wirst das Schäfchen fressen, Hund; bedanke dich, wenn man dir die Knochen zum Abnagen gibt ... Nun? Was glotzt du so?«

Jakow sah Malva an. Ihre grünen Augen lachten ihm ins Gesicht so kränkend und erniedrigend, und sie schmiegte sich so zärtlich an Sserjoschkas Seite, daß es Jakow ganz heiß wurde.

Sie gingen Seite an Seite von ihm fort und lachten, als sie ein Stück gegangen waren, laut auf. Jakow drückte den Fuß fest in den Sand und erstarrte in gespannter Stellung, mit rotem Gesicht und schweratmender Brust.

In der Ferne, über die gelben toten Wellen des Sandes bewegte sich eine kleine, dunkle menschliche Gestalt; rechts von ihr leuchtete in der Sonne das lustige und mächtige Meer, und links zog sich bis an den Horizont eine eintönige, traurige, leere Sandwüste hin. Jakow blickte dem einsamen Menschen nach, zwinkerte mit den Augen, die voller Kränkung und Erstaunen waren, und rieb sich kräftig die Brust mit beiden Händen ...

In der Siedlung begann die Arbeit.

Jakow hörte die saftige Bruststimme Malvas, die laut schrie:

»Wer hat mein Messer genommen ...?«

Die Wellen tönten, die Sonne leuchtete, das Meer lachte.